Anke Cibach

Die Toten vom Hafen

Über dieses Buch:

Die eingeschworene Gemeinschaft der Hamburger Hafenlotsen wird durch eine Reihe mysteriöser Todesfälle erschüttert – hat ein Serienmörder es auf sie abgesehen? Und wieso ist an jedem Tatort das alte Seemannslied La Paloma zu hören? Kriminalkommissar Bruno Bär und seine junge Kollegin Sylvia Prüss beginnen zu ermitteln – und stoßen auf eine Mauer aus Schweigen und Feindseligkeiten. Doch ihnen rennt die Zeit davon, denn der Täter hat bereits sein nächstes Opfer im Auge …

Über die Autorin:

Anke Cibach (1949–2012) studierte Psychologie und Anthropologie in Hamburg. Als Diplom-Psychologin interessierte sie sich nicht nur für die Schokoladenseiten der Menschen, sondern auch für die geheimen, dunklen Anteile eines jeden. Sie liebte schwarzen Humor, Vogelspinnen, das Meer – und das Schreiben.

Anke Cibach

Die Toten vom Hafen

Kriminalroman

Genehmigte Lizenzausgabe 2018
der Buchvertrieb Blank GmbH, Vierkirchen
Copyright © der Neuausgabe 2017 dotbooks GmbH, München
Dieses Buch erschien erstmals 2006
unter dem Titel *La Paloma für den Mörder*
Copyright © der Originalausgabe 2006
Verlag MCE (Medien Contor Elbe)
Umschlaggestaltung: HildenDesign, München (www.HildenDesign.de),
unter Verwendung von Bildmotiven
von Shutterstock.com / Aleksey Stemmer, Shutterstock.com / elbud
und Shutterstock.com / Tobias Arhelger.
Gesamtherstellung: GGP Media GmbH, Pößneck
Printed in the EU
ISBN 978-3-94601-279-5

Für die Schellfische

Die Handlung des Buches ist frei erfunden. Ähnlichkeiten mit lebenden oder toten Personen sind rein zufällig und nicht beabsichtigt.

Kapitel 1

In der Straße von Malakka durfte man nachts nicht schlafen. Das wusste keiner besser als John Eysing, seit über zehn Jahren als deutscher Kapitän in diesem Revier unterwegs. Mit Herzklopfen, wofür er sich nicht einmal schämte.

Dreizehn Männer mit durchschnittenen Kehlen hatte man vor nicht zu langer Zeit aus einem Fischernetz geborgen, das in Küstennähe trieb. Eine komplette Mannschaft, bis auf den Kapitän, den fand man später in der Kühlkammer des verlassenen Schiffes. Kopflos, vielleicht hatte er vorher noch den Helden spielen wollen.

Auch ganze Frachter oder Tanker waren in diesem Gebiet schon verschwunden. Die Ladung auf Bestellung geraubt, die Schiffe versenkt. Oder sie dienten unter neuem Namen und neuer Flagge als Basisstation für weitere Verbrechen.

Die achtzehn Kilometer lange Meerenge zwischen Indonesien und Malaysia galt nicht ohne Grund als gefährlichstes Gewässer der Welt. Die Piraten hatten hier leichtes Spiel. Und mit der indonesischen Marine war nicht zu rechnen, jedenfalls nicht im guten Sinne, die steckten doch alle unter einer Decke, wusste Eysing.

Es war nicht besonders schwer, ein Schiff zu stürmen.

Manchmal gab es auf den Handelsschiffen nur einen Mann auf der Brücke, drei weitere unter Deck, an den Besatzungen wurde von Jahr zu Jahr mehr gespart.

Außerdem verfügten moderne Piraten heute über Schnellfeuergewehre, Raketenwerfer und Speed-Boote. Was nutzte die Empfehlung, Hochdruckschläuche und Blendscheinwerfer einzusetzen, wenn es keine Leute zu deren Bedienung gab?

Eysing stand auf der Brücke, war auf der Hut. Noch zwei Stunden bis zum Tagesanbruch und Wachwechsel. Die rötliche Mondsichel verzog sich gerade hinter einer Wolke, als die Piraten im Schutz der Dunkelheit mit ihren wendigen, kleinen Booten längsseits gingen, Hakenseile warfen und im Nu das Schiff enterten, begleitet von kurzen, gezischten Kommandorufen in einer nasalen Sprache.

Er hatte keine Zeit, Angst zu empfinden, da war nur das Gefühl, gelähmt zu sein. Handlungsunfähig. Diese Männer gehörten nicht zur Sorte der technisch hochgerüsteten Verbrecherbanden, auch wenn sie bis an die Zähne bewaffnet waren. Altmodische Macheten und Messer, dazu Pistolen, die wahrscheinlich nur zur Abschreckung dienten.

Der Anführer trug ein Halstuch vor dem Gesicht, fuchtelte mit der Waffe und wirkte wie der Held eines zweitklassigen Wildwestfilms. Trotzdem befolgte Eysing seine Anordnungen, betrachtete sich als Geisel, zeigte unter Deck den fast leeren Safe und ignorierte die Schreie seiner Leute, vermengt mit denen der Piraten.

Als ein Schuss fiel, zuckte er nur kurz zusammen, erlebte alles wie im Traum. Im Gegensatz zu dem Banditen, der nervös wurde und »Money, Money« forderte.

Ein hundsnormaler Raubüberfall, nur, dass er auf See stattfand. An Wertgegenständen gab es nichts außer der persönlichen Habe der Mannschaft. Mit der Ladung – Schüttgut – konnten diese Piraten nichts anfangen.

Der Mann forderte in gebrochenem Englisch, ihm Uhr und Brieftasche auszuhändigen, und als Eysing sich dabei Zeit ließ, stieß ihn der Pirat mit der Pistole roh vor die Brust.

Das Gefühl der Lähmung wich. Verdammtes Schlitzauge, dachte Eysing, und riss dem Mann in einem Reflex das Tuch herunter.

In diesem Moment stürmten zwei weitere Piraten in den Raum und packten ihn auf Geheiß des Anführers an den Armen. Sie schossen ihn nicht sofort über den Haufen, aber mit der Machete an seiner Kehle wusste Eysing, dass er keine Chance hatte.

Der Anführer war ein Sadist, ritzte ihm zunächst nur halbkreisförmig die Haut am Hals auf, bis das Blut in einem Rinnsal floss, warm und feucht. Vielleicht wollte der Mann sich dafür rächen, dass es so wenig Beute gab.

Eysing wünschte sich nur noch einen schnellen und schmerzarmen Tod. Einfach die Augen schließen und dann wegsacken können. Aber er schaffte es nicht, seinen Blick von dem des Piraten zu lösen.

Der verstärkte jetzt den Druck der Machete, die ohnehin schmalen Augen zogen sich zu Schlitzen zusammen, und in dem zum sardonischen Lächeln verzogenen Mund zeigten sich schwarze Zahnstummel. Eysing hasste jede weitere Verzögerung und spuckte dem anderen ins Gesicht. Eine primitive Geste, deren Aussage international verstanden wurde, und die Folgen haben würde. Er schloss die Augen und wartete auf das, was nun unmittelbar eintreten musste. Aber sie waren noch lange nicht mit ihm fertig …

»John, aufwachen, Bereitschaft.« Sein Kollege beugte sich über ihn. »Was ist los? Der Wachleiter hat dich schon aufgerufen. Du sollst gleich in den Radarraum. Nebelberatung.«

Eine spartanische Schlafkammer in der Lotsenstation auf Seemannshöft. Ich bin an meinem Arbeitsplatz als Hafenlotse in Hamburg und nicht im Chinesischen Meer, registrierte Eysing schlaftrunken. Diese elenden Albträume. Er fühlte sich wie gerädert.

Ein kurzer Blick auf die Uhr sagte ihm, dass es zwei Uhr nachts war. Er hatte drei Einsätze vor sich, würde später warm vermummt auf eine Barkasse steigen, die ihn bis an die haushohe Bordwand eines Schiffes brachte.

Wenn er Glück hatte, gab es eine Gangway, wenn nicht, musste er bei Nebel, Kälte und Wind eine freihängende Lotsenleiter erklimmen, die selbst im April nachts noch vereist sein konnte. An-, Ablegen oder Verholen, die Arbeit war abwechslungsreich, aber der ständige Wechsel zwischen Rufbereitschaft, Tag- und Nachtschichten zehrte an seiner Gesundheit, die – da wollte er sich nichts vormachen – nicht zum Besten stand.

Trotzdem, Eysing hatte es in den vergangenen elf Jahren nicht bereut, sich der Hafenlotsenbrüderschaft angeschlossen zu haben. Der Verdienst war in Ordnung, und nach über zwanzig Jahren auf See tat es gut, sesshaft zu sein. Ein Haus in Oevelgönne, fast schon abbezahlt, dazu ein Segelboot, das praktisch vor der Haustür an der Elbe lag.

Ob er für seine Frau zu Hause eine Bereicherung darstellte, vermochte er nicht zu sagen. Sie waren kinderlos und redeten nicht mehr viel zusammen, außerdem hatten seine Albträume schon längst dazu geführt, dass sie getrennt schliefen. Offiziell nur vorübergehend, aber im Grunde genommen war er erleichtert, sich nicht mehr beweisen zu müssen.

Die Radarbildschirme in dem abgedunkelten Raum waren bis auf einen besetzt. Bei Nebel bestand erhöhte Kollisionsgefahr, da forderten auch kleinere Schiffe häufig einen Lotsen an. Nachts bei Flut war die Verkehrsdichte auf der Elbe besonders hoch.

Eysing grüßte flüchtig die Kollegen. Die Arbeit verlangte hohe Konzentration. Es reichte nicht, anhand der gestrichelten Radarlinie zu kontrollieren, ob das Schiff in der tiefen Fahrrinne blieb, man musste vor allem dem Fahrlotsen an

Bord die Empfehlungen über Funk entsprechend vermitteln können. Bei der Beratung war sinnvolle Teamarbeit gefragt.

Diesmal verlief alles ganz nach Routine, und nach zwei Stunden verließ Eysing seinen Platz am Bildschirm und machte sich für den nächsten Einsatz bereit.

Zum Rausfahren trug er wie alle Kollegen warme, wasserdichte Kleidung und Handschuhe, auch rutschfeste Schuhe waren wichtig, die Rettungsweste war freiwillig. Er selber verzichtete nie darauf.

Vorab warf Eysing noch einen Blick auf die Bört- und Abstreichliste im Wachleiterraum. Er gab die Versetznummer des Schiffes in den Computer ein und druckte sich den Lotszettel aus, der die genaue Order enthielt.

Auf der Höhe von Teufelsbrück musste er zunächst den Elblotsen ablösen, der einen russischen Stückgutfrachter ab Brunsbüttel fuhr. Dieses Schiff würde Eysing zum SW-Terminal bringen, anschließend ein Containerschiff aus Panama vom Athabaskakai aus seewärts lotsen.

Dann Feierabend, theoretisch könnte er zum Frühstück zu Hause sein. Eysing schaute auf den nächtlichen Strom mit seinen bewegten Lichtern. Zu Hause, was hieß das schon? Auf dem Wasser? Die Elbe war nicht so faszinierend wie die offene See, aber dafür überschaubar, und sie wurde in allen Abschnitten kontrolliert.

Wenn etwas Unvorhergesehenes passierte, gab es genügend Leute, die die Verantwortung mit trugen.

Kamm war heute der Wachleiter. Er stand kurz vor der Pensionierung und wollte sich dann ganz seinem Garten widmen, undenkbar für Eysing, der noch gut zehn Jahre Dienst vor sich hatte.

Jeder von ihnen übernahm der Reihe nach einmal die Funktion des Leiters, nicht umsonst waren sie eine Brüderschaft, siebzig Lotsen, fast alle ehemalige Kapitäne auf Großer Fahrt. Alle für einen, einer für alle? Das wohl kaum, aber die Lotsgelder wurden zu gleichen Teilen ausgezahlt, man war abgesichert, und im Großen und Ganzen kamen sie miteinander klar.

Eysing holte sich aus der Gemeinschaftsküche einen Kaffee und nahm ihn mit in den schmucklosen Aufenthaltsraum. Im Hintergrund lief Musik im Radio, ausgerechnet La Paloma, ein Lied, das er früher geliebt hatte, aber inzwischen nur noch hasste. Kurzerhand stellte er einen neuen Sender ein.

Zwischen den Einsätzen gab es reichlich Wartezeit, eine Gelegenheit, um sich über fachliche Themen auszutauschen.

Wie jetzt aktuell über das neue Sicherheitssystem ISPS zur Abwendung von Terrorgefahr.

»Immer neue Auflagen für uns«, knurrte ein Kollege. »Ich hab zwei Stunden gebraucht, bis ich auf dem Schiff war. Biometrische Datenkontrolle. Was werden sie wohl als Nächstes planen? Ist doch pure Augenwischerei.«

Eysing hielt sich aus der Diskussion raus, der Traum wirkte noch nach, er fühlte sich aufgewühlt. Obwohl er froh sein musste, dass es diesmal nicht der andere Traum gewesen war.

Bevor er die Dienstbarkasse bestieg, nahm Eysing eine seiner Pillen. Nervenflattern konnte man beim Lotsen nicht gebrauchen.

Das Versetzschiff schaukelte unruhig, als sie sich dem Frachter näherten. Eysing streifte seine Handschuhe über. Es gab keine Gangway, nur eine etwa zehn Meter lange Strickleiter, im Nebel schemenhaft zu erkennen. Schlechte Sichtverhältnisse, aufkommender Wind und Dauerregen, schlimmer konnte es nicht werden, aber Eysing kannte keine Angst. Davor nicht.

Erst als er den schwierigen Übergang auf die schwankende Lotsentreppe gemeistert und fast schon den Aufstieg bewältigt hatte, fingen seine Hände an zu zittern. Er sah noch, wie sich der wachhabende Offizier über ihn beugte. Hinter ihm ein Gesicht, das nur einem Toten gehören konnte. Dann spürte er, wie sich seine Finger einzeln lösten, und fiel mit einem Schrei in das aufgewühlte Fahrwasser.

Kapitel 2

»Die Ratten verlassen das sinkende Schiff.« Der Mann musste es wissen, schließlich hatte er gerade erst das Hemd bis zum Bauchnabel aufgeknöpft und ihr seinen tätowierten Brustkorb gezeigt, auf dem Ratten durch entsprechende Muskelbewegungen ein unter vollen Segeln fahrendes Schiff verließen. Um dann bei der Gegenbewegung erneut an Bord zu springen.

Trübsinnig starrte die Kriminalkommissar-Anwärterin Sylvia Prüss auf den Grund ihres Cocktailglases. Zombie, dieses widerliche Gesöff, das haute so richtig rein, wahrscheinlich würde sie schon bald Mühe haben, auf elegante Art von dem hohen Barhocker an der Theke abzusteigen.

Aber das hatte noch Zeit, und außerdem war sie vorübergehend nicht im Dienst. Vielleicht auch zukünftig nicht mehr, mit dem Gedanken spielte sie schon länger.

»Das Kunstwerk stammt von einem Meister aus Shanghai. Schon zwanzig Jahre her, und immer noch wie neu«, setzte der Seemann, der sich mit einem schnellen Griff um ihre Hüfte als »Hans, aber nicht der blonde« vorgestellt hatte, das Gespräch fort.

Er schien nicht abgeneigt, ihr weitere Tätowierungen zu zeigen, vermutlich auch in den unteren Körperregionen.

»Schadet nie, seinen Body zu schmücken«, murmelte Sylvia.

Der Mann sah attraktiv aus, auf seine Art. Dunkle, gewellte Haare, zigeunerhaft. Sie fühlte sich zu ihm hingezogen, rückte aber trotzdem samt Hocker ein wenig von ihm ab. Wehret den Anfängen, dachte sie. Aus Frusttrinken gepaart mit Katzenjammer konnte nichts Gutes entstehen.

Im Blauen Hering herrschte Hochbetrieb. Eine der letzten, authentischen Seemannskneipen in Hamburg-Altona, ganz in der Nähe der Großen Elbstraße. Am Wochenende standen die Leute hier wie die Ölsardinen. Weil das Bier billig war, und wohl auch wegen der Atmosphäre: Verstaubte Schiffsmodelle unter der Decke, in den Ecken Netze mit präparierten Kugelfischen und anderem Seegetier. Minikrokodile mit schwefelgelben Glasmurmelaugen lauerten auf einem abgebrochenen Mast im Schatten eines dunklen Balkens, und als Krönung thronte ein echter Schrumpfkopf auf dem Regal hinter der Theke. Ganz oben, unter einem Glassturz, sogar indirekt beleuchtet. Zugegeben, das gab es nicht überall!

An den Wänden Fotos der Elbprominenz. Nicht nur der vergilbte blonde Hans oder ein angestaubter Freddy waren vertreten, nein, auch die Darsteller des »Großstadtreviers«, allen voran Jan Fedder, ein echter Hamburger Jung.

Sylvia Prüss war erst seit kurzem Stammgast im Blauen Hering. Genauer gesagt, seit sie aus einem der anonymen Hochhäuser am Grindel in eine Altbauwohnung im dritten

Stock nach Altona gezogen war. Gleich um die Ecke, ohne Fahrstuhl, aber mit Aussicht aufs Wasser.

Wenn schon Hamburg, dann wenigstens am Hafen unter Menschen leben. Nicht mehr wie ein Hund vor Einsamkeit jaulen, sobald die Wohnungstür hinter ihr zufiel. Einfach rausgehen.

Aber ihr beschissener Dienstplan erlaubte bisher keine regelmäßigen Freizeitaktivitäten, blieb also das Abhängen in der Kneipe nebenan. See- und Sehleute studieren, das hatte was und füllte sie aus. Seit ihrer Krise.

»Vielleicht hab ich den falschen Beruf gewählt«, erzählte Sylvia ihrem neuen Bekannten und entschied sich nun doch, näher zu rücken. »Womöglich sollte ich was ganz anderes machen. Mit Psychologie oder so.«

Sie hatte mehrere Fortbildungen in dieser Richtung auf eigene Kosten besucht, und als es im letzten Jahr darum ging, einen durchgedrehten Mörder, das »Phantom vom Fischmarkt«, festzunehmen, hatte das von ihr entworfene Täterprofil entscheidend zur Lösung des Falles beigetragen.

Fand zumindest Sylvia, aber ihr Chef, Hauptkommissar Bruno Bär, wusste das bis heute nicht zu würdigen. Ein unnahbarer Holzklotz von Mann, mit dem sie im Rahmen des polizeilichen Austauschdienstes Berlin-Hamburg hier hängen geblieben war. Null Flirt möglich, sie hatte es wiederholt getestet.

Also musste sie sich für den Alltag etwas anderes suchen,

vielleicht sogar einen urigen Seemann, Sylvia mochte Männer ohne Berührungsängste. So wie ihren brandneuen Freund Hans, der sich gerade als guter Gesprächspartner beim Thema Berufsprobleme erwies.

»Warum keine Umschulung? Ich selber habe das nie bereut.« Er schaute ihr intensiv in die Augen. »Noch mal dasselbe?«

Im Blauen Hering bestellte man durch Handzeichen, und ehe Sylvia ablehnen konnte, stand ein weiterer Zombie vor ihr. Hans wollte gerne als Gegenleistung Brüderschaft mit ihr trinken, wurde aber von Rolf, dem ehemaligen Wirt, der hier immer noch mal aushalf, abgelenkt.

Er stand hinter der Theke und hielt triumphierend eine Ratte am Schwanz hoch. »Na, was sagst du? Endlich habe ich das Biest gefangen.«

»Nur eine ordinäre Hausratte.« Wie Hans das sagte, klang es abwertend.

»Nee, das ist 'ne echte Wasserratte. Die kommen aus dem Keller. Bei der letzten Überschwemmung stand das Wasser einen halben Meter hoch in den Toiletten.«

Rolf berichtete es gelassen, und die Ratte wurde von den Gästen mit gebührendem Ekel bewundert.

»Gib mal her.« Hans schnappte sich das tote Tier und ließ es vor Sylvias Gesicht baumeln.

»Hab mehr von den Biestern vernichtet als andere Fliegen erschlagen haben.«

»Rattenhans kennt sich aus. Er lebt davon.« Rolf nahm seine Trophäe wieder an sich.

Sylvia schüttelte sich und kippte den Zombie runter.

»Ich dachte du wärst ein Seemann. Wegen der Tätowierung und so.«

Rattenhans verneinte. »Früher mal.« Er zog sein Hosenbein hoch. »Trümmerbruch, mehrfach. Die Narbe reicht bis zum Knie. Da war nichts mehr mit Großer Fahrt. Inzwischen hab ich mich aufs Ungeziefer verlegt, kann ich nur empfehlen. Es lebt sich nicht schlecht davon.«

Am Lotsenstammtisch ging es hoch her. Hoffentlich nicht wieder das Thema Elbvertiefung, das hatte die Herren bereits letzten Monat beschäftigt.

»Eine Wasserstraße ist wie eine Autobahn. Da werden auch keine Gänseblümchen geschützt«, zitierte Sylvia halblaut aus dem Gedächtnis, und Hans grinste.

Aber diesmal diskutierten die Männer über einen Unfall, der sich vor wenigen Tagen auf der Elbe ereignet hatte. Sylvia erinnerte sich flüchtig, darüber im Abendblatt gelesen zu haben: Ein Hafenlotse war beim nächtlichen Einsatz verunglückt und im eiskalten Wasser gelandet.

Sie persönlich würde es nicht wundern, wenn dabei Alkohol eine Rolle gespielt hätte, denn auch Lotsenbrüder waren normale Sterbliche.

»Wenn ihr mich fragt, war John schon vorher angeschlagen«, verkündete der Mann mit der blauen Schirmmütze

19

»Hamburg Pilot« und bahnte sich einen Weg vom Stammtisch zur Musikbox. Die war nach dem Geschmack der Gäste
bestückt.

»Ein Win-nd weht von Süd und zieht mich hinaus auf See-e,
mein Kin-nd, sei nicht traurig, tut auch der Abschied
we-eh …«

Hans Albers auf dem ersten Platz, Kopf an Kopf mit
Freddys Version von »La Paloma ohé«. Gefolgt von »Ham-
burger Deern« und deutschen Schnulzen. Hauptsache, zum
Mitgrölen oder fürs Herz. Am besten beides. Die reifere
Jugend drückte auch schon mal Elvis oder die Beatles.

Der Lotse mit der Schirmmütze wählte La Paloma, sang mit
und steuerte dann auf Sylvia zu. »Ist hier noch frei?« Er konnte
nur einen Stehplatz meinen, trotzdem geriet Sylvias Hocker
gefährlich ins Schwanken.

Noch ehe Hans eingreifen konnte, kam Ellen Altmann,
die Wirtin, aus der Küche und wurde mit großem Hallo be-
grüßt.

»Nun lasst mal das arme Mädchen zufrieden, ihr quetscht
sie doch platt wie eine Flunder«, mahnte sie die Männer und
zwinkerte Sylvia dabei aufmunternd zu.

Ellen wohnte direkt über der Kneipe und betrachtete diese
als ihr zweites Wohnzimmer. Sie arbeitete am Tresen und
hatte »ihren Jungs« gegenüber eine mütterliche, ruppige Art.
Ein weibliches Urgestein mit schütteren, dottergelb gefärbten
Haaren, die zu einer Art Hahnenkamm auf dem Kopf zusam-

mengesteckt waren. Verwitwet, hieß es, aber das wusste keiner so genau, Ellen hatte es schon immer gegeben.

Die Kleidung stark figurbetont, aber eine Seemannskneipe war nun mal kein Mädchenpensionat, wie Ellen gerne herausfordernd unter rauem Lachen sagte. Ihr Alter war nur schwer zu schätzen, vielleicht Anfang sechzig?

Sylvia verstand sich gut mit Ellen. Sie hatten sich bei einer Kneipen-Lesung über den Autostrich der 60er Jahre kennen gelernt. Eine ziemlich versaute Angelegenheit, aber als Kultur-Event besser als das Blasorchester am Tag der offenen Polizeistation, da waren sich Sylvia und Ellen gleich einig gewesen.

»Vorsicht, jetzt kommt Nachschub.« Ellen balancierte ein volles Tablett über dem Kopf und setzte es am Lotsen-Stammtisch ab. »Endlich mal wieder La Paloma, gut gewählt.«

»Also mir geht das auf die Blase.« Sylvia kletterte vorsichtig vom Hocker. Klowärts, da war nichts mehr aufzuschieben.

»Hoppla.« Sie klammerte sich kurz an Hans fest. Rattenhans, ihr Gefährte der Nacht. Wenn sie wollte. Und er Lust hatte. Nein, irgendwie umgekehrt. Zunächst wollte sie mit ihm über seine Umschulung reden. Dann über ihre. Pelztiere, warum nicht? Vielleicht war das weniger stressig als Menschenjagd. Plötzlich spürte sie wieder das Zittern, das sie manchmal überkam.

»Wollen wir Zwei mal an die frische Luft gehen?« Auch Hans musste es bemerkt haben. Er klang fürsorglich, das gab ihr fast den Rest.

»Später.« Sylvia konzentrierte sich fest auf ihr Nahziel, die Tür mit dem Bullauge. Dahinter, das wusste sie, führte eine steile Holztreppe abwärts zu den Toiletten. Die bei Sturmflut unter Elbwasser standen, dann bekam man von der Wirtin Gummistiefel geliehen. Und für alle, die am nächsten Tag beim Aufräumen halfen, gab es Freibier.

Dumpf und feucht, ein wahres Rattenparadies. Argwöhnisch nahm Sylvia Stufe um Stufe und inspizierte dabei Boden und Wände.

Die Tür zum Männerklo stand natürlich wieder weit offen.

Die Damenabteilung verfügte über den Luxus eines Vorraums mit Spiegel, aber Sylvia strebte ihrem eigentlichen Ziel, der Kabine, zu, denn jetzt ging es um Sekunden.

Wie ärgerlich, die Toilette war besetzt. Genauer, die Tür wurde von innen zugehalten, denn die Verriegelung funktionierte schon ewig nicht mehr.

»Entschuldigung, dauert es noch lange?« Sie hatte keine Lust, für kleine Jungs zu gehen, das hätte noch gefehlt!

Kurz, bevor ihr die Tür vor den Kopf knallte, sprang sie noch automatisch zurück, aber der Schmerz machte sie trotzdem für einen Moment benommen, und so konnte sie nur den beißenden Geruch des Mannes wahrnehmen, der mit tief in die Stirn gezogener Kapuze an ihr vorbei zur Treppe stürmte.

Angstschweiß, der Geruch war ihr vertraut.

»Festhalten«, murmelte sie und wusste doch, dass sie keinen mehr festhalten konnte. Langsam ging sie in die Hocke und lehnte ihr Gesicht an die kalten Fliesen.

»Ich bekomme eine Beule«, erzählte sie Hans, als sie viel später von der Toilette zurückkam, aber der interessierte sich nur für den Lotsen mit der Schirmmütze, der am Stammtisch plötzlich zusammengesackt war. Offenbar konnte ihn der Notarzt nicht wieder beleben.

Kapitel 3

»Ganz ruhig. Ich tu dir nichts. Du bist hier sicher, Wer hat dich zu mir geschickt?« Ellen streckte vorsichtig die Hand aus und gab dabei kleine Schnalzlaute von sich.

So, wie sie es bei einem in die Enge getriebenen Tier machen würde, um es zu beruhigen. Sie hatte keine Ahnung, ob der Mann sie verstand. Er musste vom Hof aus die Hintertür zur Küche genommen haben und dann die brüchige, hölzerne Wendeltreppe, die aus der alten Speisekammer direkt in ihre Wohnung führte. Ein Weg, der nur wenigen bekannt war, und der ohne Schlüssel oben vor einer eisernen Verbindungstür endete.

»Hast du Hunger?« Sie wandte dem Mann ihren Rücken zu und nahm ein Stück Schinken aus dem Kühlschrank. »Eier? Ham and eggs?«

Es war immer wieder dasselbe. Illegal eingeschleust, Asylantrag abgelehnt, wenn er überhaupt gestellt worden war. Keine Arbeit, Verzweiflung. Hunger rief nackte Existenzangst hervor, das vergaß man auch in einem angeblichen Sozialstaat nur zu gerne.

»By ship?«, fragte Ellen, als sie dem Mann das Essen hinstellte. Das war nur so eine Vermutung, denn vorhin hatte man im Blauen Hering über einen blinden Passagier geredet, der der Wasserschutzpolizei auf dem Kommissariat am Rossdamm entwischt war.

Peinlich für die Jungs, aber Kapitän und Reeder konnten sich freuen. Der Kapitän, weil er den Einschleicher nicht mehr an der Backe hatte, und der Reeder, weil er im Falle eines Asylantrags selbst bei Ablehnung noch weitere drei Jahre für die Folgekosten hätte aufkommen müssen.

Als ihr Besucher den ersten Hunger gestillt hatte, zog er einen Zettel aus der Brusttasche und reichte ihn Ellen.

Wie sie vermutet hatte, eine Botschaft von Sunjang, der ihrem privaten Komitee zur Betreuung blinder Passagiere in Hamburg angehörte.

Das Komitee arbeitete so manches Mal jenseits der Legalität. Aber was sollte sonst aus diesen armen Schweinen werden, die unter menschenunwürdigen Bedingungen in einem Container, Lagerraum oder einer Luke die Überfahrt nur knapp überlebt hatten? Abschieben ins Heimatland, wo sie weder Chance auf Arbeit noch auf eine lebenswerte Zukunft hatten, das war in ihren Augen keine echte Alternative. Ellen konnte nicht anders, als armen Kreaturen zu helfen.

»Libyen? Elfenbeinküste?«

Sie sah ihren Schützling fragend an. Vielleicht auch Lagos, Nigeria, man würde sich später darüber verständigen. Wenn der gehetzte Gesichtsausdruck dem einer normalen Erschöpfung und Müdigkeit gewichen war.

Sunjang war der einzige, dem sie einen Schlüssel anvertraute. Nur für Notfälle wie diesen, wenn bereits ein Tatbestand, zum Beispiel durch Flucht, vorlag. Sie wusste nicht, wo Sunjang die Menschen auflas, er musste einen sechsten Sinn für die Verstecke im Hafen haben.

Meist erfuhr sie nicht einmal, was später aus den Leuten wurde.

Manchmal half es, ein Asylbegehren zu stellen, dann konnten die blinden Passagiere aus politischen Gründen bleiben, zumindest vorübergehend. Aber wenn die Polizei bereits an Bord eine Zurückweisung ausgesprochen hatte, sah es schlecht aus, denn in diesem Fall konnten Passagiere an Land genommen werden, ohne sie formal in Deutschland einreisen zu lassen.

»Du bleibst heute Nacht hier.« Sie nahm eine Decke aus dem Schrank. »Kannst auf dem Sofa schlafen, ich lass auch ein Licht an.«

Wie verängstigte Kinder waren sie, ihre Gäste, wachten schreiend aus Albträumen auf, starrten mit weit aufgerissenen Augen zur Tür, sprungbereit, bis Ellen beruhigende Worte murmelte.

Sunjang hatte ihr nur das Nötigste aufgeschrieben. Usman, so hieß er also, hatte keine Papiere, kam aus Nigeria und hatte mit seiner Flucht vor der Polizei natürlich den größten Mist verzapft. Es war fraglich, ob man jetzt noch einen Eilantrag beim Verwaltungsgericht stellen konnte, um das Schutzbegehren beim zuständigen Bundesamt prüfen zu lassen.

Ellen seufzte. Wieder einer, den man stützen musste. Nähren, kleiden, aufbauen – und dann? Nun gut, in den nächsten Tagen musste er in ihrer Wohnung bleiben.

Das würde keinen kümmern. Rolf, von dem sie die Kneipe vor einigen Jahren übernommen hatte, und die Aushilfskräfte, die ihr schon mal zur Hand gingen, respektierten ihr Privatleben. Und wehe, wenn nicht!

Sorgen machte ihr nur die Polizei: Ein Lotse, der eine Art Blutsturz hatte, sich den Magen hielt und die Augen verdrehte, dann tot zusammenbrach, offensichtlich unter Schmerzen. Dazu ein besonders pingeliger Arzt, der lange über dem Totenschein grübelte und sich nicht für »natürliche Todesursache« entscheiden konnte. Das stank zum Himmel.

Wenn sie mit ihrer Intuition richtig lag, würde es im Blauen Hering bald unangenehmen Besuch geben. Ein Jammer, dass Sylvie, das nette Kripomädel, zurzeit nicht im Dienst war. Die zeigte zwar Nerven aber auch Herz, ganz im Gegensatz zu ihrem Vorgesetzten, dem Kommissar mit den kalten Fischaugen.

Nur die Zombies, die waren in solchen Mengen nichts für eine junge Frau, das musste Ellen ihr mal beibringen. Aber Rattenhans war ein guter Mann. Sie hoffte, er würde sich um die beduselte Sylvia kümmern, ohne die Situation auszunutzen. Ellen hatte bemerkt, dass die beiden Arm in Arm aus der Kneipe gegangen waren, und es war eindeutig das Mädel, das gestützt werden musste.

Ellen gähnte. Feierabend, sie war nicht die Mutter der Nation, hatte schon genügend Menschen, um die sie sich kümmern musste. Wie um Usman, der vor Erschöpfung auf dem Sofa eingeschlafen war.

Sie hatten wirklich guten Sex gehabt. Was da im Detail abgelaufen war, hätte Sylvia nicht benennen können, aber sie fühlte sich so beschwingt wie seit Wochen nicht mehr, körperlich und seelisch entspannt. Irgendwie runderneuert, emotional geliftet.

»Ist das deine Wunderwaffe gegen Kater?« Sie stützte sich auf und strich Hans, der neben ihr auf dem Bauch lag, Wirbel um Wirbel über den Rücken, bis er ein wohliges Stöhnen von sich gab. Aber statt ihr im Gegenzug etwas ähnlich Gutes zu tun, sprang er überraschend aus dem Bett und öffnete weit die Fenster. Dampfertuten, Straßenlärm und das Quietschen der Ladekräne, der Hafen war schon lange vor ihnen erwacht.

Sylvia betrachtete den nackten Mann, dessen Figur gleichzeitig schlank und muskulös war. Reichlich behaart, unwillkürlich musste sie an ein Pelztier denken, das nur auf die Befriedigung seiner Grundbedürfnisse aus war, um dann wieder den Rückzug in den eigenen Bau anzutreten. Aber damit würde sie Hans nicht gerecht werden.

Er hatte sich ihr nicht aufgedrängt. Im Gegenteil, sie war die treibende Kraft gewesen, hatte ihn gebeten, sie nach oben in ihre Wohnung zu bringen. Was dann kam, war nur menschlich. Das »Allerweltlichste«, wie er ihr im Laufe der Nacht unter Liebkosungen beruhigend zugeflüstert hatte, als sie urplötzlich in Tränen ausgebrochen war.

Tränen, die etwas freigesetzt hatten, das gepanzerte Herz zum Klopfen gebracht und zu ihrer Überraschung die schlimmen Träume verjagt hatten, die sie in manchen Nächten heimsuchten.

»Es geht mir echt gut«, stellte sie noch einmal laut fest, diesmal an Hans gerichtet. »Trotz der Zombies.«

»Man weiß nie, wie das Zeug wirkt. Ist wie bei meinen Ratten. Die einen sprechen auf das Gift an, die anderen sind dagegen immun.«

»Na, dann bin ich wohl immun.« Sylvia streifte sich Hose und Sweatshirt über und trat zu Hans. Zögernd berührte sie seine Tätowierung mit den Fingerspitzen. »Danke.«

Wenn er jetzt etwas in der Art von »gleichfalls« oder »war mir ein Vergnügen« sagt, setze ich ihn vor die Tür und verkrieche mich für immer unter der Bettdecke, dachte sie.

Aber er nickte nur und fing an, seine Sachen zusammenzusuchen. »Manchmal bekommt es nicht, alleine zu sein. Ist doch allerweltlich.«

Sie musste über die Wiederholung seiner Wortschöpfung lachen. »Ich meine nicht, dass ich … wir … also das Allerweltlichste, wie du es nennst, das bereue ich nicht. Nur, ich hatte gestern einen Durchhänger.«

»Das passiert jedem einmal. Was macht die Beule?«

Überrascht fuhr sich Sylvia an die Stirn. Sie hatte völlig vergessen, was im Blauen Hering passiert war. Verdrängt, korrigierte sie.

Erst der flüchtende Mann in der Toilette, dann der zusammengebrochene Lotse.

»Was ist da eigentlich abgegangen?« Beide tranken sie den Kaffee schwarz.

»Schwer zu sagen. An dem Tisch wurde ganz schön gebechert, aber normalerweise können die alle was ab. Plötzlich bekam der Mann starkes Nasenbluten, hustete, riss die Augen auf und griff sich an den Hals. Dann torkelte er noch in Richtung Klo und brach zusammen.«

»Was hatte er denn getrunken?«

»Bier, wie alle anderen. Keinen Zombie, falls du diese Spur verfolgen willst. Bist ja auch der Gegenbeweis.«

»Ich habe nicht vor, eine Spur zu verfolgen«, sagte Sylvia abweisend, um dann zögernd hinzuzufügen: »Vorher hat der Lotse noch La Paloma gedrückt.«

»Für eine Seemannskneipe nicht ungewöhnlich, oder?«

»Der Mann, der mir die Tür vor den Kopf geknallt hat«, schnitt sie ein neues Thema an, »was war mit ihm, ist er geflüchtet?«

»Ich erinnere mich nur an einen dunklen Typ mit Kapuzenpullover und Turnschuhen, der vor dir hochkam. Aber gleichzeitig betrat ein Trupp Kiezgänger die Kneipe, und dann schrie Ellen nach einem Arzt, als sie aus der Küche kam, während Rolf schon am Telefon hing.«

»Wer auch immer der Mann in der Damentoilette war, er war in Panik.« Sylvia spürte, wie ihre gute Stimmung verflog.

»Vielleicht ein Zechpreller«, schlug Hans vor. »Oder einer, der nur das Klo benutzen wollte, ohne etwas zu bestellen. In jedem Fall hatte er nichts mit den Lotsen zu tun.«

»Wahrscheinlich.« Sollte der Chef sich den Kopf zerbrechen, wenn der Fall auf seinem Schreibtisch landete. Sie, Sylvia, nahm ihre Auszeit, basta!

»Dann werd ich mich mal auf den Weg machen.« Hans zögerte auf dem Weg zur Tür. »Kommst du klar?«

»Wie meinst du das?«, fragte Sylvia verärgert. Was bildete sich dieser Schädlingsbekämpfer ein, für sie das Kindermädchen zu spielen? Sie hasste es, bedürftig zu wirken – vor allem, wenn es ihrem aktuellen Zustand entsprach.

»Du hast im Traum geweint und um dich geschlagen«, sagte Hans. »Ich konnte dich nicht aufwecken.«

Also doch, dachte sie deprimiert. Die Träume waren nicht verschwunden. Schade, dass Hans sie nicht wach gerüttelt hatte. Das hätte ihr die Situation erspart, an einem Knebel fast zu ersticken. Oder mit der Waffe auf einen flüchtenden Mörder zu zielen, und dann nicht abdrücken zu können. Mit dem Ergebnis, dass ein unschuldiger Kollege daran glauben musste. Und das waren nur zwei der Fälle aus dem letzten Jahr.

In der Gruppentherapie hatte sie einiges davon bearbeiten können, aber das galt nicht für die Nächte.

»Hast du nie Albträume von deiner Arbeit?«, fragte sie zurück. Ihre Stimme zitterte, sie musste sich wieder in den Griff bekommen, verachtete ihre Stimmungsschwankungen.

Er fuhr sich durch die Haare. »Nichts über ein Heer von Ratten oder Kakerlaken, wenn du das meinst. Aber von früher, als ich noch zur See fuhr, das kommt schon mal vor.«

»Dein Bein?«, wagte Sylvia zu fragen und dachte dabei an die wulstige, lange Narbe, die ihr seit letzter Nacht eigenartig vertraut war.

»Ach das.« Er machte eine wegwerfende Handbewegung. »Das ist nicht mehr zu ändern. Wenn ich träume, geht es meist um Wasser. Menschen im Wasser. Vielleicht, weil ich nicht schwimmen kann.« Er schaute auf seine Uhr. »Ich muss los, habe einen Termin.«

»Natürlich.«

Er kam noch einmal zurück, um sie flüchtig zu küssen, »Wenn du willst, tauschen wir unsere Albträume aus. Vielleicht verschwinden sie dann.«

Kapitel 4

Hauptkommissar Bruno Bär träumte überhaupt nicht und hielt auch nichts vom menschlichen Unterbewusstsein. Es sei denn, es läge eindeutig identifiziert auf seinem Schreibtisch ...

Fakten, bitte sehr, damit konnte er etwas anfangen. Eine Witterung aufnehmen und dann weiter als konkrete Spur verfolgen. Markante Eckpunkte finden und den Täter einkreisen, bis er kein Schlupfloch mehr fand. Das Netz so zuziehen, dass kein Übeltäter durch die Maschen rutschte.

Zugegeben, so ganz durfte man die Psychologie als Wissenschaft nicht verwerfen, aber er selber kannte nur einen einzigen Profiler, und den hielt er für den größten Spinner des Reviers.

Vielleicht, weil er ihn an den Paartherapeuten erinnerte, zu dem ihn seine Frau vor einigen Jahren mitgeschleppt hatte. Nach dem dritten Gespräch hatte Bär weitere Termine verweigert, und das nicht nur aus zeitlichen Gründen, ihm war dieses ganze Gequatsche über »Gefühle zeigen« und »auch Männer dürfen weinen« zu sehr auf den Sack gegangen. Sogar in der ursprünglichen Bedeutung des Ausdrucks, denn seit seiner Scheidung vor zwei Jahren hatte er Probleme mit gewissen Körperfunktionen.

Zum Glück gab es Viagra, aber seitdem ihm sein Notvorrat einmal aus dem Taschentuch gerutscht und von seiner übereifrigen Kollegin Sylvia Prüss mitten in der Teambesprechung auf den Aktendeckel gelegt worden war, neigte er eher zur Abstinenz – mit Ausnahmen, zu denen bezahlte Körper ohne Gesichter gehörten. Aber auch das war selten geworden. Es war ihm zu aufwändig, dann lieber um die Alster joggen und kalt duschen.

»Wann ist ein Mann ein Mann?«, klang Grönemeyers Sprechgesang aus der Kaffeeküche nebenan. Auch das noch!

»Bitte nicht vor dem Frühstück. Oder wenigstens etwas leiser«, bat Bär die Sekretärin, die er sich mit fünf Kollegen teilen musste.

»Bitte sehr«, das klang beleidigt. Er durfte es nicht mit ihr verderben, zumal die Kriminalkommissar-Anwärterin Sylvia Prüss immer noch krank geschrieben war und für lästige Zusatzdienste ausfiel.

Die junge Kollegin war ein Kapitel für sich. Zunächst hatte er Sylvia, die mit ihm zusammen von Berlin nach Hamburg versetzt worden war, abgelehnt. Zu geschäftig, extravertiert und mit abenteuerlichen Theorien, wenn es um die Psyche der Täter ging.

Hartnäckig war es ihr gelungen, sich beruflich an seine Fersen zu heften. Nach drei Jahren galten sie im Revier als gutes Team, so unterschiedlich ihre Ermittlungsansätze auch waren. Privat hatte er sich bewusst von ihr ferngehalten, um

nicht Opfer ihrer fraglichen Analysen im zwischenmensch-
lichen Bereich zu werden.

Aber dann hatte sie bei einer Kindesentführung auf dem
Dom Courage bewiesen, und wenig später bei der Ergreifung
des »Phantoms vom Fischmarkt« sogar seinen Respekt verdient. Hätte er ihr das besser ausdrücklich sagen sollen?

Bär fühlte sich unwohl bei dem Gedanken, Sylvias Nerven-
krise nicht rechtzeitig erkannt zu haben. Dann war es zu spät:
Da war der flüchtige Schwerverbrecher in der Speicherstadt,
der plötzlich seine Waffe auf Sylvias Einsatzkollegen richtete
und trotz Abgabe eines Warnschusses nicht reagierte. Dann
drohte der Mann, alle Verfolger über den Haufen zu schießen.

Sylvia war von ihrer Position aus die Einzige, die die Mög-
lichkeit gehabt hätte zu schießen, und die stattdessen vor Zittern die Waffe nicht abdrücken konnte.

Der Kollege wurde mit zwei Schüssen niedergestreckt, töd-
lich getroffen in Milz und Lunge.

Strafrechtlich ließ sich Sylvias Verhalten als »Tötung durch
Unterlassung« einordnen, aber nach Prüfung der Rechtferti-
gungs- und Schuldausschließungsgründe mochte der Richter
bei der Entscheidung Leben gegen Leben keine Verurteilung
aussprechen.

Es folgte eine längere medizinische und psychologische Behandlung, später ein Kuraufenthalt.

Bär selber hatte dort aus Pflichtgefühl die Kollegin besucht
und sie wie immer gefunden. Vielleicht etwas weniger ge-

sprächig, aber dafür hatte sie ja jetzt ihre Seelenklempner. Über ihren Umzug innerhalb der Stadt hörte er nur zufällig von der Sekretärin.

In den letzten Wochen war Sylvia dann wieder öfter auf dem Revier erschienen, allerdings nur zum Reinschauen, wie sie versicherte. Sie verlor kein Wort über ihre angegriffene Gesundheit.

Genau kannte sich Bär zwar nicht aus, aber wenn eine Behandlung langfristig nicht zum Erfolg führte, konnte man als polizeidienstuntauglich erklärt werden und rausfliegen.

Es sollte da bereits einen Präzedenzfall geben.

Bär nahm sich vor, die Fakten zu überprüfen und Sylvia damit zu konfrontieren.

Aber zunächst musste er sich seinen eigentlichen Pflichten widmen, heute dem Toten aus dem Blauen Hering.

Der Notarzt hatte vor fünf Tagen die Polizei benachrichtigt, die kurz darauf die Kollegen aus der Abteilung Todesermittlung informierten.

Als diese ebenfalls Zweifel an einer natürlichen Todesursache äußerten, wurde die Leiche in das rechtsmedizinische Institut gebracht. Dort untersuchte man wie üblich Körperflüssigkeiten und Gewebe in der Toxikologie, das brauchte seine Zeit.

»Hat die Rechtsmedizin angerufen?«, fragte er den Kollegen Schröder, der in einem alten Jogginganzug Akten abarbeitete – und das im Urlaub. Der Mann hatte wohl nichts

Besseres zu tun. Vielleicht würde er selber auch einmal so enden. Bär straffte sich. Noch war es nicht soweit.

»Fax gekommen«, knurrte Schröder und wandte ihm wieder den Rücken zu.

Bär überflog den Befund. Gerinnungshemmende Rodentizide, Superwarfarine … Hemmung der Vitamin K-Synthese in der Leber. Cumarinderivate. Brombiphenyl … enterohepatischer Kreislauf … innere Blutungen. Rattengift?! Rot markiert, das genügte für den Moment. Trotzdem las er noch den Rest, das gängige Kauderwelsch der Kollegen.

Doch dann stutzte er bei dem Satz: »Wirkung entfaltet sich nach ein bis sieben Tagen.« Interessant. Das bedeutete, man hatte dem Mann das Gift eventuell schon Tage vorher verabreicht.

Er blätterte in den Unterlagen. Das Opfer, ein Kurt Meibohm, stammte aus Ahrensburg, war 56 Jahre alt, ledig.

Hafenlotse in Hamburg. War an jenem Abend mit sechs Kollegen beim Stammtisch im Blauen Hering, keiner der anderen Gäste hatte später über gesundheitliche Beschwerden geklagt.

»Ich bin gesund«, sagte Sylvia laut und wiederholte es gleich noch einmal staunend. Dabei bemühte sie sich, den zweifelnden Tonfall in ihrer Stimme zu überspielen. »Ich bin wieder diensttauglich. Ab sofort.«

Von Ellen war nur ein vorgestreckter Hintern zu sehen,

über dem ein geblümter Rock spannte, sie wischte gerade den Fußboden und ächzte dabei im Sekundentakt. »Wenn der Onkel Doktor das sagt, wird es schon stimmen«, meinte sie nach kurzem Zögern und richtete sich auf.

Es war elf Uhr morgens, der Blaue Hering noch geschlossen, aber Sylvia hatte an die Hintertür geklopft. Sie kam direkt von ihrem Arzt und musste die guten Neuigkeiten erst einmal loswerden.

Die Behandlung der posttraumatischen Belastungsreaktion sei dank der multiplen Therapieansätze erfolgreich verlaufen, hatte der Arzt gemeint und in dem Bericht des Psychiaters geblättert. Er könne die Empfehlung, den Dienst wieder aufzunehmen, nur unterstützen. Vorausgesetzt, sie haushalte mit ihren Kräften und besuche weiterhin regelmäßig die Gruppentherapie. Gegen Schlafstörungen solle sie es mit natürlichen Mitteln wie Sport versuchen.

»Alkohol ist keine Lösung«, hatte er ihr noch mit auf den Weg gegeben und mahnend über seine Lesebrille geschaut.

»Wenn Sie einen Sinn in Ihrer Arbeit sehen, wird sich das auch auf Ihr Privatleben auswirken.«

Noch vor fünf Tagen hätte Sylvia keinen Pfifferling um ihre Berufskarriere gegeben, geschweige denn um ihr Privatleben. Aber seit sie und Rattenhans das »Allerweltlichste« taten, fühlte sie sich anders. Lebendiger.

Nicht nur wegen der körperlichen Erlebnisse, die Illusion hatte sie nicht. Hans war ihr im richtigen Moment begegnet, und er tat ihr im Augenblick gut. Nicht mehr und nicht weniger. Wie ein Stein, den man ins Wasser warf, und der dann Kreise zog, die immer größer wurden, bis sie am Ufer ausliefen.

Die Leute aus der Gruppentherapie hatten auf die Wende in Sylvias Leben unterschiedlich reagiert. Von »Ersatzhandlung« bis »neue Form der Verdrängung« reichten die Kommentare, aber es gab auch beifälliges Grinsen, und das nicht nur von den Männern.

»Es ist keine Frage der Moral. Er tut mir hier und jetzt gut«, hatte Sylvia das Schlusswort gehabt und dabei den Therapeuten gerade angeschaut. Er hatte ihr Lächeln erwidert.

Auch Ellen lächelte sie jetzt an. »Darauf sollten wir anstoßen, Sylvie. Einen Sekt?«

Sie prosteten sich zu. »Ich habe seit einigen Tagen nicht mehr diese unangenehmen Träume«, berichtete Sylvia zögernd.

Ellen wartete ab. Aus Erfahrung wusste sie, dass die meisten Menschen nicht gerne über ihre Albträume sprachen.

»Die Sache damals im Dienst. Als ich komplett versagt habe.« Sie schüttelte sich.

»Gut so, einfach abschütteln«, schlug Ellen vor. »Man kann nichts rückgängig machen, und Verkriechen hilft nicht.«

Das stimmt, fand Sylvia. Erstmalig hatte sie sich gestern ohne Übelkeit die alten Berichte vorgenommen, Protokolle und Gutachten gelesen – darunter sogar die Ausführungen des Richters, die Einschätzung ihres Vorgesetzten.

»Mir ist nach neuen Herausforderungen. Aber ich hab keine Ahnung, ob ich allem gewachsen bin. Was meinst du?«

Ellen schenkte nach. »Jeder tut das, wofür er geeignet ist.« Sie wischte sorgfältig einen Tropfen von der polierten Theke. »Mach das, was ansteht, was nötig ist. Der Rest ergibt sich von alleine.«

»Du bist so klug«, sagte Sylvia seufzend und fühlte sich getröstet wie ein Kind.

»Ich und klug?« Ellen ließ ihr raues Lachen hören. »Bei mir hat es gerade für acht Jahre Volksschule gereicht, mehr war nicht drin. Doch das ist mehr, als in manchen anderen Ländern geboten wird.«

Sylvia fiel ein, dass Ellen in so einer Art privatem Menschenrechtsverein war. »Was machen deine Schützlinge?«

»Sie brauchen mehr Schutz, als ich ihnen bieten kann«, war die knappe Antwort, begleitet von erneutem Polieren.

Aber dann ließ Ellen den Lappen sinken. »Willst du mal zu einem der Treffen mitkommen?«

»Irgendwann mal.« In Sylvia kam sofort Angst auf, sich zu verzetteln. Der Dienst würde ihre ganze Kraft fordern.

»Rattenhans ist auch dabei.« Ellen erwähnte es beiläufig und lachte dann erneut. »Mensch, Deern, kannst ja noch rot werden.«

»Erzählt Hans hier über mich?« Sylvia musste damit rechnen, sie kannte den Mann ja kaum. Vielleicht prahlte er an der Theke mit seiner neuen Eroberung, und die Stammgäste des

Blauen Herings wussten bereits über jeden ihrer Leberflecke Bescheid.

»Der sagt nicht viel. Außer über seine Schädlinge. Ist ein feiner Kerl«, Ellen nickte ihr aufmunternd zu. »Hat es im Leben auch nicht leicht gehabt.«

»Wer hat das schon.« Sylvia war plötzlich nicht mehr danach, über Hans zu reden. Er existierte und damit gut.

»Waren meine Kollegen schon hier?«, fragte sie mit neu erwachtem Interesse. Ermitteln würde ab sofort wieder zu ihrem Alltag gehören.

»Nur dieser Mann mit den Fischaugen, der keine Miene verzieht. Typ hart aber herzlich. Wobei er das Herz sonst wo versteckt.«

Keine schlechte Charakteristik ihres Chefs, Sylvia wusste selber nicht, wo bei Bruno Bär die Gefühle saßen, aber gerade das machte ihn für sie so interessant. Bis vor kurzem, korrigierte sie in Gedanken. Denn mit Hans war ein Mann zum Anfassen in ihr Leben getreten. Nichts Platonisches wie mit Bär. Sogar einseitig platonisch, wenn sie es genau nahm, denn Bär selber hatte sich ihr gegenüber immer neutral verhalten.

»Der Mann ist ein Phänomen«, erklärte sie Ellen, die bestätigend nickte.

»Er ist eben ein Mann.« Sie verstanden sich wieder einmal mit wenigen Worten.

Ellen fütterte die Musikbox mit Kleingeld aus der Kasse. »Albern oder Freddy?«

Sylvia stöhnte nur – Ellen konterte: »Gut, dann beide.«

Seh ich auch andre Menschen und fremde Ste-erne, denk ich an dich und grüß dich aus der Fe-er-ne …

Noch während Freddy sang, wandte Ellen sich plötzlich in Richtung Küche. »Komm rein, Sunjang.«

Kapitel 5

Sylvia erinnerte sich nicht, diesen Mann schon einmal gesehen zu haben. Der Asiat, der sie kurz musterte, grüßte knapp und übergab Ellen einen Umschlag. »Ich komm später wieder.«

Er sprach akzentfreies Deutsch. Wie war er eigentlich durch die verschlossene Hintertür gekommen?

»Schon gut, Sunjang, sie ist sauber.«

»Sie ist ein Streifenhörnchen.«

Sylvia war überrascht, dass der Mann den polizeiinternen Ausdruck »Streifenhörnchen« für Kriminalkommissar-Anwärterin kannte. Es war nicht sexistisch gemeint. Genau wie »Enten« für die Wasserschutzpolizei.

»Sind wir uns schon einmal begegnet?«, fragte sie forschend.

Sunjang strich sich über die stoppelkurzen, lackschwarzen Haare. »Ich komm viel rum. Am Fischmarkt, im Hafen. Da habe ich Sie gesehen.«

»So.« Sylvia spürte, dass der Mann noch mehr über sie wusste. Die Presse hatte damals alles in epischer Breite gebracht. Im Einsatz versagt. Tödliche Schüsse in der Speicherstadt kosten altgedientem Kollegen das Leben.

Sie musste sich zusammenreißen, durfte nicht wieder mit dem Grübeln anfangen.

»Sie brauchen nicht zu gehen, Sunjang. Ich wollte gerade selber aufbrechen.« Der Mann reagierte nicht auf ihre Worte. Sylvia wandte sich wieder an Ellen und bemerkte deren angespannten Gesichtsausdruck.

»Dein Chef steht an der Vordertür. Ich muss ihn reinlassen, ist das okay für dich?«

Während Ellen aufschloss, verschwand Sunjang in der Küche.

Sylvia strahlte Hauptkommissar Bär an. »Schön, dass wir uns hier treffen. Ich wollte mich gerade zu Ihnen auf den Weg machen. Nette Kneipe, was? Ich gehe hier ein und aus.«

Prompt fand sie sich bescheuert. Ich plappere wie ein Teenager, dachte sie und sah ihrem Chef an, dass er derselben Meinung war.

»Ab sofort bin ich wieder im Dienst«, sagte sie ruhig in einer tieferen Tonlage. »Geben Sie mir einfach ein paar Tage, dann wird das schon.«

»Ich bin froh, dass Sie wieder mit an Bord sind, Sylvia.« Bär berührte sie kurz am Oberarm. Das war seine persönliche Art, Willkommen zu sagen.

Regine fasste nach seiner Hand und streichelte sie. Unwillkürlich entzog Eysing seiner Frau die Hand.

»Ich hab mich dümmer angestellt als ein Berufsanfänger. Einfach die Leiter losgelassen. Wenn man sich voll auf seine Aufgabe konzentriert, darf das nicht passieren.«

»Du lebst. Alles andere zählt für mich nicht.«

Als man ihn aus der Elbe gezogen und mit Schock, Unterkühlung und einer gebrochenen Rippe ins Hafenkrankenhaus gebracht hatte, war sie sofort an seine Seite geeilt und seitdem jeden Tag gekommen.

»Du hast einen Schutzengel gehabt.« Täuschte er sich, oder hatte sie Tränen in den Augen?

»Du meinst, weil ich nicht an der Bordwand zerrieben wurde«, gab er mürrisch zu.

»Oder vom Sog in die Tiefe gezogen, in die Schiffsschraube geraten …«

»Unsinn«, unterbrach er sie. »Seefahrt ist nicht so gefährlich, wie du immer meinst. Ich war unkonzentriert und das Wetter beschissen.« Er schielte nach der Zeitung, die sie ihm mitgebracht hatte. »Weiß man was Neues über den Kollegen?«

Die Lotsenbrüder hatten es ihm sofort erzählt, darauf hingewiesen, dass es besser war, Rekonvaleszent zu sein als tot. Der Ältermann der Brüderschaft hatte ihm einen offiziellen Besuch abgestattet und Sonderurlaub angeregt.

John vermutete, dass Regine dahinter steckte.

In letzter Zeit nervte sie ihn mit Fragen nach seinem Befinden und danach, was in ihm vorgehe.

»Nichts«, brummte er meist und fragte sie im Gegenzug nach häuslichen Angelegenheiten.

Der behandelnde Arzt wusste natürlich Bescheid, dass es ohne seine Glückspillen nicht mehr ging, aber er sah keine Veranlassung, sich darüber mit seiner Frau auszutauschen. Regine war angenehm zurückhaltend, deshalb hatte er sie auch in späten Jahren noch geheiratet. Sie akzeptierte seine unregelmäßigen Arbeitszeiten und wusste genau, wann er nicht ansprechbar war.

Umgekehrt redete er ihr nicht drein bei allem, was sie tat. Was genau das war, vergaß er manchmal. Zuletzt hatte sie irgendwelchen Aussiedlerkindern Deutsch beigebracht, meinte er sich zu erinnern. Hauptsache, sie war zufrieden. Seine Bezüge verschafften ihnen ein sorgenfreies Leben, dafür lobte sie ihn ab und zu, was er stets unwillig abwehrte.

»Ich frage mich, ob ich die richtige Frau für dich bin«, sagte sie. John schreckte aus seinen Gedanken hoch.

»Du erzählst so wenig von deiner Arbeit und auch sonst. Liegt es an mir?«

Wieder griff sie nach ihm, und John fluchte, als er bei einer heftigen Rückzugsbewegung die angebrochene Rippe spürte. »Seeleute sind nicht besonders gesprächig«, brachte er mit einem schiefen Lächeln hervor.

»Das stimmt nicht.« Sie zählte ihm eine Hand voll Kollegen auf, die äußerst redselig waren, vor allem unter Alkohol. Mit einigen war er sogar zusammen auf See gewesen, eine Art

Zweckgemeinschaft, aber von den alten Zeiten sprachen sie nur noch selten.

»Was vermisst du sonst noch bei mir?« Er merkte selber, dass er kalt klang.

»Dich«, flüsterte Regine. »Ich habe Angst, wir könnten uns verlieren. Diese Tabletten, du brauchst sie nicht vor mir zu verstecken. Sie hängen mit deinen Träumen zusammen, nicht wahr? Lass mich bitte versuchen, dir zu helfen.«

Er schloss die Augen. Vielleicht würde sie dann aufhören, ihn zu quälen. Aber das war ihm nicht vergönnt.

»Wenn es die Arbeit ist, finden wir eine Lösung. Ich kann wieder als Lehrerin arbeiten, wenn du kürzer treten willst. Oder fühlst du dich eingeengt, willst du vielleicht lieber wieder fahren?«

»Das ist es nicht«, sagte er nach einer längeren Pause. Sie schien noch mehr zu erwarten, und diesmal entzog er ihr seine Hand nicht. »Was immer früher war, das ist schon so lange her. Glaub mir, es hat nichts mit uns zu tun.«

»Ich liebe dich, John«, sagte sie ernst beim Abschied. »Aber auch ich kann keine Wände einreißen, wenn du es nicht gestattest. Bitte lass dir helfen.«

Professionelle Hilfe, davon hatte auch der Arzt gesprochen, der ihn hier betreute.

»Herr Eysing, Ihr Körper wird bald wieder fit sein, aber was machen wir mit dem Rest?«

»Nicht wir, das ist meine Sache«, hatte er abgewehrt.

Der Arzt war am nächsten Tag wiedergekommen. »Sie und Ihre Kollegen tragen viel Verantwortung im Beruf. Davon können auch Menschenleben abhängen.«

»Die Bescheinigung über meine Diensttauglichkeit liegt vor«, verteidigte sich Eysing.

»Noch. Es könnte bei der nächsten Untersuchung Probleme geben. Oder schon beim nächsten Einsatz. Wie wir wissen, rufen die Pillen bei Ihnen Müdigkeit hervor.«

Es waren die Träume. Sie raubten ihm den so dringend benötigten Schlaf. Dieses Gesicht, das er in der Nacht seines Unfalls nur schemenhaft wahrgenommen hatte, gehörte mit Sicherheit nur einem harmlosen, chinesischen Besatzungsmitglied.

Nicht zu vergleichen mit der Fratze des Piraten von damals. Und auch nicht mit den vielen anderen asiatischen Menschen, denen er im Laufe seiner Jahre auf See begegnet war. Und doch gab es da Gesichter, die sich von den übrigen unterschieden, aber so war das nun mal in Träumen: nichts Konkretes, nur Schattenwelten.

Wie die Musik, die manchmal in seinen Ohren rauschte. Fetzen von La Paloma und ein Gelächter, das nicht mehr menschlich klang. War es nicht auch so gewesen, als er im Nebel an der Leiter hing? Dieses watteartige Gefühl, das sich manchmal nach den Tabletten einstellte, ihn einlullte und vergessen ließ, was er vergessen musste, wenn er sein Leben normal führen wollte.

Eysing klingelte nach der Nachtschwester. »Bitte bringen Sie mir ein starkes Schlafmittel.«

Usman schlief wie jeden Tag bis zwölf. Mom Ellen, wie er sie inzwischen nannte, hatte ihm das Frühstück hingestellt. Weißes Brot, süße Marmelade und eine Büchse mit Fleisch, das er gleich mit den Fingern aß.

Trotzdem vermisste er den Brei von zu Hause, eine Mischung aus Süßkartoffel und Mais, fettig durch einen ordentlichen Schuss Sojaöl, wenn man ihn sich leisten konnte.

Usman hatte sich Öl nur selten gegönnt, die kleinen Geschwister mussten zuerst versorgt werden, dann die Alten. Ein kräftiger, junger Mann wie er konnte sich seine Mahlzeiten selber verdienen. Aber nicht im Landesinnern, da gab es viele, allzu viele Menschen und Bürgerkrieg. Also hatte er sich nach Lagos aufgemacht, in die pulsierende Hafenstadt, um Arbeit jeder Art anzunehmen.

Es gab keine. Oder man musste zahlen, um arbeiten zu dürfen. Von dem Geld durfte man nur einen Bruchteil behalten. Wer trotzdem irgendwie zu Geld gekommen war, machte bei den Menschenschleppern eine Anzahlung für Europa. Viele Leute wurden wie er zusammengepfercht in einem dunklen Container. Wenig Essen und noch weniger Luft, so sah die Reise aus.

Nie hatte Usman gehört, was aus diesen Menschen später geworden war, aber in Europa sollte es für alle Platz geben, da konnte man schnell reich werden, dort hatte jeder einen Fernseher, und die kleinen Kinder starben nicht auf der Straße.

Weil Usman kein Geld für den Container hatte, schlug er eines Nachts vor dem Auslaufen eines großen Schiffes einen Wachmann nieder und versteckte sich in einem Lagerraum auf dem Vorschiff, später dann in einer Luke.

Wie durch ein Wunder entdeckten sie ihn nicht. Erst, als er fast verhungert und seekrank in der stürmischen Biscaya seinem Leben ein Ende setzen wollte, bemerkten sie ihn und schlossen ihn in einer Kabine ein.

Er bekam genügend zu essen, der Bootsmann gab ihm frische Kleider, aber der Kapitän war sehr unfreundlich.

In Hamburg holten sie ihn vom Schiff, aber da wusste er bereits, dass er nach Lagos zurück sollte, und deshalb hatte er die Riesenchance zur Flucht genutzt, als die Beamten mit ihm in eine Demonstration gerieten und aussteigen mussten.

Zwei Tage und Nächte versteckte er sich in der Hafengegend, lebte von geklautem Obst, bis Sunjang ihn aufsammelte und zu einem Landsmann brachte, der ein bisschen dolmetschen konnte.

Eine Treppe im Blauen Hering, dann aufschließen, alles hatte er nicht verstanden, wohl oben mit unten verwechselt, und so war es zu der Panne in den Toiletten gekommen.

Vor Mom Ellen hatte er keine Angst mehr, sie verstanden sich gut. Nur, dass er immer drinnen bleiben sollte, sich auf keinen Fall am Fenster zeigen durfte, das passte ihm nicht.

In dieser großen Stadt konnte ihn die Polizei unmöglich finden, deshalb beschloss Usman, heute einen kleinen Spaziergang zu machen – heimlich, während Mom Ellen unten zu tun hatte.

Kapitel 6

»Warum sollte ich mehr wissen als andere?« Ellen schaute den Kommissar herausfordernd an, lehnte sich dabei auf den Tresen und dachte nicht daran, den tiefen Ausschnitt ihres schwarzen Seidenshirts zu kaschieren. Im Gegenteil, sie schien es zu genießen, als Bär kurz seine Augen auf dem spitzen V-Ausschnitt ruhen ließ.

Womöglich nur ein Reflex, aber Sylvia musste grinsen. War er also doch ein Mensch aus Fleisch und Blut, ihr Chef.

Seit einer Woche war sie zurück im Dienst, zunächst mit Routinearbeiten betraut, durfte sie inzwischen wieder an Bär »kleben«, ohne dass er ihr besorgte Seitenblicke zuwarf.

»Ich bin okay«, hatte sie ihm mehrfach mitgeteilt, »ganz wie früher.« Das hatte Bär zu einem Stoßseufzer veranlasst.

»Ellen, wir haben natürlich mit Rolf und auch mit den Gästen gesprochen, aber man kann immer etwas übersehen«, sprach sie jetzt ihre mütterliche Freundin an. Es war schon das zweite Mal, dass sie nachmittags zu dritt einen Kaffee im Blauen Hering nahmen. Bär bezeichnete das als »Präsenz zeigen«.

Etliche der Stammgäste waren bereits befragt, einige aufs Revier bestellt worden.

Der Vernehmung von Hans Bielfeldt, seines Zeichens staatlich anerkannter Schädlingsbekämpfer, hatte Sylvia zunächst nur stumm beigewohnt und dann den Raum unter einem Vorwand verlassen.

»Ich glaube, er ist sauber«, hatte Bär später geknurrt. »Diese Leute müssen lückenlos nachweisen, in welchen Mengen sie für welchen Zweck und Auftrag ihre Gifte verwenden. Außerdem haben wir bei ihm kein Motiv gefunden.«

Rattenhans … er hatte noch zweimal nachts vor ihrer Tür gestanden, ruhig abwartend, ob er willkommen wäre. Und er war es.

Wenn möglich, wollte Sylvia ihr Privatleben für sich behalten und abwarten, ob sich daraus ein beruflicher Konflikt ergäbe. Nur in dem Fall beabsichtigte sie, Bär alles offen zu legen.

Ellen hatte dem Kommissar gegenüber nichts von Sylvias Beziehung zu Hans berichtet, und auch die unglückselige Begegnung in den Toiletten war nicht weiter erwähnt worden.

Aber vielleicht hatte sie den letzten Punkt einfach nur vergessen. Inzwischen glaubte Sylvia fast selber schon, nur davon geträumt zu haben. Wenn da nicht noch eine juckende Narbe wäre …

»Rolf ist heute Morgen ins Krankenhaus gekommen. Verdacht auf Herzinfarkt.« Ellen erzählte es beiläufig, zuckte dabei mit den Achseln. »Sein Lebenswandel. Ich hab ihn immer vor Schnäpsen gewarnt. Ist ja auch nicht mehr der Jüngste. Kann sich nicht jeder so gut halten wie Sie.«

Wenn das ein Flirtversuch, an die Adresse ihres Chefs gerichtet, sein sollte, kam er nicht so gut an. Mit einem versoffenen Wirt in den Siebzigern verglichen zu werden, schmeichelte kaum.

Aber Bär blieb für seine Verhältnisse liebenswürdig.

»Danke, dass Sie uns darüber informiert haben. Ich werde mir erlauben, ihn dort aufzusuchen.«

Der Kommissar nahm wie in Gedanken eine Harpune von der Wand und strich vorsichtig über deren Spitze. »Was für ein Waffenlager.«

»Mit Rolf hat alles seine Richtigkeit. Kein Unfall oder Gift.« In einer spontanen Bewegung legte Ellen ihre Hand auf Bärs Schulter. »Ich wette, Sie finden alles heraus, was Sie wollen. Muss ganz schön anstrengend sein. Hoffentlich kommt dabei die Entspannung nicht zu kurz.«

Sylvia schnappte nach Luft. So persönlich pflegte man mit dem Chef sonst nicht zu sprechen. Aber der zog sich nicht etwa zurück, nein, er nahm nur vorsichtig die fremde Hand von seiner Schulter und hielt sie für einen kurzen Moment fest. »Alles zu seiner Zeit.« Die beiden hielten Blickkontakt, fast war Sylvia peinlich berührt.

Sie schlenderte zur Musikbox rüber. Kein Wunder, die eigenartige Atmosphäre im Blauen Hering steckte sogar ihren Chef an.

»Ob alt oder jung, arm oder reich, im Blauen Hering sind sie alle gleich«, stand auf einem Banner über der Box zu lesen.

Wer weiß, vielleicht ist das ein Schlüsselwort für uns alle, dachte Sylvia und drückte die Tasten. Nicht La Paloma. Sollte der Chef sich an Grönemeyer erfreuen.

Sunjang gefiel es nicht, dass Ellen sich mit der Polizistin angefreundet hatte. Das Streifenhörnchen war labil und damit nicht berechenbar: mal knallharter Cop, dann wieder Kumpel, und ihre Gefühle trug sie offen zur Schau.

Das war undenkbar für Menschen seiner Herkunft.

Sunjang verstand etwas von Gefühlen. Es war wichtig, das Gesicht zu wahren, die Leute darüber im Unklaren zu lassen, was man empfand. Und immer schön höflich bleiben. Nur so wirkte man unauffällig und konnte im Hintergrund für das sorgen, was getan werden musste.

Wie oft hatte er das schon seiner kleinen Schwester gepredigt, die bei ihm lebte, weil es keine anderen Verwandten mehr gab. »Meilin, zeig ihnen nicht, was du denkst, sonst verlierst du an Macht.«

»Was soll ich mit Macht?«, hatte sie geringschätzig erwidert. »Ich habe andere Ziele als du.«

»Was weißt du schon von mir.«

»Du lebst nur für andere. Kümmerst dich um die blinden Passagiere. Für diese Fälle gibt es doch offizielle Stellen.«

»Wir sehen diese Menschen aber nicht als Fälle«, erklärte Sunjang immer wieder geduldig. Aber Meilin war erst achtzehn, ihr fehlte es noch an Reife. Sie lebte für ihre Fernsehserien.

»Warum bist du nicht bei der Arbeit?«, fragte er sie jetzt streng.

»Ich hasse es, in dem Imbiss zu stehen. Diesen Fettgeruch halte ich nicht mehr aus.« Trotzig sah sie ihren Bruder an. »Ab morgen habe ich was Neues. In einer Putzkolonne. Sie zahlen sogar mehr.«

Sunjang hatte Verständnis. Auch er liebte seine Arbeit in einem China-Restaurant nicht besonders. Aber man musste sich nach der Decke strecken, sonst konnte man schnell in Schwierigkeiten geraten.

»Ist die neue Arbeit legal? Mit Papieren?«

»Zuerst mache ich nur eine Vertretung«, Meilin schaute ihn nicht an. »Später wollen sie mich dann fest anstellen. Hans hat mir den Tipp gegeben.«

Zum Teil war Sunjang beruhigt. Hans würde nichts empfehlen, was Meilin schaden konnte. Auf der anderen Seite machte er sich Gedanken über diese Freundschaft. Seine Schwester war verrückt nach dem Mann, der dem Alter nach ihr Vater sein konnte.

Er selber hatte Rattenhans, wie ihn die meisten Menschen nannten, im Laufe der Zeit schätzen gelernt. Er war einer, der den Mund halten konnte, einer, der ohne große Worte half, wenn es nötig war. Der Mann hatte auf See Dinge erlebt, die ihn, Sunjang, an das eigene Schicksal erinnerten.

Aber auch Rattenhans war nur ein Mann, und wenn es um Wohl und Zukunft seiner Schwester ging, war mit Sunjang nicht zu spaßen.

»Du solltest dich öfter mit deinen Freundinnen treffen.

Oder mit Ellen. Sie kann dich mit vielen Menschen zusammenbringen.«

»Wozu? Sind doch nur alte Säufer in der Kneipe.«

»Du meinst, bis auf Rattenhans, aber der interessiert sich nicht für kleine Mädchen wie dich.« Sunjang war mit seiner Geduld am Ende.

Aber als er Tränen in Meilins Augen sah, lenkte er ein.

»Wir wollen nicht streiten. Kommst du heute Abend mit zum Treffen?«

»Nein. Ich bin müde und will fit sein für den neuen Job.« Sunjang fiel ein, dass auch Hans für den Abend abgesagt hatte.

Meilin griff nach der Fernbedienung und zappte bis zum Hamburger Kanal. »Schau mal, sie haben wieder einen erwischt.«

Rund einhundert blinde Passagiere wurden pro Jahr im Hafen entdeckt. Nur wenigen konnte Sunjang zur Seite stehen. Usman hätte es fast geschafft. Aber nun stand er mit weit aufgerissenen, ängstlichen Augen zwischen zwei Beamten der Wasserschutzpolizei. Sunjang gab Ellens Nummer in sein Handy ein.

»Das entscheidende Problem ist, wer ist besser, die Ratte oder ich?«

Sylvia hatte zunächst gezögert, Hans auf seinem abendlichen Kontrollgang zu begleiten, aber das Wetter war mild, und sie genoss die Überfahrt mit der Fähre von den Landungsbrücken zum Bubendeyufer.

Seemannshöft! Noch nie war sie da gewesen, hatte den imposanten Backsteinbau von Fritz Schumacher, in dem die Lotsenstation untergebracht war, immer nur von weitem bewundert. Auf dem hohen Turm mit Wasserstandsanzeiger und Uhr drehte sich unermüdlich das Radargerät.

»Sie lassen sich nicht ausrotten«, meinte Hans, und einen kurzen Moment glaubte Sylvia irritiert, er würde von den Lotsen sprechen.

»Wanderratten«, es klang fast zärtlich. »Ich liebe Wanderratten. Sie sind schlau, kämpfen bis zum Äußersten, wenn sie in die Enge getrieben werden. Ohne Fluchtweg springen sie dir bis an den Hals.«

»Und darum liebst du sie?« Sylvia vermied es, sich an ihn zu schmiegen. Noch immer war sie von diesem Mann fasziniert, von seiner selbstverständlichen Art, sie ohne Forderungen so anzunehmen, wie sie war.

Nachts in seinen Armen verloren sich ihre Albträume, verblassten die Erinnerungen an den finalen Rettungsschuss, den sie nicht hatte ausführen können. Tagsüber vergaß sie Hans, zu unterschiedlich waren ihre Lebensbereiche.

Wenn sie sich zufällig im Blauen Hering trafen, grüßten sie einander wie flüchtige Bekannte.

»Es gibt zwei Sorten Ratten, die hungrigen und die satten«, zitierte Hans, als sie die Fähre verließen und den kurzen Fußweg zur Station nahmen. »Heinrich Heine. Das weiß ich noch aus der Schule.«

»Du bist wirklich schlauer als eine Ratte«, lachte Sylvia. »Wie geht es jetzt weiter, müssen wir uns ausweisen?«

»Nicht nötig. Die meisten Auftraggeber sind froh, wenn sie mich nicht begleiten müssen. Ich bekomme einen Schlüssel und erledige meine Arbeit, fertig. Alle paar Wochen Nachkontrolle. Hier gibt es noch nicht mal einen Hausmeister, den haben sie wegrationalisiert. Seine Arbeit wird von den Putzfrauen übernommen, aber die kommen nur morgens.«

Keinen interessierte es, als sie an der Fensterfront der Wachleiterstation vorbei in Richtung Kellertreppe gingen. Der einzige anwesende Lotse im offenen Aufenthaltsraum ließ nur kurz seine Zeitung sinken.

»Hier kann jeder Fremde rein- und rausgehen«, wunderte sich Sylvia. Man las so viel von den Sicherheitsbestimmungen im Hafen, und dann das!

»Bis zum Nachmittag nicht, da passt die Sekretärin auf. Lotsen kümmern sich eher um das, was auf dem Wasser passiert. Ich glaub, die schauen nur seewärts. Hab neulich mit einem gesprochen, der war seit zwanzig Jahren nicht mehr im Keller.«

Die Tür klemmte, das Holz hatte sich verzogen. Feuchte Steinstufen führten nach unten. Sylvia rümpfte die Nase.

»Es stinkt nach Schimmel und Moder. Noch schlimmer als im Blauen Hering.«

»1962, bei der großen Sturmflut, ist hier alles abgesoffen. Hat sich bei dieser Lage noch mehrmals wiederholt, kann man nicht ändern. Die Kellerräume werden schon lange nicht mehr genutzt, bis auf die Heizungsanlage, die einmal jährlich gewartet wird.«

»Gruselig. Kein Wunder, wenn sich Ratten einnisten.«

»Die nisten draußen in Erdlöchern. Aber wenn kein Platz mehr für Nachkommen zur Verfügung steht oder Nahrungsmangel herrscht, begeben sich Ratten in ihrem Umfeld auf die Suche. Ist wie bei den Menschen. Denk mal an Flüchtlinge.«

Schuldbewusst fiel Sylvia ein, dass sie es noch immer nicht zu einem von Ellens Treffen geschafft hatte, aber vielleicht konnte Hans ihr ein paar Informationen über die Leute geben.

»Was ist eigentlich dieser Sunjang für ein Typ? Auf mich wirkt er undurchsichtig. Gehört er zu euch?«

Hans baute seine Köderboxen auf und wandte ihr den Rücken zu. »Was heißt zu euch? Ich geh da ab und zu mal hin, und damit fertig. Man hört bei den Treffen viel darüber, was im Hafen läuft.«

»Was ist mit Sunjang?«, wiederholte Sylvia ihre Frage.

»Kommt jetzt die Polizistin durch?« Er wandte sich ihr zu. »Versuch bitte nicht, mich auszuhorchen.«

»Das hatte ich nicht vor«, sagte Sylvia verletzt. »Es gibt bei mir so etwas wie außerdienstliches Interesse an Menschen.«

Hans hantierte weiter mit seinen Fallen. »Sie schicken Späher vor, einen Vorkoster. Wenn der verendet, sind die anderen Ratten gewarnt, deshalb kann ich kein Akutgift verwenden. Ich lege etwas aus, das schleichend wirkt. Man muss Geduld haben.«

»Beim Töten?« Sylvia spürte ihre Gereiztheit. Was für eine Schnapsidee, hier herzukommen. Es war ungemütlich, die Luft abgestanden. Sie fröstelte.

»Es sind Schädlinge, keine Lästlinge. Sie oder der Mensch. Für jede einzelne Ratte, die man laufen sieht, warten hundert im Hintergrund.«

Lästlinge, wieder so ein Wort, das ihr gefiel und auf der Zunge zerging. Um später vielleicht im Hals stecken zu bleiben.

»Schädling, Lästling«, murmelte sie probeweise vor sich hin. »Ich geh nach oben und frag nach einem Kaffee.«

Kapitel 7

In der Zwischenzeit waren drei weitere Lotsen im Aufenthaltsraum eingetroffen, denen sich Sylvia kurz vorstellte.

Ja, sie war als Polizistin mit einem Kammerjäger unterwegs, nur so. Na gut, Recherchen. Nein, es ginge nicht um einen Fall, auch nicht um den mysteriösen Tod des Kollegen im Blauen Hering.

»So lange Sie sich noch alle bester Gesundheit erfreuen«, scherzte sie, und die Männer lachten gutmütig.

»Nächste Woche ist Eysing zurück«, sagte einer.

»Gut. Dann kann er wieder auf die Liste gesetzt werden.«

Sylvia ließ sich von der in ihren Augen komplizierten Börtordnung berichten. Die Lotsen arbeiteten in neun Gruppen, fünf Gruppen hatten fünf Tage Bereitschaft, vier Gruppen hatten jeweils frei. Eine Gruppe pro Tag fiel raus, eine kam neu rein, nach vier Tagen war man wieder mit Bereitschaft dran.

»Rufbereitschaft heißt also, Sie können zu Hause bleiben, bis der Wachleiter Sie anruft?«

»Eine Stunde vor dem Einsatz muss man da sein. Wir arbeiten rund um die Uhr.«

»Manchmal mit viel Wartezeit zwischen den Einsätzen«, fügte ein Lotse gähnend hinzu.

»Was machen Sie während der Wartezeit?«

»Krimis lesen. Verbrechen planen.«

Diesmal war es Sylvia, die pflichtschuldig lachte. Dabei dachte sie unwillkürlich an die Risiken, die ein derartiges System in einem offenen Haus barg.

Ständig wechselnde Menschen und Arbeitszeiten, theoretisch war vom Sprengstoffattentat bis zur Geiselnahme alles drin. Ein Wunder, dass auf Seemannshöft nicht schon längst etwas passiert war.

Ihr Chef würde natürlich wieder von ausufernder Fantasie sprechen, aber sie waren eben verschieden gestrickt.

Bald darauf wurden alle drei Männer abgerufen. Zwei von ihnen mussten einem großen Frachter bis Blankenese entgegenfahren, der andere den Einsatz vom Radarraum aus unterstützen.

Sylvia schaute kurz in den Wachleiterraum. Auf den Monitoren fuhren Spielzeugschiffchen, die Aussicht auf die Elbe war überwältigend.

»Was für ein Arbeitsplatz, Sie sind wirklich zu beneiden«, versuchte sie, ein Gespräch mit dem Wachleiter anzuknüpfen, aber der schien nur irritiert und legte offensichtlich keinen Wert auf weibliche Gesellschaft. Im Hintergrund lief Radio Hamburg mit den Sportnachrichten. Ich bin ein Lästling, dachte Sylvia.

»Kann ich Ihnen einen Kaffee mitbringen?«, fragte sie höflich, schon auf dem Rückzug. Immerhin, sie durfte.

Sie machte sich auf den ihr zuvor beschriebenen Weg zur Kaffeeküche und schaute dabei neugierig in eins der offenen Zimmer, die von dem langen Gang abgingen. Spartanischer Jugendherbergscharme, kein Wunder, dass die Lotsen lieber weite Anfahrtswege in Kauf nahmen, als hier zu schlafen.

Der Kaffee tat ihr gut, sie war wieder bereit zur Rattenjagd – natürlich nur als teilnehmender Beobachter.

Die Kellertreppe lag im Dunkeln. Hans reagierte nicht auf ihr, Sylvias, Rufen.

Sie tastete sich bis in den Vorraum und spürte einen frischen Luftzug. Richtig, hier gab es einen Ausgang, den Hans erwähnt hatte. Allerdings benutzte den keiner mehr, weil er direkt auf eine Böschung führte, die zum Wasser abfiel. Wahrscheinlich wollte Hans draußen seine Fallen kontrollieren.

Trotz allem hatte dieser Abend seinen Reiz, und wer weiß, was die Nacht noch bringen konnte. Ein Seemann, ein Rattenjäger, mit dem sie eine spezielle Gemeinsamkeit hatte, das Allerweltlichste. Fast hätte Sylvia laut gelacht.

Sie hatte den Kaffee für den Wachleiter vergessen! Wieder nahm Sylvia den Weg zur Küche, und noch immer schien das Gebäude menschenleer. Doch schon hörte sie aus der Richtung des Anlegers das Tuckern der Lotsenbarkassen, einige der Männer mussten jeden Moment von ihren Einsätzen zurückkehren.

»La Paloma, ohé einmal müssen wir ge-hen, einmal schlägt uns die Stunde der Trennung ...«

Immer dieser einschlägige Geschmack in Seemannskreisen, dachte Sylvia leicht genervt.

Wie konnte der Wachleiter bei der Lautstärke noch seinen Funkverkehr durchführen?

… einmal komm ich zurück.

»Hallo, ich bringe Ihren Kaffee.« Sie blieb zögernd an der Tür stehen.

… einmal komm ich zurück.

Sylvia machte ein paar Schritte in den Raum. Die Musik kam nicht aus dem Radio, sondern von einem altmodisch anmutenden Plattenspieler, dessen Tonarm hakte.

Den Wachleiter schien es nicht zu stören. Er saß zusammengesunken auf seinem Drehstuhl vor dem Monitor.

Die Harpune, die aus seinem Rücken ragte, und deren Spitze vorne am Brustkorb wieder ausgetreten war, hatte Sylvia zuletzt an der Wand des Blauen Herings hängen sehen. Und erst kürzlich in den Händen ihres Chefs.

»Tod durch massive innere Blutungen. Lunge, Herz und große Gefäße zerrissen. Blutaustritt nach außen minimal.

Mutmaßlicher Todeseintritt zwischen neun und zehn Uhr abends.« Bär ließ den vorläufigen Befund sinken.

»Sylvia, was haben Sie sich dabei gedacht, auf Seemannshöft verdeckt zu ermitteln? Und dann noch in der Begleitung dieses Kammerjägers!«

Sylvia hatte die letzten beiden Nächte kein Auge zugetan.

Nachdem sie die vor Ort zuständige Wasserschutzpolizei und Bär vom Tatort aus benachrichtigt hatte, war es mit der trügerischen Ruhe auf der Station vorbei gewesen. Notfallarzt, die Kollegen der Mordbereitschaft, Spurensicherung – eine halbe Stunde später wimmelte es von Menschen.

Parallel dazu kehrten Lotsen von ihren Einsätzen zurück, und die der neuen Schicht rückten an. Alle zeigten sich tief betroffen.

Karsten Schmahl, der Ältermann der Lotsenbrüderschaft, hatte noch in der Nacht persönlich die Funktion des Wachleiters übernommen. »Der Hafen schläft nicht. Wir können die Schiffe nicht aufhalten, bis Sie mit Ihren Untersuchungen fertig sind.«

Trotz der ruppigen Art merkte man ihm und seinen Kollegen den Schock über den neuen Todesfall an.

»Karl Semmler war sehr beliebt bei uns. Immer hilfsbereit, wenn es darum ging, mal den Dienst zu tauschen. Hat sich auch sehr für unsere Junglotsen eingesetzt. Er hinterlässt eine Frau und zwei erwachsene Töchter.«

Schließlich war es Bär gewesen, der die Ehefrau des Toten benachrichtigt hatte, während Sylvia auf Seemannshöft die Stellung hielt.

Hans hatte sich für seine Aussage zur Verfügung gehalten, war dann aufgebrochen, ohne noch einmal mit ihr alleine gesprochen zu haben. Aber im Morgengrauen hatte er vor ihrem Haus gestanden, auch er übermüdet, sie hatte ihn weggeschickt.

»Sylvia, alles okay?« Der Chef wirkte eher besorgt als gereizt.

»Klar, ich brauche nur einen Kaffee.« Jetzt oder nie, dachte Sylvia. »Chef, es war keine verdeckte Ermittlung. Ich war privat mit dem Kammerjäger unterwegs. Weil es sich so ergeben hatte.«

Bär räusperte sich. »Sie meinen, Sie wollten Hans Bielfeldt auf den Zahn fühlen und das gleich noch mit Recherchen auf der Lotsenstation verbinden?«

Ich bin nicht zusammengebrochen, als ich das von der Harpune durchbohrte Opfer sah, ich habe kaum noch Albträume, ich bin okay, mein Privatleben geht keinen etwas an, sagte sich Sylvia.

»Mein Privatleben geht keinen etwas an.«

»Wir ermitteln in einem Mordfall.« Bär tigerte von seinem Schreibtisch zum Fenster und zurück. »Der Mann war gleich zweimal bei einem Verbrechen anwesend, erst im Blauen Hering, dann auf Seemannshöft.«

»So wie ich«, insistierte Sylvia.

»Wenden wir uns den Fakten zu«, sagte Bär unwirsch. »Karl Semmler, siebenundfünfzig. Keine Flecken in der Biografie oder auf der Weste. Maritime Karriere. Von der Pike auf gelernt, dann Seefahrtsschule. Als Offizier gefahren, später Kapitän. Bis die Familie streikte. In die Brüderschaft eingetreten, von da an als Hafenlotse selbstständig.«

»Feinde? Konflikte in letzter Zeit?«

»Im Gegenteil. Harmonisches Familienleben, sagen die Nachbarn. Hilfsbereiter Kollege. Kein Zusammenhang mit unserem ersten Toten, Kurt Meibohm, festzustellen. Privat haben die beiden angeblich nicht miteinander verkehrt.«

»Könnten die Lotsen nicht gemeinsam in Schmuggelaffären verstrickt sein? Zum Beispiel als Drogenkuriere? Die kommen doch noch vor dem Zoll an Bord.« Sylvias Lebensgeister kehrten zurück: Gedanken kombinieren, Ideen auswerten, zur Tat schreiten. Das machte in ihren Augen eine gute Polizeibeamtin aus, und sie hatte es noch nicht verlernt.

»Nur mal angenommen, Sie hätten Recht«, konterte Bär. »Warum dann diese dramatische Waffenwahl?«

»Zur Ablenkung. Viele der Lotsenbrüder verkehren im Blauen Hering und hätten die Harpune entwenden können. Ellen war der Diebstahl bis gestern nicht aufgefallen. Da hängt so viel an Dekorationen rum …«

»Sie meinen also, es müsste eine Art Brudermord sein? Das Motiv Habgier, und einer der Brüder versucht die Tat einem anderen zuzuschieben? Intrigen? Was stützt diese Hypothesen?«

»Nichts Konkretes«, gab Sylvia zu. »Aber wenn man bedenkt, dass es gleich zwei Lotsen erwischt hat, dazu das Umfeld, einmal Seemannskneipe, einmal Station«, sie fuhr sich nachdenklich durchs Haar. »Wo können wir sonst bei den Ermittlungen ansetzen?«

»Motiv Rache. Ein betrunkener Kapitän, der vom Lotsen

gemeldet wird. Hinweise auf Überladung oder technische Mängel. Anzeigen von fehlenden Sicherheitsstandards, Streifen der Pier, falsche Beratung. Streit um den besten Liegeplatz am Kai. Schiffe kollidieren nicht ohne Grund. Vielleicht gibt es auch Kompetenzgerangel zwischen Alt- und Junglotsen.«

»Alle Achtung, Chef«, staunte Sylvia. »Als Landratte kennen Sie sich erstaunlich gut aus.«

»Ich habe gestern auf der Station Nachhilfe genommen«, gab Bär zu. »Während Sie im Blauen Hering waren.«

»Nicht nur. Zunächst habe ich wie abgesprochen den alten Wirt im Krankenhaus besucht«, ging Sylvia in Verteidigungsstellung und ärgerte sich darüber. »Es geht ihm besser, aber nun überlegt er ernsthaft, ob er nur noch für seine Gesundheit leben will. Auf Malle den Lebensabend verbringen.«

»Haben Sie in diesem Gespräch brauchbare Hinweise bekommen?«

Bär wurde ungeduldig. Weitschweifigkeit, immer wieder diese betont menschlichen Details – das war nicht sein Ding. Wo blieben die Fakten?

»Ich weiß, Sie wünschen Fakten«, fuhr Sylvia fort. »Also gut. Laut Arzt ist der Infarkt auf eine Verengung der Herzkranzgefäße zurückzuführen, dazu kommen weitere Erkrankungen wie Leberzirrhose und eingeschränkte Nierenfunktion. Kein Fremdeinwirken. Um es deutlich zu machen, Chef,

der Mann pfeift aus dem letzten Loch, hätte vom Kranken-
bett aus noch nicht mal irgendwelche Fäden spinnen können.«

»Was sagt er zu der Harpune?«

»Die waren schon immer ein beliebtes Mitbringsel oder
Tauschware von Nordlandfahrern. Er weiß nicht mehr, woher
die stammen. Es hingen drei Stück an der Wand. In Kopf-
höhe. Keiner hat was dagegen, wenn die Gäste sie in die Hand
nehmen.«

»Und keiner zählt sie, wenn die Kneipe schließt«, murrte
Bär. »Wir haben so viele Fingerabdrücke darauf gefunden,
dass …«

»Eben, und Ihre müssten auch drauf sein«, unterbrach ihn
Sylvia. »Was ist mit dem alten Plattenspieler?«

Bär trommelte mit den Fingern aufs Fensterbrett.

»Es muss sich jemand die Mühe gemacht haben, ihn nach
Seemannshöft zu schaffen. Jedenfalls ist bis dahin nie so ein
Gerät aufgetaucht. Wir haben siebzig Lotsen zu überprüfen.«

»Und die Putzfrauen. Was ist mit der Sekretärin?«

»Die ist ganz patent. Weiß angeblich über alles Bescheid,
was auf der Station vor sich geht. Traut keinem etwas Böses
zu. Sie sollten trotzdem noch einmal mit ihr reden. So von
Frau zu Frau.« Sein Grinsen fiel schief aus.

Noch ehe Sylvia ein passender Kommentar einfiel, schaute
Kollege Schröder in einer mausgrauen Jogginghose um die
Ecke und hielt ihnen ein großes Stofftaschentuch entgegen.

»Schaut euch das an. Stammt aus der Küche.« Schröder war schon so lange in Amt und Würden, dass er zeitweise gnadenlos alle duzte, unabhängig vom Dienstgrad. Selbst den Staatsanwalt.

»Ist wichtig, eilt. Na los, aufmachen«, forderte er Bär auf. »Seit wann wickeln wir Beweismaterial in Rotztücher?«

»Vielleicht ist es ein Sandwich«, riet Sylvia und spürte plötzlich nagenden Hunger. Sie hatte in den vergangenen Monaten während ihrer Erkrankung gut zehn Pfund abgenommen, trotz des gesteigerten Alkoholkonsums.

»Wenn Sie wieder Lebenshunger verspüren, reguliert sich das von selber«, hatte der Arzt gesagt und damit Recht behalten.

Bär zupfte das Tuch auseinander.

»Vorsicht, damit sie nicht entwischen kann«, mahnte Schröder.

»Die nicht mehr«, stellte Bär nach einem kurzen Blick auf die zerquetschte Schabe fest und reichte sie an die Kollegin weiter.

»Das fällt eindeutig in den Kompetenzbereich der Kommissar-Anwärterin Prüss. Sie hat einen Fachmann zur Hand.«

Kapitel 8

John Eysing fiel es schwer, mit den schwächeren Tabletten auszukommen. Tagsüber ging es, da war er beschäftigt, nur nachts hatte er Schweißausbrüche und stand immer wieder auf, um vom Fenster aus auf die Positionslichter der Schiffe vor Oevelgönne zu sehen.

»Es macht mir nichts aus«, hatte Regine erklärt, die nach seiner Entlassung aus dem Krankenhaus wieder zurück ins Schlafzimmer gezogen war. »Ich brauche deine Nähe. Es war damals ein Fehler, dich einfach in Ruhe zu lassen.«

Es gab Momente, in denen er ihre Gegenwart schätzte, aber dann wieder zog er sich in seine eigene Welt zurück, blätterte in alten Fotoalben und sichtete seine Unterlagen.

»Beleuchten Sie Ihre Vergangenheit, vielleicht finden Sie etwas, das Ihnen hilft. Was es auch war, Sie haben es überlebt«, hatte ihm der Arzt im Entlassungsgespräch mit auf den Weg gegeben und dann einen Zettel in die Hand gedrückt. »Das ist unsere ambulante Gesprächsgruppe. Sie ist offen, ohne Voranmeldung. Sie sind nicht der Einzige mit Albträumen in dieser Stadt.«

Regine war klug genug gewesen, ihn nicht zu drängen. »Schaden kann es nicht«, hatte sie nur einmal aufmunternd gesagt.

»John, bist du soweit?«

Die Beerdigung von Semmler, da konnte man nicht fernbleiben. Eysing war noch nicht befragt worden, vielleicht wegen seines Unfalls?

Aber natürlich hatten sich die schockierenden Details bereits herumgesprochen, und Eysing wusste, dass er über kurz oder lang eine Aussage machen musste, denn eine der Harpunen im Blauen Hering stammte aus seiner Privatsammlung. Er hatte sie vor langen Jahren Rolf, dem damaligen Wirt, zu einem Kneipenjubiläum geschenkt und war froh gewesen, das alte Zeug los zu werden.

Nur in den ersten Jahren auf See sammelte man alles Mögliche, der Reiz verflog schnell, zumal, wenn man keine Kinder hatte.

Semmler und er waren sich privat bewusst aus dem Weg gegangen, sie kannten einander zu gut nach all den Jahren, und worüber hätten sie sprechen sollen?

»Ab morgen fahre ich wieder raus«, teilte er seiner Frau mit und drückte ihren Arm.

»Meilin, er ist nichts für dich.« Ellen nahm das schluchzende Mädchen in den Arm.

Liebeskummer bringt keinen um. Du bist jung und hast das Leben noch vor dir, sagte sie wohlweislich nicht, denn das hatte noch keinem geholfen.

»Ich bringe sie um«, Meilin ballte ihre kleinen Fäuste. »Sie benutzt ihn nur. Ich habe gesehen, wie sie ihn vor zwei Tagen nicht rein gelassen hat. Was will sie von ihm?«

Ellen seufzte und zog die Kleine dichter an sich. Noch jemand, der sie brauchte: Meilin, deren Eltern als Boat People aus Vietnam aufgebrochen waren, in einer hoffnungslos überladenen Nussschale, die schon nach kurzer Zeit in Seenot geraten war.

Menschen in Not musste auf See geholfen werden, das war Gesetz. Aber das galt nicht für die Schiffe. Manch ein Kapitän hatte für Leute nichts übrig, die sich selber in eine prekäre Situation gebracht hatten. Deshalb fuhr man schon mal vorbei und gab später an, der Schiffsgröße und Gefährdung wegen abgedreht zu haben.

Was so gut wie nie von der Hand zu weisen war.

Meilin, damals gerade ein Jahr alt, hatte Glück. Heimische Schiffer fischten sie als eine der wenigen Überlebenden aus dem Wasser.

Da nun elternlos, kam sie in ein Waisenheim, aus dem ihr großer Bruder Sunjang sie erst nach zähen, bürokratischen Kämpfen nach Deutschland holen konnte.

Ellen hatte ihn dafür immer bewundert. Sunjang lebte für seine Schwester und für Heimatlose, wie er sie nannte.

Ob er selber ein Gefühl von Heimat kannte, wusste sie nicht zu sagen.

»Dein Bruder hat Recht. Rattenhans passt nicht zu dir.« Sie spürte, wie sich das Mädchen in ihren Armen steif machte.

»Du bist eben zu alt«, waren Meilins grausame Worte. »Verstehst nichts von der Liebe.«

Liebe, was für ein hochtrabender Ausdruck! Ellen kannte die Liebe in allen ihren Variationen: als Lust, die den Körper wie ein Lavastrom überrollte, als Druck im Brustkorb, der Ketten sprengen konnte, und als ein Gefühl von mütterlicher Zärtlichkeit, wie sie es gerade erst bei Usman erlebt hatte.

Usman war für sie wie ein großer, unbekümmerter Junge, der nachts nach seiner Mom Ellen rief, wenn ihn die schlechten Träume heimsuchten. Wie gerne hätte sie ihn noch behalten, ihm das Leben gezeigt, ihn unter ihre Fittiche genommen. Bis er endgültig flügge gewesen wäre.

Aber nein, der dumme Kerl war schon bei den ersten eigenen Schritten ins Unglück gestolpert, und sie, Ellen, musste nun sehen, wie sie ihn da wieder raus bekam.

»Glaubst du, er liebt sie?« Meilin schaute sie flehend an. Die Stimmung war wieder umgeschlagen, das Privileg der Jugend, wenn alles noch so atemberaubend schnelllebig war.

»Nicht auf die Art, wie du dir das vorstellst.« Ellen balancierte mit ihren Worten. »Männer wollen nicht immer Romantik, manchmal geht es ihnen um Profaneres.«

»Wenn du Sex meinst, darüber weiß ich längst Bescheid.«

Ellen musste lächeln. Wenn Sunjang seine kleine Schwester so hören könnte, würde er geschockt sein. Aber man konnte nicht in Altona leben und über diese Sachen nicht Bescheid wissen.

»Du willst wissen, was Sylvie von ihm will? Er soll der Hüter ihrer Träume sein. Nur für eine gewisse Zeit. Aber das verstehst du nicht«, schloss sie seufzend.

»Für mich heißt Liebe, alles für einen Menschen zu tun. Alles und immer.« Große Worte, trotzig und theatralisch von Meilin gesprochen. Gefolgt von einem kindlichen »Kann ich noch eine Cola haben?«

»Nur, wenn du mich dann mit dem Thema in Ruhe lässt. Ich habe genug von der Fragerei. Du kannst dir denken, dass die Polizei mich ausgequetscht hat wie eine Zitrone.«

»Der Harpunenmörder. Es muss ein Gast von hier gewesen sein, der das Ding geklaut hat.«

Schon waren Meilins Tränen versiegt, das neue Thema versprach Spannung, und warum um einen toten Lotsen weinen?

»Wer weiß das schon«, Ellen räumte Gläser ein. »Ich hab mich nie um die Waffen gekümmert. Vielleicht hat sie jemand schon vor langer Zeit mitgehen lassen.«

Aber das entsprach nicht der Wahrheit, erst vor kurzem hatte der Kommissar, der sie so eigenartig an einen schwelenden Vulkan erinnerte, eine der Waffen in die Hand genommen. Die von John Eysing, dem Lotsen mit dem abwesenden Blick, der auch unter Alkohol nicht gesprächiger wurde.

Es handelte sich um die Harpune, in der mehrere Einkerbungen zu sehen waren, wenn man genau hinschaute. Aber das war Sache der Polizei. Und die von John. Ellen war einem kleinen Schwatz nie abgeneigt, aber geschwätzig war sie nicht.

»Du musst zur Arbeit«, ermahnte sie Meilin. »Wo bist du heute eingesetzt?«

»Mal hier, mal da.« Das Mädchen wich ihr aus.

»Ich hätte da was für dich. Zusätzlich. Auf der Beerdigung bin ich von der Frau eines Gastes angesprochen worden. Sie sucht jemanden für den Haushalt, zwei- bis dreimal pro Woche. Geld bar auf die Hand.«

Mehr Arbeit würde das Mädel hoffentlich von ihrem Liebeskummer ablenken. Ellen schrieb ihr die Telefonnummer und Adresse von Eysings auf.

»Wenn die Bullenfrau Hans nicht in Ruhe lässt, soll sie mich kennen lernen«, grollte Meilin noch einmal beim Abschied, aber es klang schon zahmer.

Als Meilin gegangen war, griff Ellen zum Telefon. »Sunjang, ich will dich und Hans heute Abend noch sehen. Geht hinten rum und dann zur Küche hoch.«

Usman, vor allem ging es ihr um Usman. Ellen schenkte sich einen Sekt ein, das putschte schneller auf als Kaffee. Dann drückte sie die Tastenkombination für »La Paloma« an der Box. Erst Albers, dann Freddy.

Wenn sie das Lied nur oft genug hörte, würde es ihr womöglich wieder einfallen, was sie damit verband.

»Bei Rolling home sind mir fast die Tränen gekommen«, gab Sylvia zu, als sie und Bär an den Landungsbrücken im Stehen eine Portion Backfisch mit Remouladensoße verdrückten.

»Ich meine, also, ich habe nichts gegen Shantychöre bei Trauerfeiern, aber die Leute hinter mir fingen leicht an zu schunkeln, und da war es um mich geschehen.«

»Also Lachtränen. Ich freue mich, dass es Ihnen so gut geht«, sagte Bär mürrisch. »Aber wir sollten den Ernst der Lage nicht verkennen. Der Shantychor setzte sich ausschließlich aus Hafenlotsen zusammen, einer unserer potenziellen Verdachtsgruppen. Haben Sie alle Namen? Die Filmauswertung der anderen Trauergäste?«

»Chef, Sie wissen so gut wie ich, dass wir damit ein Fass ohne Boden aufmachen, der ganze Hafen war auf den Beinen. Stauer, Festmacher, Schiffsführer, Segler, …«

»Das ist mir bekannt. Was ist mit dem Lied?«

»La Paloma ohé.« Fast hätte Sylvia die erste Zeile gesungen, nahm sich dann aber zusammen. Es musste der Frühling sein. Sie liebte die Stadt, die Arbeit, die Tage und die Nächte. Hans hatte sich rar gemacht, aber das machte ihr nichts aus.

»In drei Wochen ist Hafengeburtstag«, sagte Sylvia mit einem Blick auf die Fregatte »Hamburg«, die gerade zu Besuch an der Pier lag. Menschen standen geduldig Schlange, um zur Besichtigung an Bord gelassen zu werden.

Zum Hafengeburtstag erwartete die Stadt eine Million Gäste, überwiegend Sehleute, die an den Landungsbrücken

Schiffsparaden der Großsegler, Schlepperballett und Party ohne Ende miterleben wollten.

»La Paloma wird aus allen Ecken erklingen. Erinnern Sie sich an Freddys Weltrekord im Chorsingen? Er ist damit ins Guinness Buch der Rekorde gekommen. Es waren genau 88599 Kehlen, aus denen das Lied erklang.«

Sie hielt Bär die Kopie eines Zeitungsartikels vor.

»Als ich darauf stieß, habe ich mir so meine Gedanken gemacht.«

»Sie glauben, der Mörder wird den Trubel für einen weiteren Anschlag nutzen? Damit ist bei Veranstaltungen dieser Größenordnung grundsätzlich zu rechnen, Sylvia.«

Bär verkniff sich weitere Belehrungen, und die Kollegin fuhr unbeirrt fort.

»Das Lied wird auch als Hymne für die Ewigkeit bezeichnet. Sozusagen ein Jahrhunderthit. Es geht darin um Liebe, gebrochene Herzen und um Hoffnung, die niemals stirbt.«

Sylvia sah ihrem Chef direkt in die Augen, um ihm eine Reaktion zu entlocken. Irgendeine, aber Bär stocherte mit der Plastikgabel in seinem Backfisch.

»Sebastian de Yradier schrieb das Lied als kubanische Habanera. Aus Liebeskummer, möchten Sie Details hören?«

»Nur, wenn sie mit unseren Fällen zu tun haben.« Bär pulte pedantisch eine Gräte aus dem Fisch.

»Denken Sie an unsere bisherigen Motive. Habgier und Rache. Nun kommt auch noch Liebe dazu. Im Grunde genommen dreht sich in unserem Leben doch alles um Gefühle.«

»Mir scheint das weit hergeholt für so eine rührselige Hamburghymne, die man nur noch im Nepp-Viertel des Hafens hört.«

»Pardon, aber da sind Sie falsch informiert«, Sylvia brannte darauf, ihr neu erworbenes Wissen weiterzugeben.

»La Paloma-Versionen existieren auf Spanisch, Vietnamesisch, Russisch, Französisch, Suaheli, Zulu …«

»Danke, das reicht. Wie wär's mit einer Zusammenfassung?«

»Es soll über zweitausend Varianten geben. Gefangene Freiheitskämpfer wünschten sich das Lied in Mexiko zu ihrer Hinrichtung, und in Theresienstadt ließ man es auf den Weg zu den Gaskammern spielen.«

»Blanker Zynismus«, Bär brachte keinen Bissen mehr herunter.

»Noch einmal. Worauf wollen Sie hinaus?«

»Gleich, Chef. Wussten Sie, dass bis zum heutigen Tag ein Hamburger Radiosender jeden Morgen kurz vor neun eine andere Fassung dieses Liedes sendet?«

»Wir werden ab sofort den Sender auf dem Revier einstellen, zufrieden?« Bärs Geduld war erschöpft. »Machen Sie eine Aktennotiz über die Geschichte von La Paloma, ich schau sie mir später an.«

»Nur noch eine Sekunde.« Sylvia rückte dichter an Bär heran und sang ihm ins Ohr. »Auf Matrosen, ohé einmal muss es vorbei sein, einmal holt uns die See, und das Meer gibt keinen von uns zurück.«

»Danke«, sagte Bär eisig und wich nach hinten aus, aber die Kollegin rückte nach.

»Und jetzt Freddys Fassung. La Paloma ohé einmal schlägt uns die Stunde der Trennung, einmal komm ich zurück … Das ist der Knackpunkt.« Ihr Chef sah mit offenem Mund weder intelligent noch interessant aus, fand Sylvia.

»Beachten Sie den Text. Die Aussagen unterscheiden sich. Ich glaube, dass uns der Täter mit seiner Version etwas sagen will. Mein Bekannter hat mich darauf gebracht.«

»Der Rattenfänger ist also auch ein Musikfreund.«

Bär musste an die Küchenschabe denken, und wie seine Kollegin sie sorgfältig wieder eingewickelt und dann in die Hosentasche gesteckt hatte.

Er fragte sich, wie weit die private Beziehung zu dem Kammerjäger wohl ging. Ihm gefiel die Vorstellung nicht, dass die beiden Sachen taten, die Sylvia vom Fall ablenken könnten. Oder dass sie vielleicht berufliche Details ausplauderte in dieser gewissen Stimmung, die sich einstellte, nachdem ein Paar …

Bär knüllte heftig seine Serviette zusammen. Seit zwei Jahren war ihm Sylvia Prüss immer wieder auf die Pelle gerückt, und er wusste bis heute nichts damit anzufangen.

Im Gegenteil, wie oft hatte er sich genervt gefühlt, das Opfer ihrer emotionalen Wunschvorstellungen zu sein. Aber gegen einen undurchsichtigen Rattenkämpfer ausgetauscht zu werden, dem das Brustfell aus dem Kragen wucherte, und von dessen Tätowierungen sich die Prüss zu Lobhudeleien hinreißen ließ – Bär fühlte einen Anflug von Melancholie. Altersmelancholie.

Es war an der Zeit, wieder einmal um die Alster zu laufen, um diese gefährliche Stimmung zu verdrängen.

Besser noch, er würde sie ertränken. Heute Abend, beim Stammtisch im Blauen Hering.

Kapitel 9

»Ich sehe nicht ein, warum ich das Teppichlager in der Speicherstadt noch einmal aufsuchen sollte«, wehrte sich Sylvia in der Gruppentherapie am Abend. Auch Ratschläge konnten Schläge sein.

»Der Täter kehrt immer wieder an den Tatort zurück«, sagte die dicke Frau neben ihr und schlug sich dann mit ihrer kleinen, fleischigen Hand vor den Mund, als sie die bösen Blicke der anderen bemerkte.

»Bullshit, nichts als Bullshit.« Das kam von Carlo, der mit seinem Bus in eine Schülergruppe gefahren war und seitdem nicht mehr hinter dem Steuer gesessen hatte.

Franziska, die seit ihrer Geiselnahme keine Nacht mehr durchgeschlafen hatte, fühlte sich verpflichtet, Sylvia zu verteidigen. »Nicht jede Situation muss noch einmal real durchlebt werden. Unsere Albträume erfüllen eine wichtige Funktion.«

Der Therapeut räusperte sich. »Danke, Fran, das haben Sie goldrichtig gesagt. Und was meinen Sie selber dazu, Sylvia?«

»Im Augenblick fühle ich mich stark. Warum sollte ich das wieder aufs Spiel setzen? Ja, die Situation hat mich krank gemacht. Ja, ich habe mich immer wieder gefragt, was wäre gewesen, wenn ich anders reagiert hätte, die Waffe damals abgedrückt. Aber ich konnte sie nun mal nicht abdrücken und muss mit der Schuld leben.«

»Wir wollen Worte wie Schuld vermeiden«, gab der Therapeut in die Runde.

»Können Träume auch Sühne bedeuten?« Der Mann, der das sagte, war erst seit kurzem in der Gruppe, und so erhielt er die volle Aufmerksamkeit der Anwesenden, zumal er bisher nur ein stummer Teilnehmer gewesen war.

Auch Sylvia war überrascht, denn sie bildete sich ein, den Mann schon mal gesehen zu haben. Ob es im Blauen Hering gewesen war? Oder bei der Beerdigung?

Sie konnte ihn nicht direkt fragen. Eine der Gruppenregeln lautete, keine Fragen über das private Umfeld zu stellen, warten, bis jemand bereit war, sich zu öffnen.

»Sühne. Ich versteh nicht, was Sie damit sagen wollen«, sagte die junge Mutter, deren Kind in einem unbemerkten Augenblick im Gartenteich ertrunken war. »Schuld heißt, Verantwortung für seine Taten zu übernehmen.«

»Aber man muss auch lernen, sich verzeihen zu können«, sagte Sylvia und bekam ein bestätigendes Kopfnicken des Therapeuten.

»Bei mir hat es funktioniert«, Sylvia sprach den Mann, dessen Namen sie nicht kannte, direkt an.

»Nach welchem Rezept?« Es kam nur geflüstert.

»Mit Liebe.« Sylvia schaute sich fragend in der Runde um. »Mit Liebe!«, wiederholte sie dann mit Überzeugung in der

Stimme und schenkte dem Neuen ein Lächeln, das dieser zögernd erwiderte. Als ob es schon lange eingefroren wäre.

»Ich möchte noch einmal darauf hinweisen, dass alles Gesagte hier im Raum bleibt. Nichts dringt nach außen, dazu haben Sie sich mit Ihrer Unterschrift freiwillig verpflichtet«, mahnte der Therapeut.

Alle nickten bestätigend, die meisten kamen schon länger in die »Traumtänzergruppe«, wie sie sarkastisch von ihnen genannt wurde.

»Manchmal braucht es einen kleinen Anstoß zum Reden«, sagte Sylvia zögernd, an den Neuen gewandt. »Bei mir war es ähnlich. Ich wollte alles alleine in den Griff bekommen und habe bunte Pillen geschluckt. Trotzdem hörten die Träume nicht auf.«

Sie versuchte, den Blick des Mannes einzufangen und brach spontan eine der Gruppenregeln. »Auch wenn es zu direkt ist, ich spreche es einfach mal aus. Ich möchte sehr gerne mehr über Sie erfahren, am liebsten heute noch.«

Der Therapeut ließ ein weiteres Räuspern hören und runzelte die Stirn.

Aber da hatte der Neue sich schon vorgebeugt und sagte laut: »Ich heiße John und leide an Albträumen.«

Sylvia verließ den Gesprächskreis später als sonst und machte sich auf den Weg zu einem vietnamesischen Restaurant in der Altstadt. Ellens Leute tagten bereits.

Nicht in dem blitzsauberen Gastraum, sondern in einer Art Schuppen, den man über den Hof erreichte. Sie hatte Sylvia eine Skizze gemacht.

»Wundere dich nicht über den Ort, aber nicht jeder zeigt sich gerne in der Öffentlichkeit. Wir machen nichts, was gegen das Gesetz verstößt.«

Bei den letzten Worten hatte Ellen gezögert, das war Sylvia nicht entgangen, aber hier ging es nicht um Kapitalverbrechen, höchstens um einen Verstoß gegen … ja, gegen was eigentlich?

Ellen sprach von Menschenrechten, die jedem zustünden, also ging es vielleicht um Verletzung von Menschenrechten.

Hoffentlich reichte Sylvias Konzentration noch aus, um einer Grundsatzdiskussion folgen zu können.

Die Gruppentherapie hatte sie geschlaucht. Johns Geschichte, die er an der Stelle abgebrochen hatte, als die Piraten das Schiff enterten, war irgendwie unfertig geblieben. Ob sie wohl eine Fortsetzung fände? Und wie sollte sie sich verhalten, wenn man einander beruflich begegnen würde?

Sylvia dachte auch an den geflohenen blinden Passagier, den ihre Kollegen von der Wasserschutzpolizei inzwischen wieder geschnappt hatten. Armes Schwein, die hatten wirklich keine starke Lobby. Wie gut, dass es Leute gab, die sich für Randgruppen einsetzten. Für Lästlinge.

Wie auch dieser Sunjang. Sylvia war sicher, den eigenartigen Freund von Ellen heute hier anzutreffen.

In der Tat war es Sunjang, der sie in Empfang nahm, sich übertrieben tief verneigte und damit nur vermied, ihre Hand schütteln zu müssen.

Die Gesellschaft, die rund um einen Tisch auf klapprigen Gartenstühlen saß, hatte etwas Konspiratives.

Ellen winkte Sylvia auf den Platz neben sich.

»Prima, dass du es endlich mal zu uns geschafft hast. Soll ich dir meine Gefährten vorstellen?«

In Sylvias Ohren klang das nach Robin Hood und seinen Gefährten. Oder nach König Artus' Tafelrunde. »Stell erst mal mich vor.«

Die Gespräche verstummten.

»Frau Prüss, oder Sylvia, interessiert sich für unsere Arbeit«, begann Ellen. »Sie arbeitet bei der Polizei, ist aber außerdienstlich hier.«

»Das sind Bullen nie«, sagte ein junges, bildschönes asiatisches Mädchen, das Sylvia böse anfunkelte.

Hier bin ich der Lästling, dachte Sylvia.

»Meilin«, rief Sunjang mahnend. »Lass dich nicht von Vorurteilen leiten.«

Sylvia war überrascht, dass sie in Sunjang auf einmal einen Fürsprecher hatte.

»Ich möchte, dass ihr etwas von euch erzählt«, fuhr Ellen mit ihrer tiefen Stimme fort, »damit Sylvia unsere Arbeit und Situation besser einschätzen kann.«

»Die wollen doch alle nur glauben, was die Presse schreibt«, meinte ein älterer Mann abfällig, den Sylvia schon öfter in der Nähe der Seemannsmission angetroffen hatte.

»Ich glaube gar nichts«, sagte sie verärgert.

In den nächsten Stunden hörte Sylvia über den Bürgerkrieg in Libyen, illegale Grenzübertritte, Schutzbegehren, Rückschiebungen und Menschen, die wie Ratten hausten.

Es gibt zwei Sorten Ratten, die hungrigen oder die satten, hatte Hans im Keller auf Seemannshöft Heine zitiert. Sylvia kannte inzwischen die Fortsetzung des Zitats: Die satten bleiben vergnügt zu Haus, die hungrigen aber wandern aus.

Bär saß an der Längsseite der Theke im Blauen Hering und betrachtete zum wiederholten Mal den Schrumpfkopf ihm gegenüber, der unter dem vom Rauch verschmierten Glassturz kaum mehr zu erkennen war. Trotzdem tippte Bär auf einen weiblichen Schädel.

»Wahrscheinlich eine Beziehungskiste.« Er nickte dem jungen Schnösel zu, der hier seit neuestem als Aushilfe arbeitete, und wies dabei auf den Schrumpfkopf. »Mord gab es schon immer.«

»Längst verjährt.« Das kam schräg von hinten. Bär hasste es, in einer Kneipe von hinten angesprochen zu werden, vielleicht war es doch verkehrt gewesen, hier privat aufzukreuzen.

»Wo sind denn die Lotsen heute?«, fragte er den Schnösel, der ihm sein viertes Bier zapfte.

»Die kommen nur, wenn Ellen da ist«, sagte der Mann schräg hinter ihm, und erst jetzt registrierte Bär, dass er den Kammerjäger im Genick hatte.

»Wo steckt sie denn heute?«, konnte Bär sich nicht verkneifen, denn wenn er ehrlich war, hatte er auf Ellens Anwesenheit gehofft. Nicht, um mit ihr tiefsinnige Gespräche zu führen, aber da war etwas in ihren Augen gewesen, das ihn berührt hatte. Vielleicht war es das Weibliche, das bei älteren Frauen auf ganz andere Art hervortrat als bei den jungen lebenshungrigen.

»Es ist nicht nur das Mütterliche«, sagte der Mann, offenbar Gedankenleser, den sie Rattenhans nannten und rückte nach vorne neben Bär. »Sie gibt vielen den Glauben an das Gute im Menschen zurück.«

Bär hätte es nicht besser ausdrücken können. Nein, er hätte es überhaupt nicht ausdrücken können, das wäre das Vorrecht seiner psychologisch engagierten Kollegin gewesen.

Die mit eben diesem Mann … Er sah ihn sich genauer an: ein Rattenjäger, Frauenheld vermutlich. Frauen standen auf ausgefallene Berufe, nicht auf Beamte.

»Ich persönlich glaube nicht mehr an das Gute im Menschen«, meinte Bär sarkastisch.

»Ihre Kollegin schon.«

»Sie ist ein bisschen labil«, erklärte Bär und wollte den Kammerjäger damit warnen. Vor unüberlegten Handlungen. Zum Beispiel.

»Sie ist eine Frau.« Hans bestellte zwei Bier. »Eine Klassefrau, wissen Sie das?«

»Sylvia wird mal eine gute Kommissarin werden.« Bär beschloss in eben diesem Moment, daran selber zu glauben. »Wenn sie nicht in falsche Gesellschaft gerät.« Raubtieraugen hatte er, der Rattenjäger, wenn er ihn so wie jetzt herausfordernd anblickte.

»Das Gute im Menschen, wo steckt es denn?« Bär fixierte den anderen. Niederstarren hatten sie dieses Spiel als Kinder genannt, und er war daraus immer als Sieger hervorgegangen.

»Macht Ihnen Ihre Arbeit eigentlich noch Freude, Herr Bielfeldt?« Es klang zynisch, aber Bär stand dazu.

Rattenhans kratzte kleine Fetzen von seinem Bierdeckel und formte Kügelchen daraus. »Mit Schädlingen muss man Geduld haben. Wie beim Katz-und-Maus-Spiel.«

»In den meisten Fällen wird am Ende die Maus gefressen.«

»Sollte man meinen.«

Für einen kurzen Moment spürte Bär Wut in sich aufsteigen – eine Wut, gepaart mit Jagdinstinkt. Dieser Mann war gefährlich, er unterschätzte ihn nicht. Trotz Nachweis über Giftabgaben und Alibis, trotz fehlenden Motivs.

»Sie haben da ein echtes Problem«, Rattenhans rückte noch näher und tippte Bär auf die Schulter.

Bär hasste joviales Schulterklopfen, wich aber nicht zurück. »Wenn Sie meinen Fall meinen, dann garantiere ich Ihnen, dass er gelöst wird. Früher oder später.«

Er wusste, was er da sagte, und – wichtiger noch – er war von seinen eigenen Worten überzeugt.

»Ich meine nicht Ihren speziellen Fall. Es geht um die Küchenschabe. Das Musterexemplar, das man mir überreicht hat. Ich glaube, Sie hatten um meinen fachlichen Rat gebeten.« Er grinste unverschämt. »Also, nehmen wir mal an, Ihr ganzes Gebäude ist verseucht. Man kann die Tierchen mit sexuellen Duftstoffen anlocken.«

»Es liegt nicht an mir, Ihnen einen Auftrag zu erteilen«, sagte Bär steif.

»Sicher nicht«, sein Gesprächspartner lachte leise. »Ich bin auch ausgelastet, beruflich und privat.«

Bär verlor die Lust an der Unterhaltung, denn in diesem Moment kam Ellen durch die Tür, grüßte in alle Richtungen und verschwand in der Küche. Der Schnösel folgte ihr. Hans übernahm wie selbstverständlich das Bierzapfen und stellte Bär ein weiteres Glas hin. »Auf Kosten des Hauses.«

»Wusste nicht, dass Sie zur Heringsfamilie gehören«, sagte Bär und merkte, dass er allmählich mit schwerer Zunge sprach.

»Gewiss doch. Wir sind alle eine große, nette Familie, die Blauen Heringe. Und manchmal adoptieren wir noch andere Menschen dazu.«

Ellen winkte auch Rattenhans in die Küche und begrüßte dann Bär mit Handschlag. »Wären Sie eben mal so freundlich? Das Bier geht an Tisch drei. Haben Sie schon mal gezapft?«

Wollte sie sich über ihn lustig machen?

»Ich bin nicht im Dienst«, brummte er.

»Ich weiß, min Jung, eben deshalb.« Sie tätschelte ihm die Wange, und Bär fühlte sich wie ein Schuljunge.

Tisch drei war es egal, wer das Bier brachte.

»Trink eins mit, kommt auf meinen Deckel«, sagte ein graubärtiger Mann mit Prinz-Heinrich-Mütze. Man fachsimpelte gerade über Versicherungsbetrug.

»Pumpen einfach rückwärts laufen lassen, dann säuft jeder Kahn ab.« Der Graubart fasste Bär am Handgelenk. »Braucht seine Zeit, aber die Versicherung muss zahlen. Nichts nachzuweisen.«

»Oder nehmen wir mal einen Maschinenschaden an«, meldete sich sein Tischnachbar, der auf dem Unterarm gleich fünf verschiedene Frauennamen eintätowiert hatte, zu Wort. »Angenommen, neuer Kolben muss her, 75 000 Dollar. Sie stecken dem Besichtiger, dem unabhängigen Experten, was zu, und schon werden weitere Zusatzteile benötigt. Auf dem Papier. Oder die Reparatur ist in Wirklichkeit viel billiger.«

Bär überlegte, ob das ein Fall für die Kollegen vom Betrugsdezernat wäre. Anleitung zum Versicherungsbetrug auf See. Wenn Kapitäne daran beteiligt waren, und das mussten sie wohl sein, könnte man auf weitere Motive in seinem Lotsenfall stoßen: Beseitigung lästiger Zeugen oder Erpressung.

Kapitel 10

»So, jetzt dürfen Sie sich Ihre Belohnung abholen«, Ellen winkte ihn zurück an die Theke und öffnete vor seinen Augen eine Flasche Champagner.

Bär trank schon fast automatisch. »Worauf trinken wir?«

»Der Laden gehört mir ab nächsten Monat offiziell. Dann bin ich schuldenfrei.« Sie sah ihn herausfordernd an, fand Bär.

»Wollen Sie mir nicht gratulieren?« Sie hielt ihm die Wange zum Kuss hin, dazu konnte er sich nicht durchringen, nahm aber ein weiteres Glas Sekt an.

»Mein letztes. Ich hab genug«, erklärte er.

»Einfach hier sitzen bleiben, bis ich Zeit habe.«

Sie behandelte ihn schon wieder wie einen Schuljungen. Bär wollte gehen, sobald er ausgetrunken hatte. Aber dann blieb er doch noch, bis nur noch er, der Kammerjäger, ein Asiat und die Wirtin übrig waren.

Der Asiat beachtete ihn nicht weiter, ging kurz darauf, aber Bielfeldt alias Rattenhans streckte Bär formell die Hand hin. »Ich mach mich auf den Weg, die Nacht ist kurz.«

»Die KKA Prüss muss morgen pünktlich zum Dienst erscheinen«, grummelte Bär.

»Ich werd's ihr ausrichten.«

Verdammter Idiot, und Bär wusste noch nicht mal, wen er damit meinte.

»Was habe ich zu zahlen?« Ellen schob den Schein zurück.

»Beim nächsten Mal. Heute sind Sie mein Gast.« Sie schloss die Tür ab, reduzierte die Beleuchtung und tippte La Paloma ein. »Einmal schlägt uns die Stunde der Trennung …«

Dann kam sie zurück und lehnte sich genau so über die Theke, wie sie es schon neulich getan hatte, und wieder trug sie das ausgeschnittene, schwarze Shirt, von dem Bär seine Augen nicht lösen konnte. Sie legte eine Hand in seinen Nacken und zog ihn dichter heran.

»So, min Schieter, nun sind wir ganz unter uns. Erzähl es Mom Ellen, was haben dir denn die Frauen getan?«

»Warum warst du nicht beim Komitee?« Sylvia konnte nicht schlafen, war damit beschäftigt, die Eindrücke des Tages zu verarbeiten. Das »Allerweltlichste« hatte heute keine Entspannung gebracht, sie waren beide nicht richtig bei der Sache gewesen.

»Ich hatte Ellen versprochen, im Blauen Hering nach dem Rechten zu sehen.« Er schob den Arm unter ihren Kopf und fing erneut an, sie zu streicheln. Sylvia entzog sich ihm nicht.

»Hab mit deinem Chef geplaudert. Wahrscheinlich sitzt er jetzt noch im Hering. Er ist scharf auf Ellen.«

»Na, das kann ich mir nicht vorstellen. Dem Kollegen Bär gehen auch nach Feierabend nur Ermittlungen durch den Kopf.«

»Ich glaube nicht, dass es dabei um seinen Kopf ging.« Hans rutschte an Sylvias Körper abwärts, aber diesmal gebot sie ihm Einhalt. Sie wollte lieber reden.

»Das ist schon merkwürdig mit unseren, nennen wir es mal – Paarungen. Erst du und ich, dann Ellen und … Ach was, das kann ich mir nicht vorstellen. Als ob es kein Zufall wäre. Glaubst du an Zufälle?«

Sie beobachtete ihn aufmerksamer als sonst. Vielleicht, weil ihre Sinne durch den Tag besonders geschärft waren.

»Nur eine tote Ratte ist eine gute Ratte. Daran glaube ich.« Er weicht mir aus, spürte Sylvia. Und wenn schon, wir sind nicht im Verhör.

»Bei unserer Albtraumgruppe, du weißt schon, habe ich heute jemanden getroffen.« Sie hielt einen Moment inne.

»Er hat ebenfalls mit meinem Fall zu tun. Im weitesten Sinne«, fügte sie mit schlechtem Gewissen hinzu. Schon wieder eine Grundregel gebrochen, nichts aus der Gruppe durfte nach außen dringen, sie musste sich zusammennehmen.

John, der verschlossene John mit seinen wilden Piratenträumen, auch er gehörte zu den Lotsenbrüdern.

»Hast du schon einmal einen Piratenüberfall erlebt?«, fragte sie Hans.

Der stand auf, holte sich aus dem Kühlschrank ein Bier und trat schweigend ans Fenster. Er war für sie ein Fremder, wie er da stand, aus einer Welt, die sie fast nur vom Hörensagen kannte.

Als Hans keine Anstalten machte zu reden, versuchte Sylvia, zu ihrem leichten Plauderton zurückzufinden.

»Käpt'n Iglo und Störtebeker, mit denen bin ich aufgewachsen. Als Pirat kannte ich nur Blackbeard, den gab's als Comic.«

»Mit Comic hat das nichts zu tun. Ich hab einmal einen Überfall im Golf von Aden miterlebt. Die Angreifer waren maskiert, stürmten das Schiff und zwangen uns, alle Wertgegenstände herauszugeben. Nach einer knappen Stunde war der ganze Spuk vorbei. Von mir haben sie nur eine billige Uhr bekommen«, er lachte und war ihr prompt nicht mehr so fremd.

»Aber der Bootsmann hatte Schmuggelgut dabei, Zigarettenstangen, denen hat er noch die ganze Reise nachgetrauert.«

»Sind die Täter gefasst worden?«

»Wie denn, wenn alles vertuscht wird? Die Reederei hat den Zwischenfall nicht gemeldet, sonst hätte die Behörde das Schiff für weitere Ermittlungen im Hafen festgehalten. Alles eine Kostenfrage.«

»Für mich klingt das wie Vertuschen einer Straftat. Ungesühnte Verbrechen auf See, ist das wirklich an der Tagesordnung?«

Hans nahm sich ein weiteres Bier und brachte auch Sylvia

eins mit. »Kommt drauf an. Da gibt es ganz andere Sachen. Die wahren Verbrechen sind die, bei denen es um Menschenverachtung geht.«

»Du meinst, die Piraten schrecken vor nichts zurück?«

John hatte leider das Ende seines Albtraums nicht erzählt, noch nicht. Sylvia vermutete, der Überfall hatte damals einen schlechten Ausgang genommen, denn sonst wäre John nicht heute noch traumatisiert.

»Piraten sind übles Gesindel, glaub mir, aber auf See gibt es noch schlimmere Schädlinge.«

»Du wirst die meisten eliminiert haben, wie ich dich kenne.«

»Ich muss gehen.« Hans erzählte nie, ob er in seine eigene Wohnung ging, einen Schädlingseinsatz hatte oder gar zur Frau mit sechs Kindern zurückkehrte. Bis auf das erste Mal hatten sie nie wieder zusammen gefrühstückt.

»Wir wissen nichts übereinander«, sagte sie leise, als er sich zum Abschied noch einmal über sie beugte.

»Das macht nichts. Eines Tages begegnen wir uns in unseren Träumen, versprochen.«

Sylvia schauderte. Besser nicht. Denn in ihren Träumen ging es immer wieder darum, die Waffe auf einen Menschen zu richten. Töten, damit ein anderer nicht getötet wurde.

Leben gegen Leben tauschen, Herrgott spielen.

»Man soll seine Träume beeinflussen können, wusstest du das?«, rief sie, als Hans schon an der Tür war.

»Versuch's mal mit Käpt'n Iglo«, kam es trocken zurück.

Sylvia fiel in einen Dämmerschlaf, wie er sich manchmal einstellte, wenn man morgens auf die Uhr schaute, noch eine Stunde bis zum Klingeln des Weckers hatte, und eigentlich nur noch ein bisschen dösen wollte. Um dann in einen besonders intensiven Traum katapultiert zu werden.

Sie sah eine Art Filmszene. Sandtorkai. Da, wo es gegenüber der Hafencity noch die hohen, alten Speicherhäuser gab.

Die Kamera schwenkte in den Eingang eines Teppichlagers, und anders als sonst in ihrem Albtraum, befand Sylvia sich auf einmal in einem Kellergeschoss und ging eine Wendeltreppe abwärts.

Plötzlich Szenenwechsel: Seemannshöft. Feuchte Mauern, ein Verlies wie beim Grafen von Monte Christo, in der Ecke eine Kreatur, die ihr den Rücken zuwandte.

Sylvia hielt ein Pumpgun in den Händen, eine typische Nahkampfwaffe. Aber jemanden in den Rücken zu schießen, das ging doch nicht, und jetzt wollte die Kreatur an ihr vorbei, um den Ausgang zu erreichen.

Sein Gesicht war nicht zu erkennen. Aber sie wusste genau, er war der Späher, der Vorkoster. Kein Lästling, ein echter Schädling. Er würde um sein Leben und das seiner Gefährten kämpfen, weil er keinen Fluchtweg hatte.

»Schieß«, befahl eine ihr merkwürdig vertraute Stimme, während das Lied von La Paloma als Echo von Wand zu Wand aus den verschlungenen Gängen hinter ihr hallte.

Usman ging es nicht schlecht, aber richtig gut ging es ihm auch nicht. Die Sonne schien in seine Zelle, das war schön, und er konnte auf eine blühende Kastanie sehen. Natürlich wusste Usman anfangs nicht, dass es eine Kastanie war, aber sein Zellengenosse hatte ihm das Wort mehrfach wiederholt. Der Mann kam aus der Türkei, war aber in einem anderen Hafen zugestiegen.

Wenn die Zwölf-Meilen-Zone passiert war, kehrte ein Schiff nicht mehr um, das hatte Usman auch noch von dem Mann gelernt. Der Türke wartete darauf, dass man ihn mit dem Flugzeug zurückbrachte. Danach wollte er schon bald wieder auf Reisen gehen, er hatte Spaß daran.

Bei Usman lag der Fall anders. Er war nicht aus Spaß zum blinden Passagier geworden. Trotzdem wollten sie ihn bestrafen. Weil er nicht wieder nach Lagos zurück wollte? Vielleicht auch, weil er abgehauen war, bevor sie ihn einsperren konnten.

Aber Usman wusste, dass Mom Ellen ihn nicht im Stich lassen würde, niemals. Das hatte sie ihm immer wieder versprochen. Sie musste ihm bald beibringen, wie man in Deutschland lebte. Gutes Land, Deutschland, er wollte hart arbeiten und alles machen, was man ihm sagte.

Heute spürte er Zweifel. Vielleicht war Mom Ellen ja noch böse auf ihn und wartete deshalb mit ihrem Besuch. Oder sie schrieb ihm lieber einen Brief.

Usman hoffte jeden Tag auf Post oder ein anderes Lebenszeichen. Er hatte Mom Ellen und ihre Wohnung der Polizei nicht verraten, sie hatten auch nur einmal gefragt. Vielleicht würde wenigstens Sunjang kommen.

Bis es soweit war, wollte er immer nur am Fenster stehen und den Kastanienbaum betrachten.

»Sie sehen schlecht aus, Chef«, sagte Sylvia, nicht ohne Schadenfreude, als sie am nächsten Tag gemeinsam aus der Dienstbesprechung kamen.

»Haben Sie sich etwa an Zombies versucht?«

»Spotten Sie nur. Ich pflege Ermittlungen nicht mit meinem Privatleben zu verknüpfen. Im Gegensatz zu Ihnen.«

»Das tue ich nicht«, Sylvias gute Stimmung verflog. Außerdem war sie sicher, dass der Chef log.

Und dann geschah das Unfassbare: Hauptkommissar Bruno Bär tätschelte ihr die Backe und entschuldigte sich.

»Sie haben Recht, ich bin im Blauen Hering versackt. Aber wer weiß, wozu es gut war. Wussten Sie, dass die Wirtin ab und zu Flüchtlinge aufnimmt? Keine große Sache, eher so haarscharf an der Legalität vorbei. Sie haben ein Komitee gebildet, das sich unter anderem für blinde Passagiere einsetzt. Einem von ihnen müssen Sie einmal in den Toiletten begegnet sein.«

»Ich hab's geahnt«, seufzte Sylvia. »Was werden Sie in dieser Angelegenheit unternehmen, Chef?«

»Uns ist keine Straftat angezeigt worden.« Bär wählte seine

Worte sorgfältig. »Manchmal ist es besser, auf einen Deal einzugehen.«

»Wie soll dieser Deal denn aussehen?« Sylvia war überrascht. Es kam ihr merkwürdig vor, dass Ellen sich nicht an sie gewandt hatte, wenn es um einen Deal ging.

»Sie möchte einen gewissen Usman in der U-Haft besuchen, Nachname unbekannt. Ich glaube, es handelt sich dabei um den blinden Passagier, der für einige Tage entwischt war. Er sitzt inzwischen ein. Aber da kann ich nichts machen, man wird ihr keine Besuchserlaubnis erteilen.«

»Im Gegenteil, wenn die herausfinden, wer den Mann versteckt hat …«

»Das ist nicht unsere Sache«, meinte Bär nach einer kleinen Pause. »Ich hab ihr trotzdem zugesagt, mich um die Angelegenheit zu kümmern.«

»Sie sprachen von einem Deal, Chef. Welche Gegenleistung haben Sie in Aussicht?« Sylvia hatte keine Anzüglichkeit beabsichtigt, es musste an ihrer eigenen Situation liegen, dass sie sich wie unter Zwang den Chef mit der mütterlichen Ellen vorstellte, wie die beiden …

»Da gibt es keine klaren Absprachen«, Bär räusperte sich. »Aber in Bezug auf die Harpune sind wir ein Stück weiter. Die hat ein John Eysing vor etwa fünfzehn Jahren dem Wirt überlassen. Und nun raten Sie mal, was aus dem Mann geworden ist.«

»Er gehört zur Lotsenbrüderschaft der Hamburger Hafenlotsen.«

»Sehr gut, Sylvia, und deshalb werden wir ihm gleich heute auf den Zahn fühlen.«

»Haben Sie keine andere Aufgabe für mich?«

»Wenn Sie wollen, fangen Sie mit der Sekretärin oder dem Ältermann an. Aber an Seemannshöft kommen wir nicht vorbei.«

Kapitel 11

»Meilin war zum zweiten Mal diese Woche bei mir. Zum Aus-
weinen«, sagte Ellen. Das war kein Vorwurf, wusste Rattenhans. »Sie hat mir wieder aufgelauert. Sunjang sollte besser
auf sie aufpassen.«

»Machst du etwas, um ihre Schwärmerei zu unterstützen?«,
fragte Ellen unwirsch.

»Nein. Aber soll ich sie nachts alleine durch St. Pauli laufen
lassen? Ich bringe sie zurück und warte, bis sie hinter der
Wohnungstür verschwunden ist. Meistens kommt sie an,
wenn Sunjang Spätdienst hat oder unterwegs ist.«

»Sie sagt, sie hätte eine Nacht mit dir verbracht.« Ellen sah
ihn forschend an.

»Sie hatte mir den Schlüssel geklaut. Du weißt doch, bei
mir gibt es nur Steckschlösser. Kein Problem, an Nachschlüs-
sel zu kommen. Als ich nach Hause kam, saß sie auf meinem
Bett.«

»So eine dumme Deern. Warum hat sie bloß an dir einen
solchen Narren gefressen?«

»Vielleicht, weil Sunjang sie immer zu sehr abgeschirmt
hat. Ich war einer der wenigen Männer, den sie aus der Nähe
zu sehen bekommen hat.«

»Du bist eben der geborene Rattenfänger. Ich denke da auch an unsere kleine Polizistin.« Ellen beobachtete Hans, ob sie ihm damit eine Reaktion entlocken konnte.

»Sie ist keine kleine Polizistin«, sagte Hans ganz ernst. »Sie hat Sachen durchgemacht im Leben, wie die meisten von uns. Aber sie kann es nicht so gut wegstecken.«

»So, und du hilfst ihr dabei?«

»Es war nicht beabsichtigt. Manche Sachen ergeben sich. Willst du sonst noch was wissen?«

Ellen kannte Hans gut genug, um zu wissen, wann es genug war mit Fragen. Er war verschlossener als andere, hatte in all den Jahren ihrer Bekanntschaft nur wenig von sich preisgegeben. Ganz anders als der melancholische Kommissar.

»Ich hatte gestern Gelegenheit, Sylvies Chef ein wenig näher zu kommen«, begann sie vorsichtig.

»Der Mann hatte getrunken. Was wolltest du von ihm?«

»Willst du nicht wissen, was er von mir wollte?«, schmunzelte Ellen.

Hans musste grinsen. »Einen Busen zum Anlehnen, wie wir alle manchmal.«

»Du nicht«, stellte Ellen fest.

»Du weißt doch, ich habe meine Ratten. Wir flüstern uns regelmäßig was ins Ohr.«

Ellen war sein ausweichendes Verhalten bekannt, wenn es um Emotionen ging.

Sie beschloss, direkter zu werden.

»Spiel nicht mit Sylvie.«

Hans' Gesichtszüge verhärteten sich.

»Mit wem ich spiele, geht dich nichts an.« Sie beobachteten einander abwartend, bis Ellen nachgab.

»Ich werde mich nicht einmischen, versprochen. Aber wenn du sie nur benutzen willst …«

»… habe ich auch dafür meine Gründe.« Er berührte ihre Hand. »Was hast du dem Bullen gesagt?«

»Er weiß von Usman.«

»Ellen, ich verstehe dich nicht. Er wird diese Information nutzen. Zum Schaden aller. Du ziehst damit eine Menge Leute rein.« Ellen zuckte nur mit den Achseln. »Das ist noch nicht alles. Ich habe ihm sogar von Johns Harpune erzählt.«

Hans war verärgert. »Warum hast du ihm diesen Hinweis gegeben?«

»Weil ich ihm nichts anderes zu geben hatte.« Sie sah plötzlich sehr müde aus.

»Ich habe alles schon mehrfach Ihren Leuten erzählt«, die Sekretärin auf Seemannshöft schaute recht skeptisch, und so setzte Sylvia ein besonders gewinnendes Lächeln auf.

»Ich weiß, aber wir wissen doch beide, dass man im Gespräch von Frau zu Frau manchmal auf Sachen kommt, die Männern entgehen. Einfach so.« Sie schnippte mit den Fingern.

»Wie ist denn die Arbeit hier, als Frau unter Männern?«

»Ich kann nicht klagen.« Frau Schult taute ein bisschen auf. »Unsere Herren sind alle sehr höflich und korrekt.«

»Siebzig Männer – da muss es doch auch schon mal untereinander zu Spannungen kommen, wäre nur menschlich.« Frau Schult rührte konzentriert in ihrer Kaffeetasse.

»Wenn es wirklich mal ein Problem gibt, haben wir ja unseren Ältermann, Herrn Schmahl. Und natürlich das Ehrengericht.«

»Was wird da verhandelt?«

»Oh, keine weltbewegenden Sachen. Es wird nur ganz selten einberufen. Ich nehme an, Sie wünschen ein Beispiel?«

Auch Sylvia rührte in ihrer Kaffeetasse. Gemeinsamkeiten schaffen Vertrauen, eine altbekannte psychologische Regel.

»Ich erinnere mich an einen Fall«, fuhr Frau Schult engagierter fort. »Da ging es um einen Lotsen, der während seiner Rufbereitschaft öfter nicht erreichbar war. Für jede Streichung aus der Bereitschaftsliste müssen nach unserer Börtordnung fünfhundert Euro Strafe gezahlt werden.«

»Eine harte Regel.«

»Finden Sie? In dem Fall müssen schließlich andere Lotsen die Arbeit mit übernehmen. Genau wie bei Krankheit.«

»Haben Sie hier denn ein hohes Krankheitsaufkommen?«

»Ich glaube nicht, dass ich befugt bin …«

»Natürlich. Es ging mir nur darum zu hören, wie fit man für den Beruf sein muss.«

»Da sprechen Sie einen wichtigen Punkt an. Wir hatten mal

einen übergewichtigen Lotsen, der musste zur medizinischen Untersuchung, hat sich dann aber sehr verständig gezeigt.«

»Wie sieht es mit der Stressresistenz im Einsatz aus?«

»Da beugen wir vor.« Frau Schult sprach ein wenig gönnerhaft. »Ab nächstem Jahr ist für alle Bewerber ein psychologischer Eignungstest vorgesehen. Sie verstehen, bei der Verantwortung!«

Sylvia dachte an John Eysing, und ob er heute noch einen solchen Test bestehen würde.

»Möchten Sie jetzt zu unserem Herrn Schmahl? Ich glaube, er ist gleich frei.«

»Nur noch eine Routinefrage«, Sylvia war da eine Kleinigkeit aufgefallen. »Ihre Putzfrauen, man konnte uns keine Namen nennen.«

»Ja, sie wechseln leider häufig. Wenn Sie mich fragen, legen gerade die jungen Frauen heute keinen Wert mehr auf Festanstellungen. Sobald sie sich verbessern können, bleiben sie weg. Wir arbeiten mit der Reinigungsfirma Peter Putz zusammen, haben Sie da schon nachgefragt?«

»Man sucht noch nach den Listen. Sie haben ein kleines Computerproblem.«

»Tüchtig sind die Kräfte alle, vor allem die Ausländerinnen. Nur in den Keller trauen sie sich nicht.«

»Ich nehme an, wegen der Ratten?«

»Oh, ich vergaß, Herrn Bielfeldt, unseren Schädlingsbekämpfer, kennen Sie schon persönlich von einem nächtlichen

111

Einsatz.« Frau Schult schaute sie neugierig an, aber Sylvia rührte stur in ihrer leeren Kaffeetasse.

»Sie sind ja nicht das erste Mal hier«, Karsten Schmahl trug in seiner Funktion als Ältermann Jackett und Krawatte und hob sich damit äußerlich von vielen seiner Lotsenbrüder ab. »Sie können gerne unsere neue Broschüre mitnehmen. Hafenlotsen Hamburg, Sicherheit durch Kompetenz. Oder möchten Sie noch einmal Keller und Turm besichtigen?«

Vielleicht verwechselt er mich mit einer Pressereferentin, dachte Sylvia.

»Eigentlich wollte ich lieber Sie besichtigen. Dienstlich«, fügte sie hinzu. »Im übertragenen Sinne.«

»Dann schießen Sie mal los.« Karsten Schmahl war nicht so leicht zu erschüttern und zeigte keine Anzeichen von Nervosität.

Sylvia mochte ihn, er verkörperte eine Art Vaterfigur. Sie verstand gut, dass man gerade ihn auf diesen Posten gesetzt hatte.

»Wie wird man zum Ältermann gewählt? Denn mit dem wahren Alter hat es bei Ihnen sicher nichts zu tun.«

Der letzte Satz kam gut an, das spürte sie, denn die blauen Augen von Karsten Schmahl blitzten sie wohlwollend an.

»Wir praktizieren eher eine meinungsbildende Wahl. Betrachten Sie mich als eine Art Primus inter pares, gewählt für fünf Jahre.«

»Dann sind Sie also der offizielle Ansprechpartner für die Behörden?«

»Zusammen mit meinem Vertreter und den Beiratsmitgliedern. Zusätzlich übernehme ich manchmal die Funktion eines geistigen Mülleimers.«

»Das interessiert mich. Sind Sie eine Art … Kindermädchen für Lotsen?«

Der Ältermann schmunzelte. »Nicht ganz. Das sind hier alles gestandene Männer, die über Jahre eigenständig Schiffe geführt haben. Nun müssen sie sich vom Wachleiter einteilen und schicken lassen. Da gibt's schon mal Probleme.«

»Nach der Börtordnung ist doch alles geregelt, oder?«

»Das schon. Aber nicht jeder fährt gerne noch spät zur Harburger Schleuse raus. Oder zum Hansaport, dem Liegeplatz für tiefgehende Erzfrachter, da dauert das Lotsen immer etwas länger. Auch drei Stunden Leerlauf können nerven. Dann kommt schon mal einer der Brüder nach seinem Einsatz zu mir und beschwert sich. Und die Queen Mary wollen sie natürlich alle fahren.«

»Gibt es auch ernsthafte Spannungen?«

»Ich ahne, worauf Sie hinaus wollen, aber ich sehe das eher als Dampf ablassen. Wie in jedem Beruf, in dem Menschen zusammen arbeiten.«

»Was ist mit der Nervenanspannung, wenn man so einen großen Pott sicher an die Pier bringen muss? Das ist ja nicht wie Straßenbahn fahren.«

»Nein.« Die Antwort kam prompt und mit Nachdruck. »Wer das behauptet, schadet unserem Ansehen.«

»Also hat man beim Lotsen kein Herzklopfen mehr?«

Karsten Schmahl nahm sich Zeit für eine passende Antwort. »Ich kann in diesem Fall nur für mich persönlich sprechen. Bei mir hat das Magenkribbeln erst nach gut sieben Jahren aufgehört.«

Es klopfte, und ein unverschämt gut aussehender Mann trat ein. Er hat das gewisse Etwas, bei dem Frauen plötzlich schlucken müssen und unauffällig den Bauch einziehen, dachte Sylvia. Nicht so ein ruppiger, Wetter gegerbter Typ, wie man sich als Landratte einen Seemann vorstellte.

»Herr Gratz, einer unserer beschränkten Lotsen«, stellte der Ältermann vor.

Sylvia glaubte, sich verhört zu haben, aber der Mann nickte bestätigend.

»Ich habe gerade erst meine Bestallung erhalten, darf also nur beschränkt Schiffe bis zu einer bestimmten Größe fahren.«

Sylvia wollte etwas sagen wie das macht doch nichts, riss sich aber noch rechtzeitig zusammen.

»Herr Gratz hat sich bereit erklärt, Ihnen noch weiter zur Verfügung zu stehen.« Schmahl sah auf die Uhr. »Es sei denn, Sie brauchen mich noch von Amts wegen?«

»Danke, ich komme bei Bedarf gerne auf Sie zurück.«

»Was machen wir zwei jetzt? Wollen Sie einmal mit rausfahren?«

Er hatte nicht nur blendend weiße Zähne, sondern auch noch Charme.

»Wenn das zu meiner Ablenkung gedacht ist, lieber nicht. Ich vermute, man hat Sie zu meiner Unterhaltung zwangsverpflichtet. Aber mich an einer Jakobsleiter hoch zu hangeln, das mach ich nur bei Gefahr im Verzuge.«

Er lachte. »Ist spontan auch nicht möglich. Da muss das Schiff stimmen, der Kapitän einverstanden sein, und dann sind natürlich noch die Sicherheitsauflagen.«

Für einen kurzen Augenblick schwiegen sie beide.

»Ich möchte mir gerne noch mal die Außenanlagen ansehen«, meinte Sylvia und war nicht überrascht, als Gratz ihr galant die Tür aufhielt. Sie gingen bis an die Wasserkante und sahen den Versetzbooten zu, die pausenlos im Einsatz waren.

»Ganz schön viel los«, meinte Sylvia. »Haben Sie einen krisensicheren Job?«

»Unbedingt. Wir haben sogar Nachwuchsprobleme.«

»Wie und warum wird man Lotse?«, wollte sie wissen, um mit dem Mann schneller vertraut zu werden.

»Das Wie ist schnell erzählt. Wenn man die nautischen Voraussetzungen erfüllt, bewirbt man sich als Aspirant und muss dann in den nächsten acht Monaten 250 Lotsungen und diverse Schleppereinsätze mitmachen. Danach ist man dann so etwas wie ein Junglotse,«

Jungenhaft, zum Anbeißen, so sah er auch aus. Aber Sylvia war dienstlich hier.

»Sagen Sie mal, Herr Gratz …«

»Walter«, warf er schnell ein, aber das war ihr zu schnell.

»Junglotse, Altlotse, führt das nicht auch zu Konflikten?«

»Natürlich, aber man lebt sie nicht aus.«

Endlich mal jemand, der nicht die Brüderschaft heilig sprach. »Woher rühren die Konflikte?«

»Vielleicht ist das Wort Konflikt doch zu hoch gegriffen.«

Er lächelte ihr erneut zu. »Wenn man hier anfängt, ist man nicht unbedingt auf Augenhöhe mit den Kollegen. Auf Fahrt waren wir gleichrangig, aber als Aspirant verliert sich das vorübergehend. Da ist klar, wer wem die Papiere nachzutragen hat.«

»Kenn ich«, gab Sylvia spontan zu und dachte an ihre Jahre während der Ausbildung.

»Ich bin also zunächst der, der mitfährt«, fuhr Walter Gratz fort. »Da wir alle Freiberufler sind, bin ich darauf angewiesen, dass ich überhaupt mitgenommen werde.«

»Gibt es Altlotsen, die das verweigern?«

»Eher nicht, aber manch einer lässt schon raushängen, wenn er keine Lust auf Begleitung hat, während der andere einen kooperativen Führungsstil praktiziert, da klappt es dann besser.«

»Entschuldigen Sie die offene Frage, aber erleben Sie auch schon mal, dass ein altgedienter Lotse Mist macht?«

Das Wort Mist war nicht glücklich gewählt, befürchtete Sylvia.

»Klar, das bleibt nicht aus. Dann sagt man schon mal ›Wolltest du so weit in die Ecke fahren‹ und hält ansonsten das Maul, weil man keinen verärgern will.«

»Lästling«, sagte Sylvia. »Die Vorstufe zu Schädling. Wir wollen alle keine Lästlinge sein.«

Falls Walter Gratz das nicht verstand, gab er es nicht zu. Inzwischen waren sie mehrere Male rund um die Station gegangen, und Sylvia holte zu direkteren Fragen aus.

»Wie sieht es mit Alkohol am Ruder aus?«

»Wir leben alle abstinent.« Er lächelte nicht, er feixte.

»Natürlich. Und was ist mit Neurasthenie?«

»Wie bitte?«

»Nervenschwäche. Zähneklappern. Muffensausen.«

Der Mann wurde ganz ernst. »Wer hier arbeitet, fährt gerne Schiff. Man hat mal einen schlechten Tag, aber wegen privater Gründe. So wie der Unfall vom Kollegen Eysing, eine absolute Ausnahme. Aber auch gute Autofahrer schlafen gelegentlich am Steuer ein. Kaputte Typen haben wir nicht.«

»Als da wären?«

»Na, durchgeknallte Harpunenmörder. Die müssen Sie woanders suchen.«

Er klang überzeugend.

»Sie wüssten also keinen Grund, warum man es speziell auf Hafenlotsen absehen sollte?«, hakte Sylvia nach.

»Fragen Sie mich das mal privat bei einem Glas Rotwein«, er flirtete ganz offensichtlich. »Dann liefere ich Ihnen gleich mehrere Gründe, warum ich von Fall zu Fall einem meiner Brüder den Hals umdrehen möchte.«

Sylvia wusste nicht recht, ob sie auf den Flirt eingehen sollte. Ermittlungstechnisch sprach einiges dafür.

»Ich gebe Ihnen meine Karte, dann können Sie mich anrufen«, schlug sie vor.

»Dienstlich oder privat?«

»Je nachdem.« Sie lächelte.

Kapitel 12

»Herr Eysing, das ist meine Assistentin, pardon Kollegin, Frau Prüss.« Sie standen zu dritt vor den Ausstellungsvitrinen auf Seemannshöft. »Die wussten wohl damals nicht, wohin mit dem ganzen Krempel aus der alten Seefahrtsschule.«

John Eysing wies auf die Pokale hinter Glas und die Fotowände rechts und links, die Abzüge von Schiffen und deren Besatzungen zeigten. Das ganze garniert mit Marinemalerei und neueren Fotos – darunter auch Gruppenbilder, auf denen ausschließlich Männer zu sehen waren.

»Herr Eysing hat mich darüber informiert, dass die Tatwaffe ursprünglich von ihm stammt. Er hat sie aufgrund eines Zeitungsberichts erkannt, der auf die krummen, verbogenen Enden der Widerhaken hinwies. Das war bei den anderen beiden Harpunen im Blauen Hering nicht der Fall.«

Bär hatte seine Samtpfotenstimme, war auf der Jagd.

»Guten Tag, John.« Sylvia hielt Eysing die Hand hin, die er fest drückte. Keine Spur von Verlegenheit. »Hallo. Die Welt ist klein.«

Bär starrte sie beide abwechselnd an, sagte aber nichts.

»Trotzdem, ich bleibe dabei«, Eysing wandte sich wieder an

den Kommissar. »Die Einkerbungen auf dem Speergriff hat es früher nicht gegeben.«

»Sie stammen also nicht von Ihnen?«

»Wie ich Ihnen sagte.« Eysing zeigte einen Anflug von Ungeduld. »Ich muss zu meinem Einsatz. Können wir unser Gespräch vertagen? Brauchen Sie meine Unterschrift auf einem Protokoll oder so?«

»Später. Wir bleiben in Kontakt.« Bär wollte neutral klingen, aber Sylvia spürte einen gewissen Triumph mitschwingen.

»Chef, ich bin gleich wieder da.«

Sie wartete draußen, bis John seine Papiere aus dem Büro geholt hatte und mit schnellen Schritten zum Anleger ging. »John, nur auf ein Wort.«

»Keine Zeit mehr, Frau Prüss.«

»Sylvia. Ich wollte nur sagen, dass ich Berufs- und Privatleben auseinander halten kann.«

»Wie gut für Sie. Ich wünschte, das könnte ich von mir auch behaupten.«

Eysing sprang mit einem Satz auf die Barkasse, die im Begriff stand abzulegen. Ohne zu zögern sprang Sylvia hinterher und wäre gestrauchelt, wenn er sie nicht fest am Arm gepackt hätte.

»Sie können nicht mitfahren.«

»Nur bis ans Schiff ran. Dann kehre ich wieder mit der Barkasse um. Bitte«, setzte sie kindlich hinzu, und vielleicht war es das, was Eysing umstimmte.

»Warten Sie hier draußen. Und gut festhalten.«

Er wechselte ein paar Worte mit dem Schiffsführer und kam dann zurück.

»Bis Blankenese, dann bringt man Sie wieder zur Station. Alles auf eigenes Risiko.«

»John, ich bin kein Maulwurf, der wegen des Falls in die Gruppe eingeschleust wurde. Meine Albträume sind so real wie Ihre.«

Er legte seine Schwimmweste um. »Sie können ruhig alles gegen mich verwenden. Es ist mir egal. Ich habe mit den Morden nichts zu tun.«

Der Rest der Fahrt verlief schweigend. Als Sylvia sah, wie das riesige Containerschiff immer höher vor ihnen aufragte, während die Barkasse heftig auf und ab schaukelte, wurde ihr mulmig, »Das wäre keine Arbeit für mich.«

Eysing ging zum Bug, um von dort aus umzusteigen.

»Man darf nicht zu viel denken, dann geht es.«

»Ich finde ihn suspekt«, meinte Bär, als sie zurück an den Landungsbrücken waren und für einen Moment auf einer Bank in der Sonne saßen. »Und Sie ebenfalls.«

»Das kann ich verstehen«, Sylvia blieb gelassen. »Erst der Kammerjäger, dann der Lotse. Aber in diesem Fall gibt es eine harmlose Erklärung.«

»Die wäre?«

»Ich kann es Ihnen nicht sagen. Noch nicht. Aber der Mann

ist mit seinen eigenen Problemen beschäftigt, der plant keinen Brudermord.«

»Plant«, sagte Bär nachdenklich. »Das ist es, was ich befürchte. Einen weiteren Mord. Mir gehen die vier Kerben an der Harpune nicht aus dem Sinn. Ob abgestürzte Tornados oder erlegte Wildschweine, Menschen neigen dazu, ihre Taten oder Vorhaben zu dokumentieren.«

»Abstrichliste, Abschussliste«, spann Sylvia den Faden weiter. »Dann bleiben also noch Taten offen. Oder es gibt Todesfälle, die uns nicht bekannt sind.«

»Wir haben den Hintergrund aller siebzig Lotsen durchleuchtet. Keine besonderen Vorkommnisse in letzter Zeit. Jedenfalls keine bekannten. Bis auf den Unfall von Herrn Eysing, der aber glimpflich ausgegangen ist.«

»Es ist nicht so, dass die Brüder einander nur von Herzen zugetan sind«, überlegte Sylvia laut. »Zum Beispiel die Aspiranten und Berufsanfänger. Da gibt es schon Zündstoff mit den Älteren.«

»Dafür haben sie ja ihren Ältermann.«

»Das Lied. Ich wollte Herrn Schmahl nach dem Lied fragen«, fiel Sylvia ein.

»Sentimentalität und Kitsch. Das ist es, was ich mit La Paloma verbinde«, assoziierte ihr Chef.

»Herz. Wie wäre es zur Abwechslung mit Herz?«

»Reimt sich immer noch auf Schmerz.«

Ellen hatte verschlafen, das war ihr noch nie passiert. Aber jetzt saß sie mit Sunjang an ihrem Küchentisch und gönnte sich eine Morgenzigarette. Obwohl sie das Rauchen schon vor zwanzig Jahren aufgegeben hatte.

»Sie dürfen ihn nicht abschieben. Nicht Usman. Er war so voller Hoffnung auf sein neues Leben. Wir haben doch Platz für ihn in unserem Land.«

»So sind die Gesetze, Mom Ellen. Man kann nichts tun.«

»Wir holen ihn da raus.«

»Denkst du an eine Unterschriftensammlung? Wir sprechen unsere Abgeordneten oder den Bürgermeister an.«

»Das bringt nichts. Besser eine Demo.«

Aber Ellen machte sich nichts vor. Bei ihrer letzten Demo waren nur zwölf Leute mit auf die Straße gegangen, und parallel zu ihnen hatte eine Gruppe gegen den Maulkorbzwang für Hunde demonstriert, bestimmt zweihundert Leute.

Am Ende konnte man vor lauter Bellen nichts mehr verstehen, und ihre Gruppe hatte frustriert aufgegeben.

»Bestechung. Keiner ist sauber, wenn es um Geld geht.« Sunjang schüttelte den Kopf. »Wenn es nur die Baubehörde wäre. Aber die Enten? Sicher nicht.«

»Dann sprengen wir eben ein Loch in die Wand, krawumm.« Ellen musste über ihren eigenen Vorschlag lachen, aber es war diese Art Lachen, die im Hals stecken blieb.

»Was ist mit deinen neuen Bullenfreunden?«

»Der Kommissar hat für mich nachgefragt. Immerhin. Aber erreicht hat er nichts.«

»Dann kann das Streifenhörnchen auch nichts bewirken.«

»Was hast du bloß gegen sie?«

»Es gefällt mir nicht, dass sie mit Hans zusammen ist. Ich finde ihn seitdem verändert.«

»Er hat viel zu tun«, meinte Ellen lakonisch, aber auch ihr war aufgefallen, dass Hans sich nicht mehr so regelmäßig im Blauen Hering blicken ließ, und wenn, dann trank er kaum etwas, sondern wirkte düster und abwesend.

Nein, eher abweisend, als ob er mit seinen ureigenen Gedanken beschäftigt war, an denen keiner teilhaben sollte. Aber das war sein gutes Recht.

»Sieh zu, dass Meilin ihn in Ruhe lässt«, sagte sie spontan.

»Sie ist volljährig, ich kann sie nicht wegschließen. Diese neue Arbeit in der Putzkolonne, angeblich wechselt man da ständig die Schicht, ich habe kaum noch den Überblick.« Er vergrub für einen kurzen Moment sein Gesicht in den Händen, hatte sich aber schnell wieder in der Gewalt.

»Kannst du mit ihr nicht mal von Frau zu Frau reden? Es gibt so viele gute Schulen, noch ist sie nicht zu alt für eine richtige Ausbildung.«

Sunjang schaute sie flehend an, aber Ellen schüttelte nur den Kopf. »Ich hab schon mit ihr gesprochen. Sie zieht die Schule des Lebens vor. Wer weiß, vielleicht braucht sie das jetzt. Hab Geduld, das wird schon.«

»Geduld, du hast Recht.« Sunjang machte sich zum Aufbruch bereit. »Hauptsache, sie kommt mit den richtigen Menschen zusammen.«

»Ich verspreche mir was von John Eysings Frau«, meinte Ellen optimistisch. »Die steht mit beiden Beinen im Leben. Anders als ihr Mann. Mich erinnert John an einen Roboter. Funktionstüchtig, aber wehe, es löst sich eine Schraube.«

Die erste Arbeitswoche auf der Station war ohne besondere Vorkommnisse verlaufen. Gegenwärtig hatte Eysing Bereitschaft und konnte von zu Hause aus in Ruhe seinen nächsten Einsatz abwarten.

Ruhe, das war leicht gesagt. Regine hatte sich anscheinend vorgenommen, ihn auf Schritt und Tritt zu begleiten.

»Wie soll ich dich sonst besser kennen lernen?«

»Du bist mit mir verheiratet«, hatte er kalt gesagt und sich dabei schlecht gefühlt. Sie war so bemüht, ihm den Alltag schön zu machen, dass es kaum zu ertragen war.

»Behandle mich nicht wie einen Geisteskranken auf Probeurlaub. Ich bin kein rohes Ei.«

»Das weiß ich. Aber ich habe beschlossen, dass wir mehr Zeit miteinander verbringen. Vielleicht wächst dann dein Vertrauen zu mir.«

Zu wem sollte man Vertrauen haben, wenn nicht zur eigenen Frau? Früher war Eysing während seiner Fahrten, die bis zu acht Monaten dauern konnten, in den Häfen zu den Mädels gegangen. Wie alle anderen, gegen Bezahlung, das hatte nichts weiter zu sagen und entsprang einem natürlichen, körperlichen Bedürfnis.

Geredet hatte er mit den Mädchen selten. Gelacht, manchmal, aber auch das war bei ihm die Ausnahme gewesen. Entspannung konnte man auch schweigend finden. Nie war er in den Armen einer fremden Frau eingeschlafen, nie schreiend aus einem Albtraum aufgeschreckt, so wie bei Regine.

Seit er zu dieser Traumtänzer-Gruppe ging, hatten die Träume nachgelassen, wie es der Arzt prophezeit hatte, aber Eysing traute dem Frieden nicht.

Immerhin hatte er für seine Verhältnisse recht schnell zu den anderen Gruppenmitgliedern Vertrauen aufgebaut, allen voran zu dieser Sylvia Prüss mit ihrer impulsiven Art. Sie hatte ihn nicht sofort wegen der Harpune auf plumpe Art verdächtigt, so wie ihr Chef.

Eine Polizistin, der beim Schießen die Hand zitterte. Die so gar nicht befähigt schien, einen Serienmörder zu jagen. Aber von deren Zähigkeit er überzeugt war.

Vielleicht sollte er ihr bei der Lösung des Falles indirekt helfen, ihr klarmachen, dass jeder zum Mörder werden konnte, und dass es ungeschriebene Gesetze gab, die mit moralischer Konsequenz wenig zu tun hatten.

Eysing kannte den Jäger nicht, aber wenn einer in diesen Fall verstrickt war, musste er es sein.

»Was machen Sie da?« Die junge Frau stand in seinem Arbeitszimmer, drehte sich erschreckt um und ließ ein kleines, gerahmtes Bild fallen, das klirrend zerbrach. Sie schaute ihn aus ihren schrägen, dunklen Augen an, panisch und gleichzeitig abwartend.

Regine hatte es erwähnt, entsann sich Eysing. Sogar heute noch einmal, bevor sie zum Einkaufen in die Stadt fuhr. Die Schwester von diesem Sunjang als neue Putzhilfe, vermittelt durch Ellen, die Wirtin vom Blauen Hering.

»Ist schon in Ordnung, geben Sie her.« Eysing nahm den zerbrochenen Rahmen entgegen. Das Bild hatte in der dunklen Ecke neben dem Bücherregal gehangen, zusammen mit anderen Staubfängern aus seiner Fahrtzeit. Er musste endlich mal ausmisten.

»Darf ich das Foto haben?« Keine Entschuldigung für ihre Ungeschicklichkeit.

»Nein, das dürfen Sie nicht«, sagte Eysing verärgert. Was wollte diese Person mit einem Foto, das ihn bei einer Geburtstagsfeier auf See zeigte? Umgeben von … er stutzte und packte das Bild in seine Schreibtischschublade.

»Bitte fegen Sie jetzt die Scherben auf. Hat meine Frau Ihnen Anweisungen gegeben, was zu tun ist, Frau …?«

»Sagen Sie Meilin. Und ich brauche keine Anweisungen.«

Kapitel 13

»Eines Tages werden sie gegen uns gewinnen«, pflichtete Schröder bei und erwies sich als eifriger Zuhörer bei Hans Bielfeldts Theorien zum Thema »Weltherrschaft der Insekten über den Menschen«.

Sylvia, der dieses Thema schon länger vertraut war, stand mit Bär in der Kaffeeküche und betrachtete mit gesundem Misstrauen die Packung Kontaktpuder-Insektizid mit Langzeitwirkung, Vernebler-Dosen und die Pistole für Schabengel, die Hans rein zufällig auf ihren Chef richtete.

»Kennen Sie die fünf weisen Regeln bei der Schädlingsbekämpfung?«, wollte er wissen.

Als Bär nicht antwortete, kroch Hans wieder unter die Spüle und dozierte von da aus. »Erstens: Die Spezies richtig bestimmen. Zweitens: Ein Logbuch über die Befallsverbreitung anlegen.« Er ließ sich Kanülen und Rotlichtlampe reichen. »Drittens: Vorködern. Können Sie mir folgen, Herr Kommissar?«

»Sicher. Es gibt da etliche Parallelen zu unserer Arbeit.« Hans lachte. »Stimmt. Aber nicht bei viertens: Bekämpfen. Bei mir heißt das, mit Ködern bekämpfen.«

»Wir haben manchmal Lockvögel im Einsatz«, mischte sich Sylvia ein.

»Ich möchte noch fünftens hören«, sagte der Chef.

»Kontrollködern.«

»Sie meinen, damit die Schädlinge nicht zurückkehren?«

»Ausmerzen. Man muss sie ausmerzen.« Hans kam unter der Spüle hervor. »Ich mache Ihnen einen Kostenvoranschlag.«

»Herr Schröder kann ihn weiterleiten.« Bär zog sich genervt zurück.

»Möchte jemand der Anwesenden wissen, wie ein Fangreflektor funktioniert?« Hans lächelte sie auf seine ganz besondere Art an, und Sylvia spürte ein Pochen in der Magengrube, das sie an alles Mögliche denken ließ, nur nicht an einen Fangreflektor.

Auch Schröder reichte es jetzt. »Hochinteressant. Ich würde gerne mehr darüber hören. Aber die leidige Arbeitspflicht. Schutz und Ordnung für den Bürger, und das rund um die Uhr. Sie wissen gar nicht, wie gut Sie es als Freiberufler haben.«

»Nur ein Lästling«, stellte Sylvia entschuldigend klar, als Schröder gegangen war.

»Oder auch zwei«, schlug Hans vor.

»Nein, der Chef ist kein Lästling«, protestierte Sylvia.

»Eher ein – Moment mal.« Sie blätterte in dem Buch über Schädlingsmanagement, das Hans auf dem Tisch gelassen hatte. »Ein Wadenstecher. Oder ein Ohrenkneifer. Er ist hartnäckig, wenn er sich an einem Fall festbeißt.«

»Es gibt immer ein passendes Gegenmittel«, bot Hans Paroli, legte sein Werkzeug ab und kam näher.

»Was machst du in deiner Mittagspause?«, fragte er leise.

»So etwas gibt es bei uns nicht.« Sylvia schaute auf die Uhr. »Aber ich hab noch Zeit bis zum nächsten Termin.«

Der darin bestehen würde, Kontakt zur Putzkolonne von Seemannshöft herzustellen, eher eine Fleißarbeit.

»Wir könnten auf einen Sprung bei Ellen reinschauen.«

Er zögerte nur kurz. »Oder lieber zu dir?« Sein Blick war herausfordernd, und Sylvia beschloss, diese Herausforderung anzunehmen. Mit einer Einschränkung.

»Nicht zu mir. Lass uns zur Abwechslung zu dir gehen.«

»Gut. Die Nächte bei dir, die Tage bei mir.«

Er warf ihr einen Schlüsselbund zu und nannte seine Adresse. Zwischen Hafenviertel und St. Pauli, ganz in ihrer Nachbarschaft und noch im Radius des Blauen Herings.

»Fahr schon voraus. Brauchst keine Angst vor Bettwanzen zu haben«, flüsterte er ihr zu, denn Schröder kehrte gerade zurück, um seine Zigaretten zu suchen.

»Ausräuchern sollte man die ganze Bande«, murrte er.

Hans hatte eine Kellerwohnung, aber nicht schäbig: kaum Tageslicht, aber großzügig angebrachte Spots in allen Ecken. Akkurat aufgeräumt, keine typischen Spuren einer weiblichen Hand. Rechts vom Flur ein Wohnraum mit Kochnische, konventionell mit Sitzecke und Couchtisch eingerichtet. Im

Bücherregal hinter Glas Fachliteratur wie »Plagegeister von heute« und Maritimes, inklusive einer limitierten Handdruckausgabe von »Moby Dick«.

Nebenan, im geräumigen Schlafzimmer, ein karges Bett, am Fußende ein schwenkbarer Fernseher. Von der Decke baumelte ein Haigebiss als Lampe. An den Wänden hingen ein präparierter Schwertfisch und Schnitzereien aus dem Stoßzahn eines Wals, ganz in der Ecke eine Harpune.

Sylvia untersuchte die Waffe automatisch nach Einkerbungen und fand einen senkrechten Strich am Griff, aber dabei konnte es sich auch um eine Gebrauchsspur handeln.

Der Raum wirkte wie eine verkleinerte Ausgabe des Blauen Herings, sogar eine Musikbox stand in der Ecke, daneben eine Sammlung Radios aus den 50er Jahren.

Sylvia ging zurück in den Flur, um auf der linken Seite das Bad zu suchen. Es gab nur eine Tür. Sie stutzte, als sie ein Plätschern vernahm. Oder hatte sie sich das nur eingebildet?

»Hans?« Wie blöd, er konnte es unmöglich sein, hatte von einer knappen Stunde gesprochen, die er noch benötigen würde.

Vielleicht musste er sich das Bad mit anderen Mietern teilen, so etwas sollte es immer noch geben.

»Seemanns Braut ist die See, und nur ihr kann er treu sein …« Eine Frauenstimme, die mit Inbrunst La Paloma sang. Der Gesang brach abrupt ab. Die Tür war nicht verschlossen, und so konnte Sylvia der Versuchung nicht widerstehen, sie einen Spalt zu öffnen.

»Entschuldigung.«

Die Frau in der Wanne schaute sie wie hypnotisiert an. Sie saß bis zum Hals in Badeschaum, umgeben von Schwimmkerzen, Aufziehtierchen und einer Art goldenem Glitter, der auf der Wasseroberfläche trieb. Auf dem Waschbecken standen in Reichweite Räucherstäbchen und zwei Gläser.

»Was wollen Sie?« Die junge Frau, vielmehr noch ein Mädchen, machte keine Anstalten, sich zu bedecken oder gar aufzustehen. »Wie sind Sie hier rein gekommen?«

Eine Mischung aus Anklage und Wut schwang mit.

»Mit einem Schlüssel«, sagte Sylvia gelassen. Sie erkannte das Mädchen wieder, es war bei Ellens Komiteetreffen dabei gewesen. »Wohnen Sie hier?«, fragte sie höflich und war nicht darauf vorbereitet, dass ihr als Antwort ein nasser Badeschwamm gegen den Kopf flog.

»Ja, manchmal. Was haben Sie hier verloren? Raus! Verschwinden Sie!«

Mit brennenden Schwimmkerzen als Wurfgeschossen war nicht zu spaßen.

»Jetzt aber Schluss mit dem Unfug!« Sylvia beschloss, das Mädchen nicht ernst zu nehmen. »So, ich setze mich jetzt ins Wohnzimmer. Sie können weiter baden oder mir Gesellschaft leisten, bis Herr Bielfeldt kommt.«

»Hans kommt hierher? Er darf mich nicht finden.« Sie erhob sich in Panik. »Den Bademantel, bitte.«

Sylvia erfüllte ihr den Wunsch. »Sie müssen sich nicht hetzen, er hat noch auf dem Polizeirevier zu tun.«

»Ach, dann geht es nur um berufliche Dinge?«

Hoffnung, sollte sie Hoffnung zerstören? Sylvia wusste nicht, in welcher Beziehung Hans zu dem Mädchen stand, aber er hätte ihr wohl kaum den Schlüssel zu seiner Wohnung anvertraut, wenn er mit einem Zusammentreffen gerechnet hätte. Diese kitschige Inszenierung im Bad, eine spätpubertäre Schwärmerei, sonst nichts.

Trotzdem, mit Gefühlen musste man ganz behutsam umgehen.

»Zum Teil beruflich, zum Teil privat«, drückte Sylvia sich bewusst vage aus.

»Will er mich wegen Ihnen nicht mehr sehen?« Die junge Frau wirkte zunehmend hysterisch.

»Das weiß ich nicht. Fragen Sie ihn selber.« Sylvia verließ das Bad, um weiteren Fragen auszuweichen.

»Ich weiß genau, wer Sie sind.« Das Mädchen war wieder angezogen und drückte sich am Eingang des Wohnzimmers herum, wie auf dem Sprung.

»Was haben Sie mit Hans vor?«

»Ihn verhaften«, antwortete Sylvia entnervt. »Ist es das, was Sie hören wollen?«

Die Unterlippe des Mädchens zitterte. »Er hat nichts getan.«

»Ich weiß, tut mir Leid. Das war nur ein Scherz. Mein Besuch ist heute privater Art.«

»Also doch. Dann weiß ich Bescheid.« Sie schaute Sylvia nicht in die Augen: »Bitte sagen Sie Hans nicht, dass ich hier gebadet habe. Er ahnt nicht, dass ich manchmal in seiner Wohnung bin. Ich räum immer alles wieder auf.«

»Und der Schlüssel?«

»Ist … geliehen. Ich muss jetzt weg. Wenn Sie baden wollen, lasse ich alles so stehen. Dann denkt er, das ist von Ihnen. Übrigens, ich bin Meilin, das werden Sie ja doch erfahren.« Überraschend streckte sie Sylvia eine Hand hin.

»Freunde?«, schlug Sylvia vor.

»Nein. Das ist nicht möglich. Nicht unter diesen Umständen.« Was für ein neurotisches Geschöpf, dachte Sylvia, sie war mit ihrer Geduld am Ende. »Schade, Meilin.«

Meilin warf ihren Schlüssel auf den Fußboden. »Da, ich brauche ihn nicht mehr.«

Sylvia wollte das Mädchen so nicht gehen lassen. Spontan sagte sie: »Ich habe Sie vorhin singen gehört. Wissen Sie, dass Sie eine sehr schöne Stimme haben?«

Meilin nickte. »Ja, aber ich singe immer nur ein Lied. La Paloma. Man kann es lieben oder hassen. Ich liebe es.«

Sylvia grübelte noch über diese rätselhaften Worte nach, als Hans endlich kam.

»Du hattest außer mir noch anderen Damenbesuch«, sagte sie leichthin.

135

»Meilin. Ich hab sie gehen sehen«, stöhnte Hans. »Es ist ein Kreuz mit ihr. Morgen werde ich die Schlösser austauschen lassen. Hat sie dir Probleme gemacht?«

»Sie sieht mich als Erzfeindin und Rivalin. Hast du hier zufällig Gift gelagert, an das sie gelangen könnte?«

»Nein, dafür habe ich einen Lagerraum angemietet. Er ist vorschriftsmäßig gesichert, Frau KKA.«

»Lass das.« Sylvia war nicht mehr in der Stimmung, in der sie angekommen war. »Wer ist diese Meilin?«

»Sunjangs kleine Schwester.«

»Sie ist verrückt nach dir.«

»Sie ist noch ein halbes Kind.«

Das sah Sylvia anders. »Sind noch mehr Schlüssel von dir in Umlauf?«

»Du bist gereizt«, stellte Hans fest. »Aber es war deine Idee, zu mir zu kommen.«

»Ich gehe wieder«, teilte Sylvia ihm mit. Es schien ihm egal zu sein. Was wusste sie schon von diesem Mann, dachte sie zum wiederholten Mal.

Kapitel 14

»Auch über Ebay kommen wir nicht weiter. Diese alten Plattenspieler mit Tonarm gibt es wie Sand am Meer. Ebenso wie Singles von La Paloma.«

Bär hatte üble Laune. Seine Kollegin war unkonzentriert, starrte Löcher in die Luft oder schaute auf die Uhr.

»Waren Sie bei der Putzfirma?«

»Vergessen«, sagte Sylvia schuldbewusst. »Hole ich nach.«

»Nun gehen Sie schon. Sie haben doch heute Ihre Gruppe.«

»Und was machen Sie? Sehen wir uns später im Blauen Hering?«

»Privat auf keinen Fall«, blaffte Bär. »Und Sie sollten auch mal wieder richtig ausschlafen. Haben ja schon Ringe unter den Augen.«

Sylvia vertrödelte den Nachmittag und recherchierte dann zu Hause im Internet über Seemannslieder, Harpunen und aus einer Laune heraus sogar über Piraten.

Als der beschränkte Lotse Walter Gratz anrief, verabredete sie sich mit ihm für den nächsten Tag. Beruflich oder privat, es gab Tage, an denen sie wie ihr Chef an der eigenen Fähigkeit zweifelte, beides auseinander zu halten.

137

Carlo, der Busfahrer, hatte davon geträumt, ungebremst in eine Gruppe HSV-Fans zu rasen. »Das ganze Blut, ich träume auf einmal farbig.«

»Was bedeutet das?«, wollte Fran wissen. »Sind die Träume dann intensiver?«

Noch ehe der Therapeut antworten konnte, klopfte es, John Eysing kam fünfzehn Minuten zu spät.

»Wir haben hier Regeln«, murrte die Dicke, die von zwei Kampfhunden angefallen worden war. »Wer zu spät kommt, will sich wichtig machen.«

»Ich kann nicht auf die Minute genau Feierabend machen«, erklärte John höflich und nahm dann neben Sylvia Platz. Sie freute sich darüber.

In der Gruppenpause standen sie zusammen am offenen Fenster. Der Abend war mild. Sylvia wollte über etwas Unverfängliches reden. »Nicht mehr lang hin bis zum Hafengeburtstag. Hoffentlich bleibt das Wetter so gut.«

John wandte sich ihr zu. »Warum reden Sie mit mir über das Wetter? Spielt es für Sie noch eine Rolle?«

»Ja«, antwortete Sylvia fest. »Ich will nicht nur für meine Albträume und die Vergangenheit leben. Gestern hab ich die erste Nachtigall gehört. Mitten in der Stadt.«

»Hören Sie auf. Sie reden wie meine Frau. Bei den Träumen, die ich habe, interessiert man sich nicht mehr für so was.«

»Ich glaube, Sie nehmen nichts mehr um sich herum wahr«, Sylvia wurde wütend. »Egoistisch nenne ich das. Alle aus der

Gruppe waren in Grenzsituationen, nicht nur Sie! Stumpf dahin vegetieren, das ist keine Lösung.«

»Doch«, beharrte John. »Überleben muss man, sonst gar nichts.«

»Im letzten Jahr gab es 445 Piratenüberfälle weltweit, ich habe darüber gelesen. Sie sind damals mit heiler Haut davon gekommen, zählt das etwa nicht?«

»Nein«, sagte John, als sie wieder im Stuhlkreis saßen, und wandte sich damit an die ganze Gruppe. »Ich bin nicht heil davongekommen.«

Er berichtete nüchtern von dem weiteren Verlauf des Überfalls. Von dem Anführer, der ihm die Machete an die Kehle gesetzt hatte. Von seiner eigenen Geste der ohnmächtigen Wut, als er den Mann angespuckt hatte, und von dem Gefühl, dafür bereit zu sein, einem schnellen Tod ins Auge zu sehen.

»Sie haben mir diese Art Tod nicht gegönnt.« Er sprach in sachlichem Tonfall.

»Es ist vorbei, John«, sagte der Therapeut.

Die Gruppe schwieg. Bis auf Sylvia. »Was hat man Ihnen getan, John?«

»Sie haben mich wie eine Frau benutzt.«

»Die Wahrheit wird immer nur angerissen.« Ellen nickte zu dieser Aussage von Sylvia, vorgetragen zu später Stunde im Blauen Hering. Sylvias Chef bewies derweil am anderen Ende der Theke Sitzfleisch und wartete auf etwas, das noch nicht eingetreten war.

»Nehmen wir mal Hans. Rattenhans.«

Sylvia war ganz verdöst von ihrer Gruppe gekommen und trank abwechselnd stilles Wasser und Bier. In rasantem Tempo.

»Ich weiß noch nicht mal, wie das mit seinem Bein passiert ist. Und ob er was mit Sunjangs Schwester hat.«

»Frag ihn danach.«

»Oder John Eysing. Der Lotse.« Sylvia schwenkte zu einem Thema über, das auch Ellen am Herzen lag.

»Er erzählt Geschichten, aber bevor er zum Höhepunkt kommt, bricht er ab. Klappt zu wie eine Auster.«

»So sind sie, die Männer.« Ellen schaute kurz zum Kommissar herüber. Der war heute nicht gut drauf, brütete etwas aus. »Was erzählt er denn so, der John?«

»Kann ich nicht sagen, du weißt doch, Ermittlungen.« Sylvia ließ das stille Wasser weg und blieb endgültig beim Bier. »Was weißt du über ihn, Ellen?«

»John ist ein Fall für sich.« Die nächsten Worte waren riskant, aber es wurde Zeit, dass sie jemand aussprach. »Immer, wenn hier einer La Paloma drückt, rastet er aus.«

Sylvia war betroffen. »Das muss mein Chef wissen.«

»Er weiß es schon.«

»Ich gebe ihm ein Bier aus«, entschied Sylvia. »Wenn er mir zuprostet, gehe ich rüber.«

Bär dachte nicht daran, sich in diesem Rahmen auf ein Gespräch mit der Kollegin einzulassen, zumal die jungen Live-Musiker gerade wieder zuschlugen.

»Er küsste ihr ganz unverdrossen, die Kiemen, das Maul und die Flossen …«

Die Liebe zwischen einem Hering und einer Makrele, was fanden die Leute bloß daran?

»In der Boutique zur blonden Ulrike«, schmetterte die Kommissaranwärterin Prüss und hatte verdächtig glänzende Augen, als sie ihm auf die Pelle rückte.

»Chef, ich kann Ihre Gedanken lesen.« Jetzt packte sie ihn sogar am Arm. »Sie halten John für den Mörder.«

»Wir können morgen darüber reden«, schlug Bär vor.

»Für den ersten Mord hat er ein Alibi, da lag er noch im Krankenhaus«, fuhr Sylvia unbeirrt fort. »Später, auf der Wachstation, hätte er sich zwar einschleichen können, aber mit Harpune und Plattenspieler unter dem Arm? Zumal er krank geschrieben war?«

»Das entbehrt jeder Logik, denken Sie mal nach. Der Mann könnte einen Helfershelfer haben. Einen seiner sauberen Brüder.«

»Der dann ausgerechnet Johns Harpune benutzt? Entschuldigung Chef, aber das ist hirnrissig.«

»Vertuschen einer Straftat, die in der Vergangenheit zu suchen ist. Was wissen Sie über Eysings Vergangenheit, das ich nicht weiß, Sylvia?«

»Zwischen Altona-a und Bata-avia, liegt der gro-oße Ozean.« Sylvia summte mit, um Zeit zu gewinnen. »Viele mögen La Paloma nicht«, lenkte sie ab.

»Nun bleiben Sie doch einmal beim Thema. Habgier, Rache, Liebe. Das sind unsere Motive.« Bär vergaß die Umgebung.

»Doch die Liebe ist die Größte unter ihnen …«, zitierte Sylvia aus der Bibel.

»Ich tippe eher auf Habgier. Es gab vor Jahren einen Fall von Ladungsbetrug, da hat man eine Aufbereitungsanlage für Uran im Wert von vierzig Millionen verschwinden lassen. Das Ding ist nie wieder aufgetaucht.«

»Chef, ich bitte Sie! Was hat das mit den Hamburger Lotsenbrüdern zu tun?«

»Sie sind alle früher gefahren. Wir müssen wissen, wann und wo.«

»Vage Angelegenheit. Ich würde mich lieber nicht auf die Vergangenheit versteifen.«

»Nicht nur, Sylvia.« Bär wies zur Tür. »Schauen Sie, da kommt Ihr Freund, der Rattenjäger. Bei mir löst er Juckreiz aus. Was finden Sie nur an dem Mann?«

»Vergessen.« Sylvia nutzte die Pause der Musiker und drückte schnell La Paloma.

»Schroff ist das Riff, und schnell geht ein Schiff zugrunde. Früh oder spät schlägt jedem von uns die Stunde …«

»So ist es.« Hans stand plötzlich neben ihr, hatte die Hände in den Taschen und schaute sie an. »In dem Text steckt 'ne Menge Weisheit.«

»Dann lass uns keine Zeit verschwenden. Komm mit. Diesmal zu mir.«

»Man macht sich so seine Gedanken«, sagte Bär zu Ellen. »Sie ist noch recht jung.«

»Sylvie ist alt. Alt und erfahren.« Ellen wusste sich gut um ihren letzten Gast zu kümmern.

Kapitel 15

Er hieß »Abschnittsleiter Rückführung«, hatte Usman inzwischen gelernt. Wenn ein Asylverfahren abgelehnt wurde, kämpfte man um die Duldung. Wer sie bekam, war nicht mehr illegal und durfte nicht inhaftiert werden. Der Abschnittsleiter schaute ab und zu bei ihm herein, vielleicht hatte er sonst nichts zu tun.

»Bald geht es los, Usman. Ab in die Heimat.« Der Mann liebte dieses Spiel, Usman nicht. Aber er wusste, dass er in der Falle saß, keine Rechte hatte, weil es für seinen Fall keine Rechtsmittel gab.

»Sie kommen bei Nacht und verschleppen dich«, hatte sein neuer Zellengenosse gesagt, der aus dem Kosovo stammte. »Du kannst ohne Anwalt oder Freunde nichts machen.«

Einmal in der Woche wurde abgeschoben. Dann kamen sie, Polizisten, Beamte der Ausländerbehörde und Sicherheitskräfte, damit ihnen bloß keiner wie Usman entwischen konnte.

Serben, Albaner, Roma oder Nigerianer – sie alle wurden in Bussen direkt zum Flughafen gefahren. Usman war noch nie geflogen, aber es konnte nicht schlimmer sein als auf einem Schiff, das bei Windstärke zehn über den Ozean oder in der Biskaya fuhr.

Nein, Usman wollte weder mit dem Schiff noch mit dem Flieger reisen, er hoffte auf Mom Ellen, die sich endlich bei ihm gemeldet hatte.

Den Zettel hatte er von einem bekommen, den sie zur erkennungsdienstlichen Behandlung gebracht hatten. Der kannte wieder einen, der eine Sozialarbeiterin kannte, und die war mit einem befreundet – ach, in der Beziehung ging es in Deutschland auch nicht anders zu als in seiner alten Heimat.

Bestimmt hatte Mom Ellen tief in die Tasche greifen müssen, um ihm die Nachricht zukommen zu lassen. Er hatte den Zettel wieder und wieder geküsst, trug ihn nachts am Herzen. Er solle ruhig bleiben und abwarten, sie hoffe, dass man ihn aus humanitären Gründen dulden würde. Und wenn nicht, habe sie da noch einen Plan, er dürfe sich über nichts wundern. Gar nichts.

Usman, das ist jetzt ganz wichtig. Wenn sie dich nachts plötzlich zum Flughafen bringen, dann musst du dich sofort krank stellen, noch im Bus. Richtig krank, damit du ins Krankenhaus kommst. Versuch es mit heftigen Magenschmerzen und Krämpfen.

Usman hatte die anderen gefragt. Man konnte Seife schlucken oder Fisch, den man heimlich in der Zelle versteckte und zerfallen ließ, bis er bestialisch stank. Wenn man Glück hatte, verirrte sich eine Fliege in die Zelle, oder man brachte sie vom Hofgang mit rein, die legte dann ihre Larven auf dem

Fisch ab, das war nützlich. Man konnte auch Zigaretten essen, wenn man welche bekam.

Usman hatte erst zwei geschnorrte Zigaretten, grünliche Leberwurst und ein paar Fischgräten mit Resten dran gehortet. Das war nicht viel, aber es lenkte ihn vom Warten ab.

Die Kastanie vor dem vergitterten Fenster war inzwischen voll aufgeblüht, und manchmal hörte er nachts einen Vogel, den sie hier Nachtigall nannten. Für Usman sang er das Lied der Freiheit.

»Ein Hering und eine Makrele, die waren ein Herz und auch Seele«, Sylvia war nach Gesang, Hans nach einer Zigarette und Bier.

Sie hatten das »Allerweltlichste« schweigend getan, mit dem nötigen Ernst, den diese Angelegenheit brauchte, um von Erfolg gekrönt zu sein. Erotik durfte verspielt sein, Sex nicht.

»Hier zählt nichts außer uns. Ich mag diese Zwischenwelt. Warum kann es nicht immer so sein?«, wollte Sylvia von Hans wissen.

»Weil Träume und Zwischenwelten nicht für das Tageslicht tauglich sind.«

Hans legte sich wieder hin, heute brach er nicht im Morgengrauen auf.

Sie scheute sich, zu ihm zärtlich zu sein, er wirkte in sich gekehrt, hatte den Arm unter seinen Kopf gelegt und starrte an die Decke.

»Woran denkst du?«, stellte sie ihm die Frage aller Fragen, auf die man fast nie eine ehrliche Antwort erhielt.

»An den Tabakkäfer. Ich habe einen Auftrag für ein Lagerhaus in der Speicherstadt. Es ist da, wo du damals … Schiffbruch erlitten hast. Ich frage mich, ob du vielleicht mitkommen willst. Mit mir zusammen wäre es anders.«

Sylvia dachte an ihren letzten Albtraum. »Vergiss es«, sagte sie abweisend und drehte sich auf die andere Seite.

Sie schreckte durch eine unruhige Bewegung von Hans auf. Er sprach im Schlaf. »Das könnt ihr nicht machen«, verstand Sylvia. »Habt ihr denn alle keinen Mumm in den Knochen?«

Und dann: »Das war Absicht, ihr Schweine.«

Als sie ihn beruhigend ansprach, stieß er sie jäh zurück. Sylvia kauerte sich verloren in ihrer Betthälfte zusammen und hatte Probleme, wieder einzuschlafen.

Sie wachten beide erst auf, als es bereits taghell war. »Scheint ein Virus zu sein. Vorsicht, Albtraum. Ansteckungsgefahr«, versuchte Sylvia zu scherzen.

Hans blieb ernst. »Ich werde dir alles erzählen, jetzt gleich.«

Sie wusste nicht, ob sie weitere Albträume hören wollte, noch steckte ihr der von John Eysing in den Knochen. Aber das konnte sie Hans nicht sagen. Er nahm ihre Hand und legte sie auf sein vernarbtes Bein.

»Du erinnerst dich. Schädlinge auf See, wir haben schon einmal darüber gesprochen.«

»Die Piraten, ich weiß.«

»Nicht nur die. Diesmal geht es um Menschen, die man für zivilisiert hält, und die erst in Krisensituationen zeigen, dass sie in Wahrheit skrupellose Verbrecher sind.«

Sylvia wusste nicht, ob Hans einen Kommentar von ihr erwartete, also strich sie nur zart über seine Narbe.

»Es ist Jahre her«, setzte er seine Erzählung fort. »Ich fuhr damals als Matrose. Wir waren auf der Rückfahrt von San Pedro, als wir sie entdeckten. Fünf blinde Passagiere, in erbärmlichem Zustand, halb verhungert. Sie wollten nach Europa, und von da aus vielleicht weiter. Alle waren ohne Papiere, das hieß, man konnte sie nicht mehr loswerden. Im nächsten Hafen hätte sich nichts geändert, denn unter deutscher Flagge ist man nicht in Deutschland, sondern steht unter dem Gesetz des Gastlandes. Verstehst du?« Silvia nickte bestätigend.

»Also waren Scherereien für den Kapitän zu erwarten. Und auch für die Mannschaft, keiner mag solche Leute. Da wird schon mal allen der Landgang gestrichen, die Fahrt verzögert sich, es gibt Mehrarbeit.«

Er unterbrach für einen Moment seinen Bericht, hing eigenen Gedanken nach. »Der Kapitän war ein verschlossener Typ, keiner kam so recht an ihn ran. Aber als es darauf ankam, hielten die Offiziere natürlich zusammen.«

»Was ist passiert? Hat man die blinden Passagiere etwa ausgesetzt?« Sylvia hatte von Ellen und ihren Leuten Schauergeschichten dieser Art gehört. Von Menschen, die man mit wenig Proviant und Wasser in maroden Rettungsbooten sich selbst überließ. Nicht alle erreichten die rettende Küste.

»Solche Umstände wollte man sich nicht machen.« Hans lachte bitter auf. »Wir wurden angewiesen, die Männer bis zum Abend wegzuschließen, und als es dunkel war, gingen sie von Bord. Genauer, sie sprangen. Ex und hopp.«

»Sie sind freiwillig gesprungen?«, Sylvia konnte es nicht glauben.

»Was würdest du machen, wenn man eine Waffe auf dich richten würde? Dich erschießen lassen oder lieber im Wasser zappeln und auf ein Wunder hoffen? Der letzte Mann wollte nicht springen, da befahl mir der Bootsmann, nachzuhelfen.«

In Sylvias Magen krampfte sich etwas zusammen.

»Der blinde Passagier krallte sich an der Reling fest und fing an, laut zu beten. Ich weigerte mich, verließ das Deck, und da sah ich ihn im Hintergrund stehen, den Kapitän, wie er eine Handbewegung machte, als ob man Fliegendreck wegwischen wollte. Aus seiner Kajüte klang Musik, das Schwein genoss das Schauspiel wie einen Kinobesuch oder Opernabend.«

»Hast du … ?«

»Nein, man kann dazu natürlich nicht gezwungen werden. Ich hab auch versucht, Einfluss bei meinen Kameraden zu nehmen, aber keiner wollte es sich mit der Schiffsleitung verderben. Dieser Mann, der da zuletzt entsorgt wurde, er konnte noch nicht mal schwimmen, so wie ich.«

»Was hast du im nächsten Hafen unternommen?«

»Nichts.«

»Willst du behaupten, ihr habt alle geschwiegen, keiner hat den Mund aufgemacht?«

»Sylvie, an Bord legt man sich ein dickes Fell zu. Verantwortlich für das Geschehen war der Kapitän, auch wenn er sich nicht selber die Hände schmutzig machen musste. Er wusste Bescheid, und alle anderen auch. Keiner wollte Scherereien haben. Die Mannschaft war ein bunt zusammen gewürfelter Haufen, kaum einer sprach Deutsch, bis auf die Offiziere. Außerdem sind blinde Passagiere bei allen extrem unbeliebt.«

»Du behauptest also, die Sache ist nie vor Gericht gekommen, auch in Deutschland nicht?«

»Wenn es keinen Ankläger gibt, kräht doch hier kein Hahn nach so einer Sache. Außer mir hätte keiner vor Gericht ausgesagt. Im Gegenteil, man hätte alles geleugnet. Und falls du es nicht weißt, damals war es nicht so einfach, eine Heuer zu bekommen.«

»Wie ist das mit deinem Bein passiert?« Nun wollte sie auch den Rest hören.

»Natürlich habe ich vor dem Einlaufen versucht, ein paar Leute für eine Zeugenaussage zu gewinnen.« Er zögerte. »Es gab Menschen, die das nicht gern sahen.«

»Was haben sie dir getan?« Sylvia wusste, dass sie die gleiche Frage John gestellt hatte, und doch war es diesmal anders.

Hans mochte Albträume haben, aber er integrierte sie in sein Leben, wenn sie sich nicht täuschte.

»Das Bein. Es gibt viele Möglichkeiten, an Bord einen Unfall zu erleiden. Da reißt ein Tau, wird eine Leiter nicht ordentlich eingehängt, rutscht ein Werkzeug ab. Bei mir war es eine Stahltrosse. Ich hab die Warnung verstanden und beherzigt.«

Unfassbar, er konnte darüber Witze reißen.

»Hast du die anderen, ich meine die Leute, die damals dabei waren, später wieder gesehen?«

»Es war meine letzte Fahrt. Man verliert sich schnell aus den Augen. Bald darauf startete ich meine Karriere als Kammerjäger.«

»Du bist in Hamburg geblieben«, überlegte Sylvia laut.

»Ich verstehe gut, dass du dich bei Ellens Leuten engagierst. Ist das so eine Art Wiedergutmachung?«

»Komm mir nicht mit deinen psychologischen Theorien«, sagte Hans kalt. »Auch ich habe zahlen müssen, bin ein Opfer.«

Sylvia zwang sich, neutral zu bleiben. »Entschuldige, ich muss das Ganze erst mal sacken lassen.«

»Vergiss es, wenn du willst. Vielleicht war es ja nur Seemannsgarn.«

Und genau das würde er offiziell behaupten, wurde Sylvia mit Erschrecken klar. Wenn sich keine weiteren Zeugen fanden, wäre es wie eine der Geschichten von Phantomschiffen, bestenfalls würde Aussage gegen Aussage stehen.

Verdammt, er vertraute ihr, sie musste die Polizistin außen vor lassen.

»Trauma gegen Trauma«, sie versuchte es mit einem Lächeln. »Vertrauen gegen Vertrauen.«

»Das kannst du halten, wie du willst. Ich vertraue weder den Menschen noch den Ratten.«

Kapitel 16

»Das ist aber eine Überraschung.« Ellen freute sich wirklich, John Eysings Frau so unverhofft zu sehen. Regulär hatte der Blaue Hering vormittags nicht geöffnet, aber wer reinschaute, war willkommen.

»Wie macht sich denn Meilin bei Ihnen?«

»Sie bemüht sich.« Das klang wenig ermutigend, dachte Ellen, obwohl Johns Frau es freundlich gesagt hatte.

»Sagen Sie, Ellen, wie kann ich Frau Prüss erreichen? Ich möchte mich nicht wegen Privatem ans Revier wenden.«

Ellen ließ sich ihre Überraschung nicht anmerken und schrieb Sylvias Telefonnummer auf.

»Was macht John? Lotst er wieder?«

»Es geht ihm besser. Kein Vergleich mit früher. Er ist jetzt in einer Gruppe – aber das sollte ich vielleicht nicht erzählen«, schloss sie erschrocken.

»Bei mir sind solche Dinge gut aufgehoben, Frau Eysing.«

»Ich weiß. Sie haben für jeden ein gutes Wort. Deshalb möchte ich Sie auch um einen Gefallen bitten.«

Meilin hatte lange darüber nachgedacht, was sie aus ihrem Leben machen könnte. Sunjangs Ziel, eines Tages das Restaurant zu kaufen und dann sein eigener Herr zu sein, gefiel ihr nicht. Denn all das gute Geld, das man damit verdienen konnte, sollte in ein Projekt für Flüchtlinge fließen. Was hatte sie dann davon?

Meilin konnte sich an ihre ersten Lebensjahre nicht mehr erinnern, das war auch nicht nötig, sie malte sich lieber die Zukunft aus.

Wenn Hans sie wirklich nicht mehr wollte, sollte er dafür büßen, denn Meilin war keine Frau, mit der man spielen durfte. Diesen Satz hatte sie in irgendeinem Kitschfilm aufgeschnappt, er gefiel ihr ausgezeichnet.

Die Polizistin sollte ebenfalls büßen, weil sie so überheblich war. Dazu auch noch verlogen, denn sie hatte das Verhältnis mit Hans geleugnet.

Vielleicht konnte man sie bei der Polizei anschwärzen, falls Verhältnisse in ihrem Job verboten waren, so genau wusste Meilin das nicht.

Sie saß im Büro von »Peter Putz« und wartete auf einen Einsatz. Da sie ohne Papiere arbeitete, bekam sie ihr Geld jeweils sofort ausgezahlt, das gefiel ihr gut.

Das Geschwafel ihres Bruders über Unfallschutz und Altersrente interessierte Meilin wenig, sie hatte nämlich beschlossen, finanziell bis ins hohe Alter unabhängig zu bleiben. Deshalb musste Meilin schon in jungen Jahren zu Geld kommen. Sie war dabei, einen Plan auszutüfteln, mit dem sie ihr Ziel schon bald erreichen konnte.

Zuerst musste sie weitere Briefe schreiben. Den an John Eysing hatte sie gestern schon in den Kasten gesteckt.

Eysings waren bestimmt reich, so, wie ihr Haus eingerichtet war. Meilin wollte für ihr Schweigen von diesem Reichtum etwas abhaben. Eine große, fette Portion.

Ellen zu erpressen, hatte sie verworfen. Zunächst, später würde man sehen. Sie hatte so manches Mal die Gespräche zwischen Sunjang und Ellen belauscht, da ging es oft um versteckte Leute, sogar im Blauen Hering.

Mit Hans war es komplizierter. Sie wusste eine Menge über ihn, aber dann war etwas vorgefallen, das sie verwirrt hatte. Ob das für eine kleine Erpressung taugte, würde sich herausstellen. Geld oder Liebe, er musste sich entscheiden!

Wein nicht, mein Kind, die Tränen, sie sind vergebens, sang sie ein Stück aus La Paloma.

Diese Polizistin, Sylvia hieß sie, hatte sich nett über Meilins Stimme geäußert. Hoffentlich war das nicht gelogen.

»Wenn Sie möchten, zeige ich Ihnen etwas vom Hafen. Von dieser Arbeit kommt man nicht mehr los.« Walter Gratz wies von der Köhlbrandbrücke aus nach unten zum Hansaport, dem Umschlagplatz für Kohle und Erz. »Ich kenne hier jeden Winkel, und doch gleicht kein Einsatz dem anderen.«

»Wie bei mir.« Sylvia betrachtete den Junglotsen von der Seite, auch am Lenkrad seines Sportwagens machte er eine gute Figur. »Wohin fahren wir?«, fragte sie, obwohl es ihr ganz egal war. Wie hieß es doch so schön? Der Weg war das Ziel.

Er nahm eine Hand vom Steuer und legte sie lässig in den Schoß. »Das dürfen Sie bestimmen. Möchten Sie am Burchardkai den Terminal für Großcontainerschiffe sehen? Oder lieber den O'Swaldkai, auf dem die Bananen ankommen?«

»Ich lasse mich gerne überraschen«, meinte Sylvia und spürte wieder einmal den Frühling in der Luft liegen. Was sicher mit an ihrem attraktiven Begleiter lag.

Es tat gut, die Schatten der vergangenen Nacht Schatten sein zu lassen.

»Wie ist das, wenn man Zehntausende von Tonnen bewegt, überkommt einen dann schon mal so etwas wie ein Machtrausch?«

»Ich vermute, das ist mit dem Gefühl zu vergleichen, wenn Sie die Handschellen klicken lassen. Man tut seine Arbeit und ist gut drauf, wenn sie erledigt ist.«

Sylvia widersprach nicht, obwohl sie in diesem Fall ganz anderer Ansicht war.

»Schauen Sie«, der Lotse nahm die Hände vom Steuer, um ihr gestenreich die Umgebung zu erklären. »Das ist die Müllverwertungsanlage Rugenberger Damm. Ich möchte nicht wissen, was da alles in der Schlacke steckt. Schon mal daran gedacht, wer oder was aus dem Hausmüll als Straßenbelag enden könnte, ohne auch nur die kleinste Spur zu hinterlassen? Todsichere Sache!«

»Sie haben ja reichlich Fantasie.« Sylvia war alarmiert. Ein Hang zur Perversion, auch das konnte ein Mordmotiv sein.

»Wir biegen jetzt ab zum Travehafen. Da ist es einsamer.« Er berührte kurz ihre Hand, und sie wünschte, sie hätte sich vorhin für den Bananenkai entschieden.

Der Travehafen lag idyllisch, alte Schuten, Schlepper und Pontons dümpelten vor sich hin, die Ufer waren grün, ein idealer Platz, um auszusteigen oder zu picknicken.

»Ich dachte, hier ist die Atmosphäre netter für private Gespräche«, meinte Walter Gratz, als sie ein Stück am Ufer entlang gingen. »Selbst wenn wir nur über Mord und Totschlag reden, denn ich nehme mal an, diesem Thema verdanke ich unsere Verabredung?«

»Ich habe zu danken«, Sylvia kam gleich zur Sache. »Was könnte ein Lotse tun, um einem Kollegen zu schaden?«

»Nichts. Es gibt keinen Grund. Beim Einsatz, sicher, man sagt einfach, da ist frei, kannst rausfahren, obwohl nicht frei ist, aber das macht man natürlich nicht. Außerdem haben wir alle eine Haftpflichtversicherung.«

»Und auf Seemannshöft, was fällt Ihnen dazu ein?«

»Verbrechen auf der Lotsenstation wären schon möglich. Der Lotse am Radar könnte zwei Schiffe zur Kollision bringen. Aber warum sollte er das tun?«

»Angenommen, Sie wollten zum Beispiel den Wachleiter als Geisel nehmen?«

»Das käme schnell raus. Unsere Lotsenschiffe haben internen Betriebsfunk. Wenn sich die Verkehrszentrale plötzlich nicht mehr meldet, werden die Barkassenführer misstrauisch. Dann schon lieber ein Schiff kapern.«

Sie setzten sich auf die Reste einer alten Steinmauer. Sylvia hörte kurz ihr Handy ab. John Eysings Frau bat sie um einen Rückruf, in einer privaten Angelegenheit. Das konnte warten. »Am Vormittag schon sonnen, ein beneidenswerter Beruf«, Sylvia hätte sich am liebsten lang ausgestreckt.

»Sprechen wir mal zur Abwechslung über Ihren Beruf.« Er lehnte sich wie zufällig an sie, und Sylvia war nicht in der Stimmung abzurücken.

»Ich lasse kaum einen Tatort-Krimi aus«, berichtete der Lotse, »aber was einem da manchmal aufgetischt wird, ist haarsträubend!«

»Sie meinen, die Art der Verbrechen?«

»Nein, ich spreche von der dilettantischen Art, in der die Drehbuchschreiber vorgehen. Beispiel: Da wurde ein Mann über Bord geworfen und schwamm dann anschließend an Land …«

»Wenn er nicht in die Strömung gerät, und das Ufer nah genug liegt«, warf Sylvia ein.

»Unsinn, wer von vorne oder von der Seite ins Wasser fällt oder springt, wird in Richtung Schiffsschraube gezogen. Da bleibt nicht viel übrig, was dann noch schwimmen kann.«

»Das Leben ist immer grausamer als der Film, Herr Gratz«, philosophierte Sylvia.

»Walter, wenigstens, wenn wir unter uns sind, und jetzt möchte ich Ihnen etwas anvertrauen.«

Sie wusste, dass das Gespräch einem Höhepunkt zustrebte und atmete unauffällig tiefer ein und aus. Als Vorbeugung und zum Abbau von Spannung, wie sie es gelernt hatte.

»Ich trage mich mit dem Gedanken, einen Krimi zu schreiben, der im Hafenmilieu spielt.«

Als sie nichts dazu sagte, holte Walter einen Zettel aus der Tasche. »Vielleicht hätten Sie Interesse, sich an dem Projekt zu beteiligen? Als Co-Autorin, wenn Sie möchten.«

Mit allem hatte Sylvia gerechnet, nur damit nicht.

»Mir liegt Schreibtischarbeit nicht so«, erklärte sie.

»Kein Problem, dann werden Sie eben kriminaltechnische Beraterin. Ich übernehme die Action-Szenen, und Sie schildern mir die Feinarbeit der Polizei.«

Er lachte, doch der Vorschlag schien ernst gemeint.

»Dann geben Sie mal Ihren Zettel her.« Sie überflog die Liste. »Tanker versenken, wozu soll das gut sein?«

»Damit kann man den gesamten Hafen stilllegen. Auf der Höhe der neuen Landebahn zum Beispiel, am Hafeneingang, dann kann kein Schiffsverkehr mehr stattfinden.«

»Wie wollen Sie das erreichen?«

»Hier, steht alles genau beschrieben. Ein Terrorist könnte als Lotse getarnt an Bord gehen und das Schiff von innen sprengen. Oder ein Sportboot mit Sprengstoff legt längsseits vom Tanker an.«

»Selbstmordattentäter, ein aktuelles Thema«, gab Sylvia zu und las dann weiter. »Sie schreiben hier auch von Erpressung.«

»Richtig, es muss ja nicht immer gleich alles in die Luft gejagt werden. Man könnte auch mit einem Attentat auf einen Säuretanker drohen, dann müsste wegen der giftigen Dämpfe evakuiert werden, wie finden Sie das?«

»Schlimm. Und was planen Sie für das Gefahrgutlager am Fährkanal? Da stehen drei Ausrufezeichen.«

»Wenn das hochgeht, ist es zappenduster. Am besten beim Hafengeburtstag. Millionen Besucher und dann eine Bombendrohung. Den können die doch gar nicht finden.«

»Bleiben wir beim Hafengeburtstag, dreht man da nicht durch bei der Arbeit?« Sylvia plante, ihren Gesprächspartner auf den Boden der Tatsachen zurückzuholen.

»Ist halb so wild, alles straff organisiert. Die Einlaufparade wird schon Wochen vorher vom Oberhafenamt zusammengestellt. Ab Brunsbüttel ordnet man sich ein, die Unterlagen über Zeit und Reihenfolge bringt der Lotse mit an Bord. Furchtbar ist nur dieses Gesabbel über UKW Kanal 74, manchmal kaum zum Aushalten.«

»Bei Bombendrohungen, könnte man die Schiffe dann stoppen?«

Am Gesichtsausdruck ihres Gesprächspartners sah Sylvia, dass die Frage dämlich war.

»Die berühmte Handbremse. Nein, die gibt es nicht. Beim

Hafengeburtstag passieren die Schiffe dicht an dicht die Landungsbrücken, drehen vorm Amerikahöft und laufen dann ihre zugeteilten Liegeplätze an. Da ist nichts mit Bremsen.«

»Erstaunlich, dass in der Enge nichts passiert.«

»Dazu hat man Lotsen«, sagte Walter, nicht ohne Stolz. »Wir brauchen unsere volle Konzentration. Unsere Schadensquote liegt unter 0,1 Prozent.«

Sylvia überflog den Rest der Liste, die mit Verbrechen im Hafen überschrieben war. »Hier steht etwas von Ruderblatt manipulieren, Hydraulikschläuche lösen, elektrische Umpolung, Bolzen entfernen.«

»Hat alles zum Ziel, eine Manövrierunfähigkeit herbeizuführen. So wie bei einem Blackout, wenn die gesamte Stromversorgung ausfällt.«

»Sabotage. Man kann also ein Schiff von außen und innen angreifen«, kombinierte Sylvia.

»Und dabei viele unschuldige Menschen mit reinziehen«, ergänzte der Lotse. »Ich fürchte, Terrorakte in Häfen werden demnächst zur Tagesordnung gehören.«

Sie hingen für einen Moment ihren Gedanken nach.

»Wie ist es, was halten Sie von meinem Projekt?«, unterbrach Walter Gratz dann das Schweigen.

»Ich glaube, Sie wenden sich besser an die Enten, pardon, Wasserschutzpolizei. Mir ist die Materie nicht so vertraut«, gab Sylvia zu.

»Das macht nichts. Ich könnte Sie einarbeiten. Heute, das

163

war nur der Anfang. Wir müssten uns dann allerdings öfter sehen.« Er streckte ihr die Hand hin.

Er ist attraktiver als jeder andere Mann in meiner Umgebung, jünger als mein Chef, jagt in seinem Beruf keine Ratten, und als Informant ist er ebenfalls nützlich, ging es Sylvia durch den Kopf.

»Einverstanden«, sie schlug in die dargebotene Hand ein und ließ sich von ihm hochziehen. Auf dem Rückweg zum Wagen legte er den Arm um sie. Sylvia blieb kurz stehen.

»Nur noch eins. Haben Sie manchmal Albträume?«

»Niemals.«

»Das ist gut. Walter.«

Kapitel 17

Bär hatte vorgehabt, John Eysing in seiner privaten Umgebung aufzusuchen, ihn mit dem Thema La Paloma zu konfrontieren und vielleicht doch noch etwas über Eysings Beziehung zu den beiden ermordeten Lotsen zu entdecken.

Aber bei Eysings war nur die Putzfrau gewesen, eine außergewöhnlich hübsche Asiatin, die ihn aus verschreckten Rehaugen angesehen hatte, um dann gleich einen Flirtversuch zu starten, als er seine Karte zurückließ.

»Darf ich Sie privat einmal anrufen, Herr Kommissar, wenn ich zufällig einem Verbrechen auf die Spur komme? Falls es besonders wichtig ist?«

»Gibt es etwas, dass Sie mir jetzt schon sagen möchten?«, hatte er nachgeforscht, und sie hatte einen Moment gezögert, bevor sie den Kopf schüttelte.

»Ich kenne sie gut. Meilin Liu. Eine kleine Freundin von mir. Deutsche Staatsbürgerschaft«, hatte Ellen schnell hinzugefügt und ihm unaufgefordert ein Bier hingestellt. Highnoon im Blauen Hering, und schon wieder lief dieses verdammte Lied. Nicht Grönemeyer, Hans Albers.

»Meilins älterer Bruder und ich …«

»Davon will ich nichts wissen«, wehrte Bär ab.

»Es ist nicht so, wie Sie denken.« Trotz gewisser Vertraulichkeiten waren sie überwiegend beim »Sie« geblieben, auch in privaten Momenten.

»Er ist schon lange kein Schützling mehr.«

»Ich werde nichts für ihn tun. Diese andere Sache mit dem blinden Passagier kann mich den Job kosten. Ich muss volltrunken gewesen sein, Ihnen Hilfe zugesagt zu haben.«

»Es war doch nur ein Briefchen.«

»Und was ist mit den weiteren Nachforschungen?«

»Haben Sie etwas gehört?« Ellen versuchte, ruhig zu bleiben.

»Kann sein, dass es übermorgen losgeht.« Bär stürzte das Bier herunter. »Ellen, er wird abgeschoben, finden Sie sich damit ab.«

»Gut«, sagte Ellen und schenkte sich selber ein Wasser ein. »Reden wir nicht mehr davon. Kann ich etwas für Sie tun?«

Bär wusste es zu schätzen, dass sie keine unnötige Vertraulichkeit demonstrierte, Ausnahmen traten stets für ihn überraschend auf. Er hatte ihr in einem schwachen Moment mehr von sich erzählt, als jemals einem anderen Menschen. Unverzeihlich? Darüber mochte er nicht nachdenken.

»Ich suche die KKA Prüss. Sie hat ihr Handy abgestellt, das ist meist ein schlechtes Zeichen.«

»Wenn Sylvie hereinschaut, gebe ich ihr Bescheid.«

Sie starrten sich an. Herausfordernd, aber nicht feindlich.

Bär bemühte sich bei seiner nächsten Frage um mehr Freundlichkeit. »Ellen, was ist an diesem Lied dran? Ist es ein Erkennungszeichen? Schmuggel? Drogen? Stecken die Lotsen mit drin?«

»Ja, es steckt ein Geheimnis dahinter.« Ellen flüsterte, obwohl sie alleine waren. »Aber für jeden bedeutet es etwas anderes.«

Sie wartete, bis die letzten Takte des Liedes verklungen waren und sagte dann etwas in einer fremden Sprache, wobei sie den Kopf nach hinten neigte und die Augen geschlossen hielt.

»Ich verstehe kein Wort«, meinte Bär verdrießlich. »Komm, Schieter, ich schreib es dir auf.«

Da war sie wieder, die plötzliche Distanzlosigkeit.

»Si a tu ventana llega una paloma«, Ellen sang den Text mit, »tratala con carino, que es mi persona.«

»Was bedeutet das?«

»Spanisch. Wenn eine Taube an dein Fenster kommt, sei liebevoll zu ihr, denn es handelt sich dabei um mich.« Sie lächelte versonnen. »Aus der Urfassung von 1961. Freddy.«

Wortlos nahm Bär den voll gekritzelten Bierdeckel und ging.

»Hafengeburtstag. Im letzten Jahr habe ich dafür extra Urlaub genommen.« Schröders üble Laune war wie üblich auf seinen ersten Arbeitstag zurückzuführen, obwohl er die letzten zwei

Wochen seiner Ferien praktisch auf dem Revier verbracht hatte. »Um den ganzen Rummel nicht mitmachen zu müssen.«

»Ja, es lohnt sich«, sagte Sylvia zerstreut, die dem Kollegen nicht richtig zugehört hatte. Sie nahm sich erneut den Wisch vor, den Bär ihr auf den Tisch geknallt hatte.

»Unfrankiert im Hausbriefkasten. Ich nehme an, das Schreiben betrifft Sie.«

»Achtung! Erste Warnung. Frau Prüss hat ein Verhältnis mit einem Mann, der in einen Mord verwickelt ist. Wie sie selber auch. Wenn sie den Mann nicht aufgibt, kann das viele Menschen ins Unglück stürzen.«

Dilettantisch in Druckbuchstaben. Meilins Art, den Kampf aufzunehmen.

»Ich wusste nicht, dass Ihr Rattenfänger so gefragt ist«, sagte Bär mit einem süffisanten Unterton. »Sollen wir Personenschutz für Sie beantragen?«

Sylvia klärte den Chef in kurzen Worten über Meilin auf und zeigte ihre Überraschung nicht, dass die beiden bereits Bekanntschaft geschlossen hatten.

»Hübsches Mädchen«, meinte Bär. »An Stelle von Herrn Bielfeldt würde ich mich in diesem Fall an die Jüngere halten.«

»Interessant, und dabei stehen Sie selber auf reife und erfahrene Frauen«, konterte Sylvia giftig.

»Ich habe nur einen Scherz gemacht«, erklärte ihr Chef und begann plötzlich zu deklamieren. »Tratala con carino, que es mi persona.«

»Urlaubsreif, alle urlaubsreif«, brabbelte Schröder und raffte seine Papiere zusammen. »Sie finden mich in der Kantine.«

»Sie ist unglücklich verliebt und lebt für diese blöden Fernsehsendungen.«

Ellen betrachtete das Ganze als einen harmlosen Streich, selbst als Hans seinen eigenen Brief aus der Tasche zog.

»Vorsicht. Wissen ist Macht. Trau nur denen, die es gut mit dir meinen. Sonst …«

»Das hört sich nach Spruchzettelchen aus asiatischen Glückskeksen an«, meinte Sylvia und beobachtete zwei Möwen, die kreischend um einen Brocken Brot kämpften. Sie saßen zu dritt an einem Tisch vor dem Blauen Hering, das erste Mal in diesem Jahr draußen.

Hans war auf dem Sprung, unterwegs zu einem seiner Einsätze, vielleicht die Jagd auf den Tabakkäfer? Wollmotten? Er schien erfreut, Sylvia hier anzutreffen, obwohl sie sich – wie immer – bei ihrer letzten Begegnung nicht neu verabredet hatten.

»Ich muss drei Aushilfskräfte einarbeiten«, klagte Ellen. »Noch herrscht Ruhe vor dem großen Sturm, aber wenn wir in einer Woche Hafengeburtstag haben, tobt der Bär.«

»Meiner zurzeit nicht«, lachte Sylvia, und wandte sich dabei an Ellen. »Heute hat er sogar ein spanisches Gedicht rezitiert.«

»Auch Männer sind wandlungsfähig«, bemerkte Ellen.

»Ich freu mich dieses Jahr auf den Hafengeburtstag. Im letzten Jahr war ich abwesend, zur Kur. Wegen meiner Nerven«, schloss Sylvia trotzig.

»Ich wünschte, ich könnte auch eine Kur machen«, sagte Ellen. »Meine Nerven sind nicht mehr das, was sie früher einmal waren. Aber ich bin hier unentbehrlich.« Sie lächelte zufrieden.

»Später, wenn ich noch älter bin«, sie wartete die Protestrufe ab, die sich prompt einstellten, »dann mach ich eine Traumreise. Afrika, einmal quer durch und zurück an die Küste. Aber vorher muss die Kasse stimmen.«

Für einen Moment hingen sie alle ihren Gedanken nach.

»Soll ich euch mal sagen, wie man auf unredliche Art zu Geld kommen kann?« Aus einer Laune heraus zog Sylvia Junglotse Walters Zettel aus der Handtasche.

»Bombendrohung auf der Queen Mary, Sabotage eines Säuretankers, Blockade der Hafeneinfahrt. Wenn das nicht ausreicht, könnt ihr auch noch mit der Sprengung von Gefahrgut drohen und damit eine runde Million erpressen.«

»Pah, eine Million, was ist das schon?« Ellen gab einem ihrer Mädels ein Zeichen, die kurz darauf drei Gläser Sekt brachte.

Hans lehnte ab, »Erster Einsatz auf der Stettin. Es wurden Ratten in einer Luke gesichtet, muss noch vor der Einlaufparade in Ordnung gebracht werden.«

Sylvia kannte den Eisbrecher, der im Museumshafen Oevelgönne lag. In ihrem ersten Jahr nach Dienstantritt in Hamburg hatten sie dort ein Betriebsfest gefeiert, und obwohl das
Schiff bei der Fahrt durch den Hafen kaum schaukelte, musste
sie damals die köstliche Erbsensuppe wieder von sich geben.
Was vielleicht auf den übermäßigen Genuss eines Schnapses,
der passend zum Schiff »Eisbrecher« hieß, zurückzuführen
war.

»Sprengladungen von innen anbringen, Geiselnahme auf
der Brücke, warum nicht einfach mit Ratten drohen? Solche
mit Pestflöhen, das weckt Urängste.« Hans spann den Faden
weiter.

»Was für ein Potenzial an kriminellen Energien, mir reicht
es jetzt.« Ellen musste sich anderen Gästen widmen und
steckte wie in Gedanken den Zettel von Walter Gratz ein.

Usman wusste, dass der Zeitpunkt gekommen war. Sein
Schiff war schon lange weg, er sollte fliegen. Gerüchte sprachen sich schnell herum, und so hatte er die grünliche Leberwurst, die zwei Zigaretten, Teile eines Putzschwamms aus
Plastik, klein gezupfte Disteln vom Hof bereits herunterge-
würgt. Das Füllmaterial seines Kopfkissens, vermengt mit
Seifenresten und gehorteter Zahnpasta, nahm er erst zu sich,
nachdem das Licht gelöscht war.

Aber noch bekam er keine schlimmen Krämpfe, vielleicht
fehlte es an verdorbenem Fisch? Der hatte so gestunken, dass
Usman ihn in der Toilette entsorgt hatte.

In der Stunde zwischen Nacht und Tag war es soweit. »Aufstehen, bereithalten.«

Usman konnte nicht aufstehen, sein Bauch fühlte sich an wie ein Plastiksack in der Sonne gegärter Süßkartoffeln.

Er stöhnte und krümmte sich zusammen. Ein Mann, den er hier noch nie gesehen hatte, führte ihn zur Toilette. Aber das half nicht viel. Auf dem Weg zum Bus mussten sie ihn stützen. Sie waren nicht unfreundlich, aber in Eile.

»Doktor«, bat Usman.

»Das sind nur die Nerven«, sagte ein Mann in Uniform zu einem anderen, der am Bus wartete und die Namen auf einer Liste abhakte.

Usman musste nicht simulieren, das Kopfkissen in seinem Bauch blähte seine Gedärme auf, aber für den Fall, dass sie ihm nicht glauben würden, riss er beim Einsteigen dem Mann mit der Liste den Kugelschreiber aus der Hand und schluckte ihn herunter.

»Verdammt, ruf den Arzt«, hörte Usman noch, dann brach er zusammen.

Kapitel 18

Sylvia hatte den Rückruf bei Regine Eysing wiederholt aufgeschoben, es handelte sich ja um eine private Angelegenheit, und sie fürchtete, über die Gruppensitzungen der Traumtänzer ausgefragt zu werden.

Andererseits war sie neugierig, wie Johns Zuhause aussah, und deshalb nahm sie nach ihrer Stippvisite im Blauen Hering die Fähre nach Oevelgönne. Vom Anleger aus telefonierte sie und hatte Glück, Frau Eysing war erfreut und hatte Zeit.

»Denken Sie bitte nicht, dass ich etwas hinter dem Rücken meines Mannes tue«, sagte sie, kaum, dass der Kaffee im geschmackvoll eingerichteten Wintergarten auf dem Tisch stand. »Frau Prüss, ich bin Ihnen so dankbar. Ich weiß nicht, wie Sie es geschafft haben, aber dank Ihres Einflusses hat sich mein Mann in der Gruppe und auch bei mir öffnen können.«

»Das ist nicht mein Verdienst.« Sylvia war wenig begeistert, dass John in der Tat über die Gruppe geredet hatte.

»Ich bin sehr hartnäckig im Nachfragen«, gab Frau Eysing zu. »Weil ich gelernt habe, dass rücksichtsvolles Schweigen selten zum Ziel führt. Diese Albträume, fast hätten die unsere Ehe zerstört. John hat mir erst jetzt von damals erzählt, Sie wissen schon. Der Piratenüberfall und was danach kam. Ich hatte keine Ahnung, was ihn in all den Jahren so belastet hat. Männer und ihr falsch verstandener Stolz, aber wem sag ich das.«

Sylvia fühlte sich verwirrt. Männer und ihr Stolz, was hätte sie dazu beitragen können?

»Sie sind keine normale Polizistin. Ich erinnere mich, was damals in den Zeitungen stand, und ich an Ihrer Stelle hätte bestimmt den Dienst quittiert. Aber Sie haben das Leben wieder neu gepackt. Wie Phönix aus der Asche.«

Mit jedem Satz wurde Sylvia mehr verlegen.

»Und das wünsche ich mir auch für meinen Mann«, schloss Frau Eysing.

»Er tut ja etwas dafür«, äußerte Sylvia vorsichtig. »Wollten Sie mich deshalb privat sprechen?«

»Nein, ich möchte Ihnen und mir helfen. Selbst, wenn ich damit meinem Mann in den Rücken falle. Das muss ich riskieren. Es hat etwas mit den Morden zu tun.«

Sie wirkte auf einmal fahrig. »Vielleicht gibt es Spuren, die ich nicht kenne, oder die Sie noch nicht kennen. Ich möchte vermeiden, dass alles in der Presse breitgetreten wird.«

»Glauben Sie im Ernst, ich hätte darauf einen Einfluss?«

»Sie sind sensibel und wissen, wie es für Sie war, als die Presse …«

Nervenbündel im Staatsdienst. Heulboje im Selbstmitleid am Grab des toten Kollegen. Sylvia hielt sich an ihrer Kaffeetasse fest.

»In der Beziehung kann ich Ihnen überhaupt nichts versprechen.«

»Es ist dieses Lied«, fuhr Frau Eysing fort. »La Paloma. Es stand nicht in der Zeitung, aber bei den Lotsen hat es sich natürlich rum gesprochen, dass es bei dem Mord am Wachleiter gespielt wurde. John erträgt das Lied nicht.«

»Mein Chef auch nicht«, murmelte Sylvia.

Frau Eysing fegte den letzten Satz mit einer ungeduldigen Handbewegung fort. »Sie haben La Paloma gespielt, immer wieder, als sie John … das antaten.«

»Ich verstehe«, sagte Sylvia leise.

»Vielleicht. Ich nicht. Wer will ihn fertig machen, die alten Erinnerungen wachrufen? John war das Opfer, er hat sich nichts zu Schulden kommen lassen. Die Piraten sind ungeschoren davongekommen, das ist schlimm genug. Wer kann ein Interesse daran haben, John so zu quälen? Kann es sein, dass er gefährdet ist?«

»Ich weiß es nicht«, Sylvia fühlte sich hilflos. Sie musste mit Bär darüber reden, und vorher mit John, damit er sein Einverständnis gab.

»Wenn Regine damit hausieren geht, kann ich es nicht ändern. Sie meint es gut, wie immer.«

Obwohl John noch am selben Abend auch der Gruppe stockend von La Paloma erzählt hatte, spürte Sylvia wieder die Wand zwischen ihm und seinen Mitmenschen.

»Ich bin mir sicher, dass Ihre Frau Sie liebt, John, und nur deshalb mit mir gesprochen hat«, wagte sie sich nach dem Treffen vor, als man noch in Grüppchen zusammenstand.

»Doch, lieben, das tut sie. Ich verdiene sie nicht.« Es klang bitter.

»Und Ihre Träume, John, besser?« Sylvia mochte sich nicht in dieser Stimmung von ihm trennen.

»Anders.« Er zeigte seine Ungeduld, wegzukommen.

Sylvia dachte an ihren eigenen Traum, in dem der Späher nur der Vorbote eines grauenhaften Verbrechens in der Zukunft war.

John machte Regine keine Vorwürfe, als er spät nach Hause kam. Er sprach überhaupt kein Wort, ging zu Bett und wachte erst auf, als sie ihn an der Schulter rüttelte.

»Du hast geschrien.«

»Nicht ich. Es war – ich weiß es nicht.«

»Möchtest du einen Tee?«

Der Himmel wurde schon hell. Eysing musste um zehn auf der Station sein, an solchen Tagen stand er gerne früh auf. Regine wartete zunächst das Frühstück ab und bat ihn dann in einer häuslichen Angelegenheit um Hilfe.

»Nur zum Teil häuslich. Schau dir das an.«

Sie reichte ihm einen rosa Briefbogen. »Er ist mit einer Harpune ermordet worden. Die Polizei wäre sicher froh, ein Foto als Beweismaterial zu haben. Gegen zweihundert Euro erhalten Sie es zurück«, las John.

»Meilin, dieses dumme Ding, was hat sie sich bloß dabei gedacht?«, überlegte Regine.

»Dumm? Wohl eher naiv und clever zugleich. Sie stiehlt ein Bild, auf dem ich mit der Waffe zu sehen bin. Sie kann nicht wissen, dass ich der Polizei als ehemaliger Besitzer der Harpune bereits bekannt bin.«

»Ich will ihr nicht die Zukunft verbauen und die Polizei einschalten. Deshalb habe ich auch Frau Prüss nichts gesagt. Was meinst du, soll ich Meilin gleich entlassen, oder möchtest du sie vorher zur Rede stellen?«

»Das ist nicht nötig. Sprich mit Ellen darüber, wenn du willst.«

Später, schon in der Tür, wandte er sich noch einmal um. »Aber das Foto will ich zurück haben. Es existiert kein Negativ davon.«

Regine seufzte, wenn John sich doch bloß von diesen alten Erinnerungsstücken trennen, sein altes Leben abstreifen könnte, wie die Haut eines Insekts, die zu eng geworden war.

»Nur noch sechs Tage bis zum Schunkel-Volksfest.« Schröder, noch griesgrämiger als sonst, knallte ein paar Unterlagen auf Sylvias Schreibtisch. »Hier, Frau Kollegin, habe Ihre Hausaufgaben gemacht. Eine Liste der Beschäftigten von Peter Putz. Wenn mich mein Riecher nicht täuscht, arbeiten die mit illegalen Kräften zusammen. Wer möchte dem nachgehen?«

»Bringt uns nicht weiter, wird verschoben. Zur Tatzeit war keine Putzfrau auf Seemannshöft.«

Bär verfolgte eine neue Spur, seit Sylvia ihm heute früh endlich ihre privaten Informationen preisgegeben hatte. Ein Piratenüberfall vor vierzehn Jahren, ungewöhnlich im Ablauf. Dass Eysing dadurch einen Knacks wegbekommen hatte, war nachzuvollziehen. Allerdings nur kurzfristig, fand Bär, als Mann musste man mit Schwächen und Demütigungen fertig werden können. Wenn er da an seine Ehe dachte …

»Rache. Wir sind also wieder bei unserem ursprünglichen Motiv«, erklärte er Sylvia. »Eysing hat sich damals gerächt.«

»An wem, bitte, den chinesischen Piraten? Die haben sie nie gefasst.« Sylvia wusste, dass sie ihrem Chef Zeit lassen musste. Sie selber war ihm gedanklich ein paar Schritte voraus. Und sie kannte John. Oder glaubte, ihn zu kennen.

»Ein Mann lässt sich so etwas nicht gefallen«, fuhr Bär unbeirrt fort. »Er muss sich gerächt haben. Vielleicht an einem anderen Chinesen, später. Da gab es Zeugen, und die wollen ihn jetzt fertig machen.«

»Weil sie ihn erst jetzt aufgespürt haben? Denken Sie an eine chinesische Mafia hier in Hamburg?«

»Seien Sie nicht so sarkastisch. Wir haben alles in Hamburg. Aber spielen wir einmal eine andere Variante durch. Die Besatzung damals, Eysings Kollegen. Einer von ihnen bekam die Angelegenheit mit und machte sich auf plumpe Art darüber lustig. Hielt nicht den Mund, bis es Eysing zu viel wurde. Er beseitigte den Mann. Unbemerkt, wie er glaubte.«

»Also Mitwisser. Aber warum hat man dann die anderen Lotsen umgebracht?«

»Das ist der Punkt. Vielleicht ein Versehen.«

»Und nehmen sich deshalb alle siebzig Lotsen nach dem Zufallsprinzip vor? Tut mir Leid, Chef, aber das ist …«

»Sagen Sie nicht schon wieder hirnrissig. Solange wir keine andere Hypothese haben, gehen wir dieser Spur nach. Haben Sie eine bessere Idee?«

Endlich fragt er, dachte Sylvia. »Angenommen, auf dieser Horrorfahrt damals waren auch Meibohm und Semmler dabei. Vielleicht gab es etwas zu vertuschen. Mit der Ladung, der Versicherung oder eine andere Mauschelei. Jemand erleidet dadurch großen Schaden. Dann macht Rache an allen Dreien einen Sinn.«

»Erpressung wäre logischer«, monierte Bär.

»Warum so kompliziert?«, schaltete sich Schröder ein. »Muss doch nicht gleich ein Wirtschaftsverbrechen sein. Da war in der Mannschaft so ein armer Kerl, auf dem haben sie alle rumgehackt, und im nächsten Hafen musste er unfreiwillig abmustern. Dann verschlägt es ihn nach Jahren nach Hamburg, er entdeckt die gehassten Offiziere und schlägt zu.«

»Wir haben das Lied vergessen. La Paloma gehört zu Eysings Erinnerungen. Nicht zu denen der anderen«, erinnerte Sylvia.

»Das wissen Sie nicht. Die anderen sind tot. Wir können Sie nicht mehr fragen.« Bär hatte genug von der Diskussion.

»Dieses Lied ist dafür gemacht, Emotionen freizusetzen, haben Sie behauptet. Dann fragen Sie doch mal Ihren Seelenklempner, ob er darüber etwas aussagen kann. Ich erinnere mich an einen Film, der vor ein paar Jahren lief, in dem sich alle aufgrund eines Liedes umbrachten.«

»Gloomy Sunday«, warf Schröder ein. »Interessante Szenen aus dem alten Budapest. Ging aber sehr aufs Gemüt,«

»La Paloma treibt nicht in den Selbstmord. Das wissen wir. Zumindest ist mir kein Fall bekannt. Außerdem geht es hier um Mord«, betonte Sylvia.

»Gut, Kollegin. Ihre Aufgabe wird es sein, eine Mannschaftsaufstellung von der damaligen Reise zu besorgen.«

»Sie meinen die Musterrolle, Chef. Wie kommt man da dran, soll ich Herrn Schmahl, den Ältermann um Rat fragen?«

»Erst mal nicht. Kann sein, dass die sauberen Brüder doch noch eine Leiche im Keller haben. Versuchen Sie es mit dem Seemannsamt oder den Archiven der Reedereien.«

»Ich könnte auch John direkt fragen.«

»Damit er türmt oder während des Hafengeburtstags ganz durchdreht? Wie oft soll ich Ihnen noch sagen …«

»… dass man Privates besser außen vor lässt. Chef, John Eysing ist kein Mörder.«

»Er ist in Behandlung.«

Sylvia verschlug es den Atem. »So wie ich? Das nehmen Sie besser zurück. Wenn hier jemand neurotisch, emotional gestört, borniert und nicht bereit ist, über seinen Horizont hinaus zu blicken, dann sind Sie das.«

»Kinder, nicht schlagen, sondern vertragen.« Schröder schüttelte den Kopf.

Kapitel 19

Meilin war mit ihren Geschäften nicht zufrieden. Bis auf einen hatte keiner auf die anonymen Briefe reagiert. Und John Eysing hatte Meilin wohl nur zufällig am Anleger getroffen. Zwanzig Euro wollte er für das Bild geben, mehr wäre es ihm nicht wert. Die Polizei könnte damit nichts anfangen. Dazu fünfzig Euro als Abfindung, weil seine Frau Meilin ohne Kündigungsfrist entlassen hatte.

Zuerst hatte Meilin sich dumm gestellt und alles geleugnet, aber da er versprochen hatte, sie nicht zu verpetzen – es wäre nur eine Bagatelle, und das Foto ein Erinnerungsstück – hatte sie schließlich nachgegeben.

An den folgenden Tagen war sie für alle Fälle in der Wohnung geblieben, denn Sunjang würde niemals zulassen, dass man sie ins Gefängnis steckte.

Je mehr Tage verstrichen, desto sicherer fühlte Meilin sich. Gestern war sie wieder raus gegangen, spät abends, magisch angezogen von Hans in seiner Wohnung. Aber es war alles dunkel gewesen, und einen Schlüssel hatte sie ja nicht mehr.

Wenig später, bei der Polizistin vor dem Haus, glaubte sie, zwei Gestalten in dem hell erleuchteten Viereck im dritten Stock erkennen zu können. Kurze Zeit darauf war das Licht ausgegangen, und sie hatte die Fäuste geballt, sich vom Leben ausgeschlossen gefühlt.

Heute nun wollte sie Nägel mit Köpfen machen. Mal sehen, wie weit sie bei Hans gehen konnte, sie hatte nichts mehr zu verlieren. Wie ihre Heldin aus »Kein Tag ohne Liebe und Leid«: Seit über tausend Folgen musste die sich mit Geldsorgen, einem kranken, alten Ehemann und seit neuestem mit einem untreuen Geliebten herumschlagen.

»Meilin, was willst du? Es ist nach zehn, du solltest dich nicht hier herumtreiben.«

»Mir ist so kalt«, sagte Meilin mit ihrer Kleinmädchenstimme, die schon so oft gut angekommen war. Aber nicht bei Hans.

»Bleib stehen, ich hol dir eine Jacke und bring dich nach Hause. Aber das ist das letzte Mal, das schwör ich dir.«

»Kann ich bitte vorher deine Toilette benutzen?«, fragte Meilin demütig und schlüpfte an Hans vorbei in die Wohnung.

Im Badezimmer schloss sie sich ein, ließ Wasser in einem dünnen Strahl einlaufen, setzte sich auf den Wannenrand und sang ihr Lieblingslied, La Paloma.

»… weißt du, dass ich dich niemals vergessen we-erde.«

Die moderne Version von Freddy.

»Was machst du da so lange? Beeil dich, Meilin. Ich hab einen langen Tag hinter mir.«

Als sie nicht antwortete, rüttelte er an der Tür und fluchte. »Wie du willst. Ich rufe jetzt sofort deinen Bruder an.«

»Er ist nicht im Restaurant. Sie haben heute auswärts ein großes Buffet, es kann sehr, sehr spät werden.«

»Gut, dann sage ich der Polizei Bescheid, dass du hier nicht verschwinden willst.«

»Ich werde ihnen erzählen, dass ich mich aus Angst vor dir im Bad einschließen musste«, gab Meilin trotzig zurück.

Sie hörte ihn erneut fluchen.

»Dann bleibt mir nichts anderes übrig, als Frau Prüss zu informieren. Wir haben mit dir eh noch ein Hühnchen zu rupfen. Du weißt schon, diese lächerlichen Briefe. Was hast du dir bloß dabei gedacht?«

Meilin drehte das Wasser ab. Sie musste sich voll darauf konzentrieren, eine neue Strategie zu entwickeln. Die Polizistin schon wieder hier, das passte ihr nicht.

»Ich sitz schon in der Wanne«, rief sie. »Mir war so kalt. Wenn ich fertig bin, komme ich sofort raus, versprochen. Es tut mir Leid. War alles nur ein Scherz.«

»Du hast zehn Minuten«, knurrte Hans und zog sich ins Wohnzimmer zurück. Meilin war dabei, vom Lästling zum Schädling aufzusteigen. Er hatte die Probleme mit ihr satt.

Meilin brauchte gut zwanzig Minuten, und als Hans sie in der Tür stehen sah, eingewickelt in sein altes, angegrautes Badelaken, zitternd, hatte er trotz allem Mitleid mit ihr.

»Zieh dich an, Meilin«, sagte er ruhig. »Ich nehme mir in

den nächsten Tagen mal Zeit für dich, dann reden wir an einem neutralen Ort über alles.«

»Nein, jetzt.« Meilin raffte mit der einen Hand das Badetuch zusammen und hielt die andere mit der Rasierklinge hoch. »Wenn du mich wegschickst oder Hilfe holst, schneide ich mir die Adern auf. Längsschnitt, ich weiß, wie das geht.«

In »Kein Tag ohne Liebe und Leid« hatte die Heldin es halbherzig mit einem Querschnitt probiert. Es war nicht besonders viel Blut geflossen, aber der untreue Liebhaber hatte sofort alles bereut und Besserung gelobt.

»Lass den Quatsch.« Hans kam auf sie zu. Meilin ließ das Badelaken fallen. Aber statt von ihrem makellosen Körper überwältigt zu sein, griff er grob nach ihrem Arm mit der Rasierklinge.

Es gelang ihr noch, ihn im folgenden Handgemenge mit der Klinge am Hals zu erwischen, dann gab er ihr eine kräftige Ohrfeige. Sie ließ vor Schock und Schmerz die Klinge fallen.

Hans schob sie in Richtung Badezimmer zu ihren Sachen. Sie hatte keine Chance, sich erneut einzuschließen.

Er tupfte sich das Blut vom Hals, während sie hastig in ihre Kleidung fuhr.

»Noch etwas tiefer, und du hättest mich voll erwischt«, sagte er böse.

Meilin konnte nicht aufhören zu schluchzen. Das hier verlief alles ganz anders als in der Fernsehserie.

»So kannst du nicht nach Hause«, erklärte Hans wenig später, zurück im Wohnzimmer. »Beruhige dich erst mal. Los, setz dich da hin.« Er wies auf das Sofa, während er im Sessel Platz nahm.

»Meilin, ich schätze dich als Schwester eines Freundes, aber das ist auch alles, kapier das endlich. Du gehst mir auf den Keks, ich kann mit dir nichts anfangen.«

So grob hatte er noch nie mit ihr gesprochen. Meilin fühlte ihr Herz brechen, genau so musste es sich anfühlen.

»Du hast mich geküsst«, sagte sie anklagend.

»Ein einziges Mal, ich war voll, und du hattest Geburtstag. Es hätte jede andere sein können.«

Meilin spürte erneut ihr Herz brechen, ob das möglich war? »Es ist die Polizistin. Sie hat mich verdrängt.«

»Ob sie oder eine andere Frau, das spielt keine Rolle. Du hast nie eine Chance bei mir gehabt.«

Es fiel ihr schwer, nicht wieder die Fassung zu verlieren.

»Ich habe immer alles für dich getan«, sagte sie schmollend. Er lachte auf. »Und das wäre zum Beispiel?«

»Na, als ich den Plattenspieler entdeckt habe, hab ich sofort an dich gedacht. Weiß doch, dass du alte Geräte sammelst. Da hab ich ihn dir heimlich zur Lotsenstation gebracht, als Überraschung. Zusammen mit La Paloma, weil du das Lied so magst. Ich wusste ja, dass du dort im Keller arbeitest. Aber du hast meine Überraschung noch nicht mal erwähnt.«

Für einen Moment war Hans geschockt. »Dann warst du an dem Abend auch selber da?«

»Nein, den Tag vorher«, schniefte Meilin. »Keiner hat sich darum gekümmert, als ich in den Keller ging.«

»Woher hattest du den Schlüssel?«

»Von der Firma. Peter Putz.«

Hans zögerte einen Moment, bevor er seine letzte Frage stellte. »Wem hast du sonst noch davon erzählt?«

Sylvia war angenehm überrascht, als Hans mit Brötchen vor der Tür stand. »Noch fünf Tage bis zum Hafengeburtstag«, begrüßte er sie. »Haben wir bis dahin Hamburg schädlingsfrei, jeder auf seine Weise?«

Sylvia lachte. Sie hatte gut geschlafen und war glänzender Laune. Nachdem sie ihrem Chef endlich mal die Meinung gesagt hatte, fühlte sie sich freier als je zuvor.

»Wenn man spontan bleibt, kann man für jeden Menschen die passenden Worte finden«, erklärte sie Hans beim Frühstück.

»Ich finde, wir sollten Abschied nehmen«, sagte Hans. »Könnte sonst sein, dass wir uns aneinander gewöhnen.«

Der Absturz. Sylvias Stimmungsbarometer sank auf den Nullpunkt. Denn eben diese Gewöhnung, von der Hans sprach, war Teil ihres Fundaments geworden.

»Das heißt nicht, dass wir uns ab sofort nicht mehr kennen«, fuhr er fort. »Zumal wir die selbe Stammkneipe haben. Aber die Nächte, die hören auf.«

Sie verstand sofort. Vom Kopf her. Keinen neben sich haben, wenn man aus Albträumen hoch schreckte. Keinen, mit dem man das »Allerweltlichste« tat, um Entspannung zu finden, der einem näher war als die meisten anderen Menschen.

»Warum, Hans?«, fragte sie ruhig.

»Du arbeitest oben, ich unten. Wir können kein Team sein.«

Er griff über den Tisch nach ihren Händen. »Nimm es nicht persönlich. Ich war schon immer ein Einzelgänger. Das hat was mit meinem Territorium zu tun. Ich wechsle es öfter mal. Wie die Wanderratten.«

»Wenn es wegen einer anderen Frau ist, musst du dir keine Gedanken machen. Ich bin auf Dauer kein anhänglicher Typ«, log Sylvia.

»Nein, auf keinen Fall. Du doch nicht.« Er grinste.

Sylvia hasste sich dafür, dass ihr die Tränen in die Augen schossen. »Dann ist das unser Abschiedsfrühstück?«

»Nennen wir es anders. Abschluss der Köderphase. Wer wen geködert hat, spielt keine Rolle.«

Ihre Tränen versiegten so schnell, wie sie gekommen waren. »Was kam gleich noch nach der Köderphase?«

»Bekämpfen. Ausmerzen. Das sparen wir uns.«

»Ich erinnere mich da an einen weiteren Punkt. Kontrollködern.«

»Gut aufgepasst, Sylvie. Aber auch das fällt flach. Ich verliere selten die Kontrolle.«

Sie sahen sich schweigend an.

»Du schaffst das von jetzt an alleine«, sagte Hans schließlich.

Ehe sie noch etwas darauf erwidern konnte, läutete es an der Tür.

»Erwartest du Besuch? Deinen Chef?«

»Kann sein, dass er mich abholen will. Ich hatte ihn beschimpft. Vielleicht will er sich entschuldigen.«

»Frauen und Logik.« Hans erhob sich, aber Sylvia bedeutete ihm, noch zu warten.

»Wenn es eine Nachbarin ist, wimmele ich sie ab. Schenken wir uns noch eine Stunde.«

Aber es war Walter Gratz, der über das ganze Gesicht strahlte, und dessen Umarmung Sylvia sich nicht entziehen konnte.

»Überraschung, ich hatte gehofft, Sie so früh noch zu Hause anzutreffen. Komme direkt von der Station und habe in den nächsten Stunden frei.«

Schon stand er in der Wohnung und hielt ihr eine Brötchentüte hin. »Wie sieht's aus mit einem gemeinsamen Frühstück? Ich hab da auch ein paar neue Ideen zum Thema Harpunenmord. Können wir literarisch verwerten. Oh, Verzeihung, Sie sind nicht alleine?« Das Strahlen ließ nach. Ein wenig.

»Herr Bielfeldt, Herr Gratz«, machte Sylvia bekannt, und stutzte nur kurz, denn die Männer kannten sich offenbar von Seemannshöft.

»Oh, Sie haben schon gefrühstückt«, in Walters Stimme schwang Enttäuschung. »Hallo, Herr Bielfeldt, so trifft man sich wieder. Lassen Sie mich raten. Silberfischchen?«

»Er ist privat hier«, erklärte Sylvia, ehe Hans zu irgendwelchen Geschichten griff.

»Ich auch.« Walter dachte nicht daran zu weichen. »Vielleicht kann er uns helfen, ein kriminelles Projekt zu entwickeln. Leichen liegen doch bekanntlich öfter in Kellern. Was sagen Sie dazu, Herr Bielfeldt?«

»Schuster, bleib bei deinen Leisten. Ich jage Ratten, Sie fahren Bötchen.«

»So wie Sie früher auch. Es stimmt doch, dass Sie mal zur See gefahren sind?«

»Lange her.« Hans drückte seine Zigarette aus. »Wird Zeit für mich.« Er warf Sylvia einen warnenden Blick zu.

Bloß keine Abschiedszeremonie, interpretierte sie, und hielt sich stark zurück, um ihm nicht um den Hals zu fallen.

»Wenn ich später noch einmal wiederkommen soll«, der Lotse wirkte unschlüssig, aber dann siegte das Taktgefühl. »Ich werde ebenfalls gehen. Hier«, er warf einen Umschlag auf den Tisch. »Alte Bilder. Damit lässt sich vielleicht etwas anfangen. Was, erkläre ich Ihnen später. Bitte rufen Sie mich an, sobald es Ihnen besser passt.«

»Mach ich bestimmt, Walter.« Sylvia trennte sich von Hans und wandte sich ihrem anderen Besucher zu. »Wir schnacken mal ganz in Ruhe. Wie wäre es mit einem Abend im Blauen Hering?«

Wenn er enttäuscht war, ließ er es sich nicht anmerken.

»Sicher, das lässt sich einrichten. Nein, die Brötchentüte müssen Sie behalten.«

Kapitel 20

Sylvia stellte sich ans Fenster. Ein Kreuzfahrtschiff führte ein kompliziertes Wendemanöver aus, um dann zum Grasbrook-Terminal zu fahren. Am Anleger der Hafenbarkassen standen die Touristen bereits Schlange. Gegenüber im Dock herrschte wie immer Hochbetrieb – und so würde es auch bleiben. Der Hafen pulsierte, führte sein Eigenleben, kümmerte sich nicht darum, wie der Kriminalkommissar-Anwärterin Sylvia Prüss zumute war.

Sie warf einen kurzen Blick auf die Bilder im Briefumschlag. Männer, einzeln oder in Grüppchen. Mal mit, mal ohne Uniform. Heldengesichter. Schiffe unter Segeln oder mit vier Schornsteinen. Kap Hoorn oder Panama, Palmen oder Eisberge.

Verbrechen auf See, sie hatte noch nie gehört, dass daran eine Frau beteiligt gewesen wäre.

Als ihr Handy klingelte, hoffte sie wider besseres Wissen auf einen Anruf von Hans, aber es war Bär, der sich für ein paar Stunden abmelden wollte.

»Wie wär's später damit, die Friedenspfeife rauchen und gemeinsam La Paloma hören?« Er hätte sein Angebot nicht ungeschickter formulieren können, fand Sylvia.

»Wir müssen unsere Liste aktualisieren.« Ellen saß mit Sunjang in ihrer Wohnküche. »Eine Aufstellung aller geplanten Abschiebungen, die gegen die Menschenrechte verstoßen. Die überreichen wir dann dem Bürgermeister am Hafengeburtstag. Persönlich.«

»Falls wir zu ihm durchdringen.« Sunjang blieb skeptisch.

»Erkundige dich, auf welchem Schiff er mitfährt. Ich organisier das schon. Was ist mit Meilin, wird sie uns helfen?«

»Das hoffe ich. Sie hat ihre Arbeit bei Eysings aufgegeben, hast du davon gewusst?«, fragte Sunjang misstrauisch.

»Nein.« Ellen fand ihre Notlüge in Ordnung. Das Mädchen hatte ihre Arbeit nicht aufgegeben, sie war gefeuert worden, und das aus gutem Grund. Sie hatte lange Finger gemacht. Aber die Kleine war derartig durch den Wind, die musste erst wieder zur Ruhe kommen.

»Während des Hafengeburtstags kann sie bei mir aushelfen. Wir brauchen jede Hand«, schlug sie vor.

Sunjang wehrte ab. »Das will ich nicht.«

»Du kannst sie nicht immer in Watte packen. Eine Hafenkneipe ist kein Mädchenpensionat, aber ein Bordell sind wir auch nicht.«

Sunjang schlug die Augen nieder. Manchmal war Mom Ellen ihm zu grob, aber es wäre unhöflich, sie das spüren zu lassen. Was wäre aus ihm geworden, wenn sie ihm damals nicht unter die Arme gegriffen hätte. Ihre Beziehung war von gegenseitigem Respekt geprägt, und so sollte es bleiben.

»Ich glaube, Hans hält sich jetzt von Meilin fern«, erzählte Sunjang und hoffte, Ellen würde ihm das bestätigen.

»Umgekehrt wird ein Schuh draus«, murmelte Ellen und erwartete, dass Sunjang diese Redewendung nicht kannte.

»Ich wollte Usman im Krankenhaus besuchen«, sie wechselte schnell das Thema. »Aber sie lassen mich nicht vor. Meine Kontaktperson hat alles versucht.«

Sie sprach von dem Kommissar, wusste Sunjang, aber seine Lippen waren versiegelt.

»Rolling home, rolling home, rolling home across the sea«, summte Ellen. »Ich muss die Musikbox unbedingt neu bestücken. Beatles raus, Shantys rein.«

Als Sunjang gegangen war, machte sie sich an die Arbeit.

Auch Elvis flog raus, wurde durch »Schön ist die Liebe im Hafen« oder »Einmal noch nach Bombay, einmal nach Shanghai« ersetzt. Sie kannte den Geschmack der Touristen nur zu gut.

Beim Hamburger Veermaster stand Rattenhans plötzlich hinter ihr.

»Hast du mich erschreckt! Schleichst dich an wie …«

»Ein Jäger? Das ist mein Beruf. Ich wollte nur kurz rein schauen, muss gleich weiter.«

»Kaffee oder Bier?«

»Keine Drogen, gib mir ein Wasser.«

Ellen spürte, dass Hans etwas beschäftigte. Der späte Vormittag war sonst nicht seine Zeit für den Blauen Hering.

»Wie ist die Auftragslage?«, tastete sie sich vor.

»Gut. Auf den Schiffen reisen nicht nur Menschen. Möchtest du wissen, wer oder was sich sonst noch in den Laderäumen aufhält?«

»Wenn es mehr als zwei Beine hat, behalt es lieber für dich.« Sie brachte ihm das Wasser. »Was macht dein Bein, immer noch dieses Puckern im Frühling?«

»Nur die Narbe. Erinnert mich an alte Zeiten.«

»Tja, so ist das.« Ellen stellte sich neben ihn an die Theke. »Und wie geht es unserer Sylvie?«

»Wird schon klarkommen.« Hans setzte das Glas ab, legte Kleingeld hin und wollte aufbrechen, aber Ellen stellte sich ihm in den Weg.

»Moment, ich spür doch, dass da was nicht stimmt. Ist was mit ihr?«

»Sie ist Polizistin. Reicht das nicht?«, fragte Hans aggressiv zurück.

»Das hat dich bisher nicht gestört«, Ellen verschränkte die Arme vor der Brust. »Ich dachte, ihr bildet eine Art Zweckgemeinschaft. Muss ja nicht gleich Liebe sein«, fügte sie weicher hinzu, als sie sah, wie die Muskeln in seinem Gesicht arbeiteten.

»Zweckgemeinschaft, das ist das richtige Wort. Sie ist wieder auf die Beine gekommen, braucht keinen mehr.«

Hans hatte sich wieder in der Gewalt.

»Na, und du brauchst sie umgekehrt natürlich auch nicht«, betonte Ellen. »Hast ja deine Plagegeister.«

»Genau, und um die muss ich mich jetzt kümmern. Brauch nur noch den richtigen Kick.« Er schwenkte zur Musikbox und drückte eine Tastenkombination.

Wo die Elbewellen trecken an den Strand …

Er stutzte. »Hab mich verwählt, na so was!«

»Nein. La Paloma ist vorübergehend aus dem Verkehr gezogen«, sagte Ellen entschuldigend. »Auf Bitte von Frau Eysing. Erklär ich dir später mal.«

»Nicht nötig, ich kann es mir denken. Ihr zart besaiteter Mann.«

Ellen antwortete nicht, schaute ihn nur fragend an.

Junglotse Walter Gratz nutzte seinen freien Tag für das, was er Kontaktpflege nannte.

Es gab da einige junge Frauen, die sich über seinen Besuch mehr freuen würden als Sylvia Prüss. Nahm er jedenfalls an, wollte das aber nicht in der Praxis erproben, denn inzwischen hatte ihn das Jagdfieber gepackt.

Nicht nach Ratten, aber vielleicht nach einem Harpunen- und Giftmörder. Seit er Sylvia mit den möglichen Verbrechen im Hafen konfrontiert hatte, wenn auch nur theoretisch, hatte er Blut geleckt. Walter hielt sich für clever genug, um einen Täter in den eigenen Reihen zu suchen.

Sein verstorbener Kollege Kurt Meibohm hatte ihm gegenüber kurz vor seinem Ableben etwas Banales erwähnt, das nach gründlichem Überdenken – und das hielt Gratz für seine Stärke – vielleicht ein wichtiges Puzzleteil in diesem Fall sein konnte. Ein vager Verdacht, noch zu verschwommen, um damit an die Öffentlichkeit zu gehen.

Als guter Staatsbürger würde er natürlich auch die Kripo darüber informieren, aber wäre es nicht reizvoller, zusammen mit Sylvia den Fall zunächst inoffiziell zu lösen, damit sie gemeinsam den Ruhm ernten konnten? Um anschließend einen authentischen Kriminalroman zu schreiben, was viele intime Treffen erforderlich machte.

Aus dem Termin heute war leider nichts geworden, aber das lag allein an diesem Bielfeldt, den er als Rattenhans kannte.

Über den musste er Sylvia noch aufklären, falls sie und dieser Mann sich eventuell näher kamen. Aber zunächst wollte er einige Stunden abwarten, bevor er sie anrief, bloß nichts überstürzen, sie würde schon anbeißen.

In der Zwischenzeit gab es zu tun, es galt, eine ganz fantastische Spur zu verfolgen.

Bär spürte, wie der nahende Hafengeburtstag auch ihn veränderte. Spannung hatte ihn erfasst, ein prickelndes Gefühl hinter der Magengrube, das die KKA Prüss als Sonnengeflecht bezeichnete.

Dieses Wissen stammte aus ihrer Yogazeit, die jungen Kollegen beschäftigten sich heute eher mit Entspannungsverfahren als mit Schießtraining. Weicheier waren sie trotzdem nicht, das musste er ihnen fairerweise zugestehen.

Heute früh war die Liste hereingekommen, die die komplette Besatzung der »Mary Lunhardt« vor vierzehn Jahren zeigte. Damals unterwegs in der Malakkastraße im Chinesischen Meer, Bär hatte das Gebiet auf der Weltkarte gesucht und gefunden.

Der tragische Zwischenfall unter John Eysing als Kapitän war sachlich dokumentiert worden, natürlich nicht mit den privaten, entwürdigenden Details, die Eysing betrafen.

Weder Meibohm noch Semmler standen auf der Liste, auch kein Name, der zu der Hafenlotsenbrüderschaft gehörte.

Bär war so schlau wie zuvor. War Eysing Opfer oder Täter?

Fast automatisch bog er in die Große Elbstraße ab. Im Blauen Hering gab es immer Antworten auf Fragen, man durfte sie nur nicht auf die Goldwaage legen. Die Antworten, wie die Fragen.

»Die Harpune, das Lied, das ist doch Höhnerkroom«, wehrte Ellen ab. »Lassen Sie den armen John in Ruhe. Der war's nicht.«

»Dann der Kammerjäger.« Bär gab sich verstockt.

»Weil er Schädlinge bekämpft? Ich glaube, du bist nur eifersüchtig, Schieter.«

Genervt sah Bär sich um. Gerade heute neigte Ellen zu Vertraulichkeiten, und gerade heute war ihm nicht danach. Sie sah es ihm sofort an. »Es war nicht so gemeint, Herr Kommissar. Ich bin einfach nicht gut drauf.«

»Schon gut.« Sofort fühlte Bär sich als Schwein.

Seit einiger Zeit zog er Nutzen aus dieser Frau, um seinen eigenen Frust loszuwerden. Hatte im Blauen Hering eine Art Geborgenheit gefunden, die ihm den Rücken für seine Arbeit stärkte.

Bär berührte ganz kurz Ellens Hand. »Ihre Schützlinge. Mir ist noch etwas eingefallen. Das Senatsfrühstück einen Tag vor der Einlaufparade.«

Ellen wunderte sich, dass sie nicht schon selber daran gedacht hatte. Bei Besuchen ausländischer Schul- oder Kriegsschiffe gab es zu Ehren der Gäste jeweils ein offizielles Frühstück, bei dem Standortkommandantur, Schiffskommandeur, Vertreter von Konsulaten, Botschaften und Hamburger Wirtschaft zusammenkamen. Manchmal auch der Bürgermeister. Eine gute Gelegenheit, auf ihr Anliegen aufmerksam zu machen.

»Wird man mich vorlassen?« Selbstverständlich war das nicht.

»Ich kenne die Leute vom Sicherheitsdienst. Wenn es nur darum geht, ein Schriftstück zu überreichen, lässt sich das machen. Aber erwarten Sie bitte keine Wunder.«

»Danke.« In Ellens Augen lag das Versprechen, diesen Dank auch zu beweisen. Wenn der richtige Zeitpunkt dafür gekommen war.

»In dem speziellen Fall, der den Mann aus Nigeria betrifft«, Bär zögerte einen Moment, die schlechte Nachricht zu überbringen. »Da lässt sich nichts machen. Ich habe inoffiziell gehört, dass er spätestens nächste Woche abgeschoben wird. Im zweiten Anlauf.«

»Aber Usman ist krank, wer soll sich um ihn kümmern?«, fragte Ellen beunruhigt.

»Es heißt, er hat seine Beschwerden selber verschuldet. Ein beliebter Trick, um …«

»Trick! Ich nenne das Verzweiflung.«

»Ellen, ich habe die Gesetze nicht gemacht. Sie erscheinen mir sinnvoll, obwohl im Einzelfall schon mal jemand durch die Maschen rutscht. Was wollen Sie tun? Den Mann heiraten?«

»Wenn es sein muss, auch das«, erwiderte sie trotzig. »Aber dann müsste ich in Mehrehe leben, denn was soll aus den vielen anderen werden?«

»Stellen Sie Ihre Liste zusammen und versuchen es beim Senatsfrühstück, das ist besser als gar nichts.« Bär hatte genug von dem Problem. Ob blinde Passagiere oder Asylbewerber – sie lebten. Was man von den toten Lotsen nicht mehr sagen konnte. Den Rest des Tages wollte er damit verbringen, noch einmal im Umfeld von Meibohm und Semmler zu ermitteln.

»Heute Abend komme ich noch mal. Mit meiner Kollegin, falls sie es sich nicht anders überlegt«, teilte Bär beim Aufbruch mit.

»Das ist gut. Gut für Sylvie.«

Er stutzte. Was hatte das schon wieder zu bedeuten?

Kapitel 21

Usman mochte das Krankenzimmer, obwohl er es mit zwei anderen Männern teilen musste. Der eine hatte sich mit einer Glasscheibe die Arme tief aufgeritzt, der andere das ganze Glas zertreten und die feinen Splitter mit Wasser heruntergespült.

Ihm selber hatten die Ärzte den Kugelschreiber wieder aus dem Bauch geholt, und ein Teil von dem anderen Zeug. Er hatte sich sehr, sehr schlecht gefühlt, aber nun ging es ihm besser, und Usman fürchtete, sie würden ihn erneut auf die Reise schicken.

Vergeblich hatte er versucht, neue Bauchschmerzen vorzutäuschen, nur einmal hatten sie ihn zum Röntgen gebracht, als ein Teelöffel verschwunden war.

Die Leute hier waren misstrauisch.

Bis auf einen Plastiklöffel gab es kein Besteck mehr für ihn, und sein Kopfkissen wurde täglich auf Unversehrtheit kontrolliert. Hühnchen kam nur ohne Knochen auf den Tisch, Eier ohne Schale. Einen Salzstreuer verweigerten sie ihm. Das Fenster war leider abgeschlossen, sonst hätte Usman die blauen Beeren des Efeus gepflückt und gegessen, der bis zu ihrem Raum empor rankte.

Was, bitte schön, sollte Usman sonst zu sich nehmen, um auf den Ernst seiner Lage aufmerksam zu machen?

Die Zimmernachbarn waren keine Hilfe, die wollten es mit der Genfer Konvention versuchen, davon verstand er nichts.

Ihm blieb nur noch der Vorhang, dessen Saum mit einer Kette Bleikügelchen gefüllt war, die man zur Not schlucken konnte. Aber ob das ausreichte?

Usman hoffte auf neue Anweisungen von Mom Ellen.

Walter Gratz spürte, dass er auf dem richtigen Weg war. Aber was er da entdeckt hatte, schien so absurd, dass er sich erst einmal vergewissern musste.

Zunächst führte ihn sein Weg zum Ältermann.

»Ich möchte gerne mit Ihnen vertraulich über den Kollegen John Eysing reden.«

Karsten Schmahl nickte. »Sie sind nicht der einzige, der sich Sorgen macht. Mal unter uns, wie ist denn Ihr persönlicher Eindruck?«

»Stiller Typ, bleibt lieber für sich. Wie wir alle wissen, hat er einen Piratenüberfall erlebt, redet aber nicht gerne darüber. Keiner, der sich wichtig macht.« Er zögerte.

»Aber es muss da noch was anderes gewesen sein. Ich hab einmal gehört, wie Sie zu ihm sagten ›Schnee von gestern‹.« Fragend schaute er den Ältermann an.

»Daran kann ich mich nicht mehr erinnern.« Schmahl legte

die Fingerspitzen aneinander, das war seine Art, sich besser zu konzentrieren.

»Melden Sie mir ruhig alle besonderen Vorkommnisse, Walter, schließlich soll unsere Brüderschaft nicht noch weiteren Schaden nehmen. Auch wenn es sich in diesem Fall um ein tragisches Verbrechen handelt …«

»Zwei«, warf Gratz ein.

»Auch wenn es sich um ein tragisches Verbrechen handelt«, wiederholte Herr Schmahl unbeirrt, »unser Ruf muss sauber bleiben. Wir repräsentieren nach außen die Hansestadt Hamburg und sind in erster Linie für das sichere Anlaufen von Liegeplätzen im Hafen verantwortlich. Wenn erst einmal Sicherheit und Kompetenz von außen angezweifelt werden, sehe ich Schwierigkeiten auf uns zukommen. Auf alle von uns.«

»Das sehe ich auch«, bestätigte Gratz und entschied spontan, zu diesem Zeitpunkt den Ältermann nicht in seine Theorien einzuweihen. Denn womöglich weckte er schlafende Hunde, stach in ein Wespennest – oder sah er einfach nur Gespenster?

Der Anruf wenige Stunden später kam überraschend. Gratz war auf der Hut, aber ein Treffen würde ihm Gelegenheit geben, mehr über das Ganze herauszufinden.

Er musste nur darauf achten, nichts von seinem eigenen Verdacht preiszugeben. Es sei denn, man konfrontierte ihn

205

mit neuen Tatsachen. Offiziell ging es überdies um ein ganz anderes Thema, das alleine war schon Grund genug, sich zu treffen.

Der private Ort war okay, nicht alle Gespräche konnten im Blauen Hering geführt werden. Später, falls er noch am selben Abend Sylvia sehen würde, hätte er eine Menge zu berichten. Das würde sie überzeugen, ihn ernster zu nehmen.

Dass das Gespräch dann einen unerwarteten Verlauf nahm, lag nicht nur an seinem Gegenüber, sondern an Gratz' Freude am Fabulieren. Er ließ sich hinreißen, konkrete Vermutungen zu äußern und merkte zu spät, dass er in eine Falle geraten war. Da hatte er schon das neue Glas getrunken und spürte, wie ihn erst der Schmerz zerriss, und dann der Verstand verließ. So schnell, so schnell …

Sylvia hatte sich schneller als erwartet gefangen. Der Mohr hat seine Schuldigkeit getan, der Mohr geht. Wenn Hans ihre Beziehung der letzten Wochen so sah, konnte er ihr gestohlen bleiben. Ob es für sie mehr gewesen war, spielte keine Rolle.

Sie wollte noch nicht mal mit Ellen darüber sprechen. Anstatt sich wehleidig in ein seelisches Loch fallen zu lassen, würde sie aufs Revier fahren und sich erneut akribisch alle Ermittlungsergebnisse vornehmen. Das war in letzter Zeit zu kurz gekommen.

Vielleicht hatte der Chef sogar Recht, wenn er ihr Ablenkung durchs Privatleben vorwarf.

»Haben Sie einen Moment Zeit für mich?« Meilin lungerte vor ihrer Haustür. Sylvia war darüber wenig begeistert. Diese komplizierte junge Frau mit ihren kindischen Erpressungsschreiben hatte ihr gerade noch gefehlt.

»Wollten Sie mir etwas in den Briefkasten stecken?«, fragte sie kühl.

»Nein, das war blöd von mir.« Meilin malte mit der Schuhspitze ein unsichtbares Muster aufs Kopfsteinpflaster.

»Tschuldigung.« Sie hob ihren Blick, und Sylvia sah, dass sie geschwollene, verweinte Augen hatte.

»Hans treibt ein falsches Spiel mit uns«, sagte Meilin affektiert.

»Meilin, ich kann und will nicht mit Ihnen über Herrn Bielfeldt diskutieren. Aber wenn es Sie glücklich macht, bei mir brauchen Sie ihn nicht mehr zu suchen.«

»Das wundert mich nicht. Hier, das Foto ist für Sie.« Sie kramte einen Umschlag aus ihrem bunt bestickten Beutel, der als Handtasche diente.

Sylvia kannte das Bild. Nur, dass es sich in diesem Fall um einen modernen Abzug handelte, ein Bild vom Bild. John Eysing inmitten einer Mannschaft, in jeder Hand eine Harpune. »Woher hast du es?«, fragte sie streng und verfiel unwillkürlich in ein kindliches Duzen.

»Es lag rum, da habe ich es mir genommen«, Meilin war verunsichert.

»Was für einen Grund hast du, Herrn Eysing anzuschwärzen?«

»Na, wegen der Harpunen.«

Meilin wusste, dass sie sehr geschickt vorgehen musste. Wenn Sylvia nicht von selber auf einen Verdacht kam, konnte sie immer noch nachhelfen. Diese albernen Harpunen, um die ging es natürlich nicht, das hatte sie inzwischen kapiert. Aber irgendetwas musste an dem Bild sein, weil John Eysing dafür bezahlt hatte. Es ging um die Menschen, einer von ihnen war vielleicht der Mörder, so hatte sie es sich zusammengereimt. Oder ein Zeuge. John Eysing eher nicht, der hing immer nur seinen eigenen Gedanken nach. Außerdem war er dumm. Dumm genug, um zu glauben, dass sie keinen Abzug von dem Foto gemacht hatte.

Ob er vielleicht jemanden decken wollte?

»Meilin, ich werde das Bild dem rechtmäßigen Besitzer zukommen lassen. Wenn du mit deinen kindischen Intrigen nicht aufhörst, bekommst du eine Vorladung von uns, ist das klar?«

»Wie Sie meinen, Frau Prüss. Oder darf ich Sie jetzt auch duzen?«

Schröder hatte Butterkuchen spendiert und in kleine Quadrate aufgeschnitten. »Hoher Cholesterinspiegel«, knurrte er missmutig. »Kann in jedem Alter auftreten, selbst bei jungen Frauen.«

»Danke.« Sylvia ließ offen, ob sie den Kuchen oder die jungen Frauen meinte.

»Hab da was auf den Schreibtisch gepackt.« Schröder wies auf einen unordentlichen Stapel von Papieren. »Und schädlingsfrei sind wir jetzt auch.«

Es versetzte Sylvia einen Stich. Schädlinge, Lästlinge, Plagegeister. Eine fremde Welt, in der sie nicht heimisch geworden war.

Sie sah die Papiere durch. Formulare wegen ihrer Verbeamtung, neue Richtlinien für die Anforderung von Büromaterial und Termine für das Schießtraining.

Sylvia trug ihre P7 nur bei Einsätzen, zwang sich, sie als Teil ihrer Berufsausübung zu sehen. Die einen trugen Giftköder und Fallen, die anderen Schusswaffen, so einfach war das.

Unter der Reklame für einen »Flying Matjes Service« fand sie die Liste von der Reinigungsfirma Peter Putz. Einsatz auf Seemannshöft. Sie überflog die Namen und stutzte bei Meilin.

»Zur Probe«, stand dahinter und dann »nicht angetreten, hat noch Schlüssel.«

Meilin bei den Lotsen. Zufall oder Komplott? Sie würde nachforschen. Warum nicht den Junglotsen Walter Gratz mit einspannen? Der lechzte doch danach, kriminalistisch tätig zu sein. Vielleicht hatte sie ihn heute Morgen zu voreilig weggeschickt. Gerade, als sie anfingen, sich ein bisschen näher zu kommen. Jetzt, da es mit Hans vorbei war …

Sie wählte Walters Handynummer, aber er war nicht auf Empfang.

»Bitte, setzen wir uns doch an einen Tisch.« Ihr Chef behandelte sie abends im Blauen Hering wie ein rohes Ei, was Sylvia sofort misstrauisch machte. Bär und Wiedergutmachung, das passte nicht zusammen.

»Ich habe das nicht so gemeint. Es spricht nichts gegen eine psychologische Behandlung, wenn man sich wieder in den Griff bekommen will.«

»Dann halten Sie John Eysing inzwischen nicht mehr für einen psychopathischen Mörder, bei dem ein Seelenklempner wieder einmal versagt hat?« Sylvia wählte bewusst eine provokative Ausdrucksweise, um Bär aus der Reserve zu locken.

»Lassen Sie das. Ich neige nicht zu Vorurteilen, für mich zählen einzig Fakten.«

Sie gab es auf, mit ihm darüber zu diskutieren.

See-e-mann, lass das Träumen …, tönte es aus der Box.

»Apropos Fakten«, sie erzählte ihm von Meilin, aber er schien sich dafür nicht besonders zu interessieren.

»Was darf ich euch beiden lieben Menschen denn ausgeben?«

Ellen trug ein grünes, glitzerndes Oberteil, das auch ohne Bewegung tiefe Einblicke gewährte. »Modell Nixe«, erklärte sie unaufgefordert. Ein prüfender Blick streifte Sylvia.

»Geht's gut?«

»Es muss, es muss«, antwortete diese stilgerecht und zwang sich zu einem Lächeln. In der Tat fühlte sie sich besser als am Morgen.

»Die Besatzungsliste von Eysings Fahrt durch die Malakka-straße ist vom Seemannsamt gefaxt worden«, berichtete Bär, nachdem Ellen sich entfernt hatte. »Sie brauchen nur den Schiffsnamen, dann kann man das über Jahrzehnte zurück-verfolgen. Keiner der anderen Lotsenbrüder war in der Mus-terrolle verzeichnet.«

Sylvia hörte ihm aufmerksam zu. »Könnte man an einer Musterrolle etwas manipulieren?«

»Angeblich nicht. Es handelt sich um A3-Formulare, die auf A4 gefaltet und dann versiegelt werden.«

»Sind diese Listen immer vollständig?«

»Das ist der Haken«, murrte Bär. »Wenn es während der Fahrt personelle Umbesetzungen gibt, ist der Kapitän ver-pflichtet, im nächsten Hafen der deutschen Auslandsvertre-tung Meldung zu erstatten. Aber in den kleineren Häfen gibt es keine Vertretungen, also kann schon mal was unter den Tisch fallen.«

»Wir stecken in einer Sackgasse«, sagte Sylvia mehr für sich. »Ob John unmittelbar in Gefahr ist, lässt sich nicht aus der Vergangenheit ableiten.«

»Schön sind die Mädchen im Hafen, treu sind sie nicht, aber neu …« Der Nebentisch sang lauthals den Refrain mit.

»Kann man das abstellen?«, fragte Bär unwirsch.

»Dann müssen Sie den ganzen Hafengeburtstag verbieten, Chef. In zwei Tagen geht es so richtig los.« Als sie Bärs ernsten Gesichtsausdruck sah, verlor sich ihre lockere Stimmung.

»Wir werden rund um die Uhr aufpassen, mehr können wir nicht tun. Die Lotsen sind gewarnt.«

»Vier Kerben«, sagte Bär. »Zwei Tote. Ich glaube, der Täter fühlt sich beobachtet. Vielleicht erhöht das seinen Druck.«

»Oder er gibt auf«, meinte Sylvia.

Bär beugte sich zu ihr nach vorne. »Was ich Ihnen jetzt erzähle, wird Ihnen nicht gefallen.«

Unwillkürlich wich sie zurück. Etwas aus der Vergangenheit. Ein neuer Termin beim Amtsarzt. Ein übereifriger Zeitungspraktikant, der das Thema finaler Rettungsschuss aufrollen wollte.

»Es geht um Herrn Bielfeldt. Wir können ihn nicht finden. Wann haben Sie ihn das letzte Mal gesehen?«

Sylvia schwieg. Verdammt, man sollte endlich ihr Privatleben respektieren.

»Ich kann Ihre Gedanken lesen«, gab Bär vor. »Aber hören Sie mich erst mal an. Wir haben in Kurt Meibohms Wohnung alles auf den Kopf gestellt. Spuren von Rattengift fanden sich in wieder verschlossenen Bierflaschen, im unangebrochenen Kaffee und sogar in einer Gurgellösung. In Müsli stieß die Toxikologie auf Giftweizenkörner. Das erklärt die schleichende Wirkung. Bis zum Todestag muss sich das Gift potenziert haben.«

»Soweit mir bekannt ist, hat Herr Bielfeldt die Behandlungsnachweise inklusive Liste seines Materialverbrauchs der letzten fünf Jahre vorgelegt«, sagte Sylvia steif.

»Stimmt. Ich will ihm auch nichts unterstellen. Aber erst jetzt hat sich ein Mann aus Meibohms Nachbarschaft, der bisher verreist war, an einen Vorfall erinnert, der ein gutes halbes Jahr zurückliegt. Es gab in den angrenzenden Schrebergärten Rattenbefall, und der damalige Hausmeister beauftragte eine Firma mit ihrer Bekämpfung.«

»Rattenhans?« Sylvia spürte ihr Herz klopfen.

Bär zögerte die Antwort hinaus, bis ein neues Bier vor ihnen stand. »Nein. Es war eine Firma aus Ahrensburg. Sie nennen sich Rat-Scouts. Wir wollen nur wissen, ob Herr Bielfeldt uns etwas über deren Mitarbeiter sagen kann. Man wird sich in dieser Branche untereinander kennen, davon gehe ich aus.«

Kapitel 22

»Kinners, nun schaut doch nicht so ernst.« Ellen hatte einen Kleinen geschnasselt, wie sie fröhlich bekannte. »Wenn man sich jetzt nicht aufs Hafenfest einstimmt, wann dann? Wie wäre es denn«, sie beugte sich zum Kommissar herunter, »ich könnte Hilfe beim Zapfen gebrauchen. Sie haben das damals sehr gut gemacht.«

»Heute nicht«, Bär blieb reserviert. »Außerdem haben Sie bereits Unterstützung.« Er wies auf Rattenhans, der gerade rein gekommen war und sich auf den Weg hinter die Theke machte.

»Das ist gut.« Ellen tätschelte Sylvias Hand und hielt sie fest, als sie Fluchttendenzen zeigte. »Dann will ich mal wieder.«

»Ich hab's mir anders überlegt. Ich komm mit an die Theke. Was ist mit Ihnen, Frau Kollegin?«

Er ist spöttisch, dachte Sylvia. Das kann ich heute nicht gebrauchen. Wenn er Hans zwischen Zapfhahn und Musikbox befragen will, ohne mich.

»Ich trink mein Bier aus und geh nach Hause. Komme morgen recht früh zum Dienst.«

»Schlaf dich richtig aus, Deern«, Ellen hielt noch immer ihre Hand. Fast schon warnend kam es Sylvia vor.

215

»Was ist, wenn die Träume zurückkehren?«, fragte sie leise, als Bär außer Hörweite war.

»Lass sie kommen und gehen.«

Walter Gratz. Vielleicht konnte sie noch ein bisschen mit ihm plaudern, um sich abzulenken, hoffte Sylvia, in ihrer Wohnung angekommen. Aber es sprang noch nicht mal seine Mailbox an. Nach dem zweiten Versuch fiel Sylvia in einen schweren, traumlosen Schlaf.

»So kann es nicht weitergehen.« Regine Eysing ließ auf Wunsch ihres Mannes die kühle Nachtluft herein, »Du bist nass geschwitzt, wie aus dem Wasser gezogen. Willst du dir den Tod holen?«

»Warum nicht«, erwiderte John. »Ich brauche Luft.«

»Die Tabletten«, zögerte Regine, »du nimmst sie wirklich nicht mehr?«

»Willst du mich kontrollieren?«, sagte er verärgert. »Ich nehme noch nicht mal ein pflanzliches Präparat. Alkohol, schweres Essen am Abend, alles gestrichen. Bloß, um nicht zu träumen.«

»Die Gruppengespräche haben dir geholfen. Vielleicht braucht es bei dir mehr Zeit, weil alles so lange her ist.«

Was verstand seine Frau schon davon …

Es war gut gewesen, ihr endlich von dem Piratenüberfall erzählen zu können, mit allem, was damals abgelaufen war. Sie hatte tiefes Verständnis gezeigt, und eine Zeit lang hatte er gehofft, auch von dem Rest berichten zu können. Von den Dingen, an die er sich nur noch verschwommen erinnerte. Von menschlichen Gesichtern, die verzerrt zu ihm aufschauten, von der Weite der See, die mehr Geheimnisse barg, als manch einer für möglich hielt, und von der Musik, die in seinem Kopf eine ewige Wiederholung erfuhr.

Nerven, alles nur ein übler Nervenstreich, dachte er manchmal und schüttelte mit Erfolg die Erinnerungen ab.

Im Grunde genommen liebte er seine Arbeit, verstand sich mit den Kollegen, auch wenn er nicht so gesellig war wie andere.

Feinde? Er kannte keine Angst. Wenn man dem Tod bereits ins Gesicht geschaut hatte, war die Vorstellung, dass jemand plante, ihn mit einer Harpune zu durchbohren, grotesk.

Sollte es dennoch geschehen, wäre er frei.

Dieser Gedanke war Eysing erst vor kurzem gekommen. Nach einer der Gruppensitzungen, in der eine Frau die Vermutung geäußert hatte, dass erst mit dem Tod das Träumen aufhören würde. Die anderen hatten zustimmend genickt. Wenn dem so war, brauchte das Sterben nicht nur Nachteile zu haben.

Eysing konnte diese Vorstellung auch bei Tage nicht mehr abstreifen. Er zog sich öfter in sein Arbeitszimmer zurück und brachte Papiere in Ordnung. Regine freute sich, dass er ausmistete, wie sie es nannte.

In der Tat gab es Sachen, die er nicht zurücklassen wollte, für den Fall, dass ihm etwas zustoßen würde.

Schröders Butterkuchen war steinhart, aber Sylvia tunkte ihn begierig in den heißen, schwarzen Kaffee ein. Morgens um acht auf dem Revier, sie fühlte sich ausgeschlafen und voller Tatkraft.

»Man soll den Teufel nicht an die Wand malen«, sagte Schröder, den seine neue Frisur wie einen grauen Igel aussehen ließ.

»Frau Schult, die Sekretärin der Lotsenstation, würde nicht ohne triftigen Grund anrufen«, Sylvia war ernsthaft in Sorge. »Herr Gratz gilt als besonders engagiert und übereifrig. Wenn er trotz Rufbereitschaft nicht zu erreichen ist, muss er mit einer empfindlichen Geldstrafe rechnen. Das weiß er.«

»Der Mann ist doch noch jung. Keine fünfzig. Vielleicht hat er einfach verpennt. In netter Gesellschaft. Na, wenn ich da an meine eigenen Vierziger denke!« Schröder wollte weiter ausholen, unterbrach aber zum Glück bei Bärs Ankunft.

»Kaffee«, schnauzte der Kommissar in keine bestimmte Richtung und zog ohne Zaudern Sylvias Becher zu sich heran.

»Ah, es ist spät geworden im Blauen Hering«, konnte Sylvia sich nicht verkneifen und berichtete dann vom Verschwinden des Junglotsen.

»Wer hat Gratz zuletzt gesehen?« Ein paar Schlucke Kaffee, und ihr Chef war wieder obenauf.

»Wahrscheinlich ich. Gestern Morgen. Er stand mit einer Brötchentüte vor meiner Tür. Aber ich hatte bereits einen anderen Frühstücksgast.«

Bär und Schröder schauten sich stumm an.

»Im übrigen handelte es sich um einen Privatbesuch«, ergänzte Sylvia schnell.

»Natürlich. Wie immer. Gibt es in unserem Fall eine männliche Person, mit der sie nicht liiert waren?«

»Das verbitte ich mir.« Sylvia holte sich mit einer schnellen Bewegung ihren Kaffeebecher zurück.

»Ich geh neuen kochen.« Schröder zog es vor, aus der Schusslinie zu verschwinden.

»Nun mal der Reihe nach.« Bär setzte sein offizielles Einsatzleiter-Gesicht auf. »Seit wann wird der Lotse vermisst?«

»Er hätte bis 22 Uhr auf der Station sein müssen. War aber telefonisch nicht zu erreichen. Ist vor kurzem erst nach Hamburg gezogen, noch kein Telefonanschluss, nur Handy.«

»Das kann man verlegen«, wusste Bär aus eigener Erfahrung, »vielleicht ist er krank oder verhindert.«

»In dem Fall hätte er längst den Wachleiter benachrichtigt, damit für Ersatz gesorgt wird.« Sylvia hatte die Börtordnung der Hafenlotsen in einer schlaflosen Nacht von A bis Z gelesen.

»Verstehen Sie mich nicht falsch«, Bär angelte wieder nach dem Kaffeebecher, »aber gibt es etwas im Privatleben von diesem Gratz, das Sie mir hier und jetzt erzählen möchten?«

»Ich kenne ihn kaum«, konterte Sylvia gereizt. »Er wollte mit meiner Hilfe einen Krimi schreiben.«

»Einen Frühstückskrimi, ich verstehe.«

Sie beschloss, sich nicht weiter zu äußern, setzte sich an den Computer und wandte dem Chef den Rücken zu. Aber nach einer Weile hielt sie es nicht mehr aus.

»Gibt es neue Erkenntnisse wegen des Rattengifts?«

»Herr Bielfeldt kennt die Firma Rat-Scouts, hat aber nie für sie gearbeitet. Das deckt sich mit dem, was man mir bereits mitgeteilt hatte.«

Der Chef verfügt über sadistische Züge, dachte Sylvia. »Dann wussten Sie also bereits gestern Abend, dass er mit der Sache nichts zu tun hat und haben mir nichts gesagt?«

»Anködern, werte Kollegin. So nennt man das doch in Ihren Kreisen.«

»Wenn Sie so weiter machen, werde ich einen Versetzungsantrag stellen. Ist es das, was Sie erreichen wollen? Mich rausmobben aus unserem Team?« Sylvia war es ernst, und gerade deshalb hatte sie sich bemüht, die letzte Frage emotionslos zu stellen.

Bär kratzte sich am Hinterkopf und schraubte einen Kugelschreiber auseinander.

»Warum hacken Sie auf mir herum? Hat es mit ihrem eigenen Frust zu tun?« Sie geriet in Fahrt. »Ich versuche, Beruf und Privatleben unter einen Hut zu bringen. So wie wir alle. Aber zwischen Ihnen und mir gibt es einen wesentlichen Unterschied.«

»Und der wäre?« Bär schraubte den Kugelschreiber wieder zusammen, schaute dabei nicht auf.

»Ich habe ein Privatleben. Sie nicht.«

»Das reicht.«

»Gut, gehen wir zurück an unsere Arbeit. Wer fährt nach Seemannshöft zu den Hafenlotsen?«

»Übernehmen Sie das.« Bär klang müde. »Ich muss zum Senatsfrühstück. Es hängt übrigens mit meinem Privatleben zusammen. Sie haben nicht in allen Punkten Recht, Sylvia. Aber in einigen.«

»Ich wollte sie nicht kränken, Chef. Aber das musste aus mir raus.«

»Schon gut. Mir ist bewusst, dass ich kein angenehmer Zeitgenosse bin. Ich werde daran arbeiten.«

»Frischer Kaffee gefällig?« Schröder blieb in der Tür stehen und sah argwöhnisch vom einen zum anderen.

»Keine Zeit. Bitte besorgen Sie alle Einsatzpläne für den Hafengeburtstag. Nachmittags ist Dienstbesprechung.«

»Nach dem Senatsfrühstück fahre ich zur anderen Elbseite«, erklärte Bär der Kollegin, als sie gemeinsam das Gebäude verließen. »Es ist vage, aber ich will prüfen, ob es in Karl Semmlers Umgebung ebenfalls einen Kammerjägerauftrag gab.«

»Aber der Mann wurde mit einer Harpune getötet.«

»Richtig, aber vielleicht nur, weil ein erster Anschlag missglückte.«

Auf der Straße trennten sich ihre Wege.

»Chef«, rief Sylvia dem Kommissar nach. »Wegen der

Dienstbesprechung. Heute Abend ist meine Gruppe, Sie wissen doch.«

»Wenn es später wird, sind Sie natürlich freigestellt. Noch was«, er blieb stehen. »Was unser Team angeht, ich lege keinen Wert auf Veränderungen.«

Kapitel 23

Sunjang war nicht wohl beim Gedanken an Ellens Pläne. Es war in Ordnung, ein Bittsteller zu sein, er selber war sein ganzes Leben lang immer wieder in dieser Rolle gewesen.

Mit Geduld und Höflichkeit konnte man bei den Menschen, die das Sagen hatten, mehr erreichen als mit Kampfparolen oder Forderungen. Auch, wenn es sich um berechtigte Forderungen handelte. Das sagte ihm seine Erfahrung.

Ellens Arbeitsgruppe hatte die Eingabe sorgfältig formuliert. Mit Hinweis auf die Menschenrechte wurde in aller Deutlichkeit auf das bedrohte Leben von blinden Passagieren und Asylbewerbern verwiesen, die in ihren Heimatländern nicht die geringste Chance hatten.

Der Versuch, dieses Schriftstück einer wichtigen Persönlichkeit zu überreichen, war gescheitert. Daran hatte auch der Kommissar nichts ändern können. Ein Senatsfrühstück war eben nur für geladene Gäste, nicht für normale Bürger. Er, Sunjang, fand es sogar richtig, dass es Standesunterschiede gab, denn was hatte ihm schon der Kommunismus gebracht! Dem Tüchtigen gehörte die Welt, das war sein eigenes Credo. Trotzdem musste man den weniger Tüchtigen auf die Beine helfen, auch das gehörte zu Sunjang Lius Lebensphilosophie.

Mom Ellen hatte sich über die Zurückweisung sehr aufgeregt, von Missachtung, Geldverschwendung an die Falschen und Schande für die Stadt gesprochen. Sie war sogar handgreiflich geworden, als einer der Sicherheitskräfte sie daran hindern wollte, das Rathaus zu betreten.

»Ich bin freie Bürgerin einer Freien Hansestadt und zahle pünktlich meine Steuern«, hatte sie laut gerufen und gedroht, sich an den Innensenator zu wenden.

Der Kommissar war mit blassem Gesicht auf sie zugekommen und hatte sich erboten, das Schriftstück später über einen Kollegen weiterzuleiten, aber das hatte Mom Ellen plötzlich nicht mehr gewollt. »Ich will Ihre Fürsprache nicht mehr.«

Sunjang hielt das für falschen Stolz, aber wer konnte schon wissen, auf welcher Seite ein Bulle stand.

Das sah man an den Wasserputzern, der Entenpolizei, die nach einem läppischen Fragebogen von neunzehn Fragen eigenmächtig entschieden, ob ein blinder Passagier postwendend zurückgeschickt wurde oder nicht.

Hauptsache, die Kuh war vom Eis. Diesen Ausdruck hatte Sunjang in einem Zeitungsartikel über Asylsuchende gelesen und ihn als ein Beispiel für Menschenverachtung aufbewahrt.

Ellens Pläne … er versuchte, darüber vorsichtig mit Meilin zu reden. »Sie hat es lange im Guten versucht, das weißt du. Aber jetzt ist sie ungeduldig, weil nächste Woche eine Abschiebung ansteht.«

»Der Mann aus Nigeria«, sagte Meilin gelangweilt. Sie lümmelte vor dem Fernseher und sah keine Veranlassung, den Ton leiser zu stellen.

In »Kein Tag ohne Liebe und Leid« hatte sich die Heldin nicht mit unbezahlter Sozialarbeit für irgendwelche Loser herumzuschlagen.

»Du sollst nicht schon mittags diese dämlichen Serien anschauen.« Sunjang ärgerte sich über Meilins Teilnahmslosigkeit.

»Was willst du, dass ich sonst mache?«

»Lies mal ein Buch, wenn du nicht arbeitest. Oder geh unter Menschen.«

»Das tu ich oft genug. Sunjang, was meinst du«, nun stellte sie doch den Fernseher freiwillig leiser, »habe ich eine schöne Stimme?«

»Ich weiß nicht. Warum, willst du Sängerin werden?« Sofort dachte Sunjang an windige Nachtclubbetreiber, die seine kleine Schwester erst anlocken und dann zur Prostitution verleiten wollten.

Meilin sprang auf und stellte sich in Positur. »Auf Matrosen, ohé einmal muss es vorbei sein, einmal holt uns die See …«

»Warum ausgerechnet La Paloma?« Sunjang war verblüfft, »Hans sagt, es steckt Magie in dem Lied. Ellen meint, die meisten Gäste lieben es. Sogar die Kripofrau. Nur Herr Eysing mag es nicht. Deshalb haben sie mich entlassen. Weil ich immer das Lied gesungen habe.«

Diese Erklärung war Meilin gerade erst eingefallen, und sie beobachtete ihren Bruder unter gesenkten Wimpern, ob er darauf reinfallen würde. Als er skeptisch blickte, ging sie noch einen Schritt weiter.

»Er hat mich immer so komisch angeguckt, wenn seine Frau nicht da war.«

»Hat er dabei etwas gesagt oder getan?«, fragte Sunjang scharf.

Meilin schüttelte stumm den Kopf.

»Dann vergiss es am besten.« Sunjang strich ihr über die Haare. Er würde der Sache nachgehen, und ob!

»Aber weißt du, wer noch viel schlimmer ist?«, flüsterte Meilin und legte ihm die Arme um den Hals. »Rattenhans. Ich hasse ihn.«

Wenn es darauf ankam, kannte Ellen genügend Menschen, die ihr einen kleinen Gefallen schuldeten. Aber sie wollte fair bleiben und nur solche Leute in ihren Plan einweihen, die ähnliche Überzeugungen vertraten wie sie. Am besten Menschen, deren Spur man nicht gut zurückverfolgen konnte. Sunjang wollte nicht aktiv werden, das respektierte sie, aber auf ihn war Verlass.

Bei Rattenhans war Ellen sich nicht sicher. Gestern hatte er zwar im Blauen Hering ausgeholfen, schien aber mit eigenen Gedanken beschäftigt. Was der Kommissar mit ihm zu bereden hatte, war ihr nicht bekannt.

Sie durfte nicht vergessen, Hans auf die Rattenspuren im Keller anzusprechen, allem Anschein nach ging die Plage von neuem los. Und da gab es noch etwas, es war ihr letzte Nacht wieder eingefallen: Ellen erinnerte sich an eine Begegnung zwischen Hans und John Eysing, die lange zurücklag. John hatte am Lotsenstammtisch gesessen, Hans an der Theke. Dann war Hans plötzlich aufgestanden und zu John rüber gegangen, eher geschlendert. Er hatte sich provozierend vor ihm aufgebaut, aber kein einziges Wort gesagt. Die Gespräche am Tisch waren verstummt. John hatte nur durch Hans hindurchgeschaut, kein Zeichen des Erkennens gegeben. Wer vorher La Paloma gedrückt hatte, wusste sie nicht mehr, aber von da an war es Hans gewesen, der von dem Lied besessen war, und John hatte es gehasst.

Später wollte sie darüber noch einmal nachdenken. Wenn der Hafengeburtstag vorbei war, und sie ihre Mission erfüllt hatte.

Ellen schloss vorne ab und ließ sogar den Rollladen runter. Dann ging sie nach oben in ihre Wohnung und machte sich an das, was sie einen Generalstabsplan entwickeln nannte.

Was zu tun war, stand fest, nur das Wie und Wann musste im Detail geplant werden. Sie hatte mehrere Namen auf ihrer Liste, die sie der Reihe nach anrufen wollte.

Zunächst ihren alten Freund Rolf, den Vorbesitzer des Blauen Herings. Es machte gar nichts, dass der so halb auf der

Totenbahre lag, im Gegenteil, dann hatten die Menschen meist nicht mehr so viele Bedenken.

Der Kommissar, ihr Schieter, was sollte sie mit dem machen? Er fühlte sich zu ihr hingezogen, für Ellen nichts Neues. Auf manche Männer wirkte sie wie Fliegenleim, das war keine Frage des Alters, sondern des Herzens.

Gerade deshalb konnte sie ihn nicht einweihen. Seine Beschwichtigungsversuche heute Morgen am Rathaus hatten ihr gezeigt, auf wessen Seite er stand. Auf der von Zucht und Ordnung. Vielleicht auch noch der Diplomatie, aber Ellen hatte für sich die diplomatischen Verhandlungen als gescheitert erklärt. »Usman, du bist nicht vergessen«, sagte sie leise.

»Wir hätten Sie im Falle von Neuigkeiten natürlich sofort benachrichtigt.« Frau Schult konnte den leisen Vorwurf in ihrer Stimme nicht unterdrücken. »Dafür mussten Sie nicht extra herkommen. Herr Schmahl hat heute schon einen vollen Terminkalender.«

»Ich verschaffe mir gerne selber einen Überblick«, gab Sylvia zurück. »Sagen Sie, hat Herr Gratz schon mal einen Einsatz unentschuldigt versäumt?«

»Noch nie. Alle unsere Herren sind sehr pflichtbewusst. Schließlich tragen wir eine große Verantwortung.«

»Das glaube ich Ihnen. Und ich nehme an, Sie persönlich können mir viel besser weiterhelfen, dann brauchen wir keinen der Männer zu stören. Ich würde mir nämlich gerne mal den Schlafraum von Herrn Gratz anschauen.«

»Er hat hier noch nie übernachtet. Allerdings hat er, wie alle Lotsenbrüder, im Warteraum sein eigenes Fach.«

»Wenn Sie so nett wären, Frau Schult?«

»Ich weiß nicht. Vermutlich wäre es ihm nicht recht.«

»Falls er sich meldet, nehme ich alles auf meine Kappe«, schlug Sylvia vor.

»Ja, und wenn nicht, dann spielt es wohl keine Rolle mehr.« Im Fach des Junglotsen Walter Gratz befanden sich vier Schokoriegel, eine Yachtzeitschrift, ein Päckchen Kondome und das gerahmte Bild eines Schiffes.

»Das ist ja eigenartig.« Frau Schult griff nach dem Bild. »Erst heute habe ich zu Herrn Schmahl gesagt, wir müssen eine diebische Elster im Haus haben. Schauen Sie mal hier rüber, sehen Sie die Flecken an der Wand? Da hingen bis vor kurzem noch Fotos. Ich hatte schon die Putzfrauen in Verdacht.«

Sylvia studierte das Bild. Die »Seaworld Pride«. Ein Containerschiff mittlerer Größe. Im Hintergrund Wasser und eine untergehende Sonne in leuchtend orange. Mehr als den Schriftzug konnte man nicht erkennen.

»Kann es sein, dass Herr Gratz früher auf diesem Schiff gefahren ist?«

»Das glaube ich nicht. Mir ist der Name noch nicht untergekommen. Möchten Sie vielleicht die anderen Lotsen befragen?«

»Zunächst nicht. Was halten Sie davon, Frau Schult, wenn das vorläufig unser Geheimnis bleibt? Ich nehme das Bild mit und lasse es kriminaltechnisch untersuchen, während Sie hier ein bisschen privat ermitteln. Alles streng geheim, aber legal.«

»Wenn Sie wollen, kann ich nachforschen, was aus den anderen fehlenden Bildern geworden ist.« Die Sekretärin war Feuer und Flamme für ihre neue Rolle als Detektivin.

»Wunderbar«, bedankte sich Sylvia. »Versuchen Sie bitte auch herauszufinden, was auf den Bildern dargestellt war. Hier, ich gebe Ihnen meine Handynummer. Darf ich noch einmal in den Wachleiterraum schauen?«

Der Erste, der ihr dort über den Weg lief, war John Eysing. »Wollen Sie etwa zu mir?«

»Nein, John, es ist wegen Ihres Kollegen Walter.«

»Um den müssen Sie sich keine Sorgen machen.«

»Was macht Sie da so sicher?«

»Ich weiß es eben.«

Er sieht schlecht aus. Wie einer, der keinen Schlaf findet, dachte Sylvia. »Heute Abend ist wieder Gruppe, John«, sagte sie, als gerade keiner zuhörte. »Sie kommen doch?«

»Ja, ich möchte mich bei allen bedanken.«

Da in dem Moment andere Lotsen zu ihnen stießen, setzten sie das Thema nicht fort.

Gerade, als Sylvia Seemannshöft wieder verlassen wollte, eilte Herr Schmahl in Begleitung mehrerer Presseleute den Gang entlang.

»Frau Prüss, Sie sind immer willkommen, aber die Einlaufparade morgen fordert von uns außergewöhnliche Betriebsabläufe.« Er wandte sich mit diesen Worten gleichzeitig an die Presse.

»Sie kenn ich doch«, ein Reporter sah Sylvia grübelnd an. »Von der Kripo, richtig? Sondermaßnahmen für den Hafengeburtstag?«

»Wir tun unsere Arbeit wie alle anderen auch.« Sylvia bemühte sich, Gelassenheit zu demonstrieren.

»Ich erinnere mich. Da gab es diesen Schusswechsel vor einem Jahr in der Speicherstadt. Wir haben über den Fall berichtet.«

Unverhofft trat John neben sie. »Frau Prüss, Sie wollten doch einmal einen Radareinsatz miterleben. Gehen wir.«

»Danke«, sagte Sylvia später, als sie lange genug die leuchtenden Pünktchen auf dem Bildschirm verfolgt hatte, um sicher zu sein, dass die Presseleute aufgebrochen waren.

»Das war nett von Ihnen.«

»Sie irren sich. Ich bin kein netter Mensch.«

Kapitel 24

Bär hatte die Nase voll. Zuerst das Senatsfrühstück. Er war davon ausgegangen, nur ein Schreiben weiterreichen zu müssen, nicht eine kämpferisch auftretende Gastwirtin in Zaum zu halten. Menschenrechte, das war ja schön und gut, aber sollte man die nicht besser mit Fingerspitzengefühl durchsetzen?

Am Ende der Aktion war er von Ellen kalt abserviert worden, das ärgerte ihn ganz besonders.

Dann war er auf die andere Elbseite ins Alte Land gefahren. In Karl Semmlers Wohngegend hatte es seit Jahren keine Ratten mehr gegeben, entsprechend auch keinen Einsatz eines Schädlingsbekämpfers.

Nun musste er noch bei Frau Eysing vorbeischauen, die schon mehrmals angerufen hatte. Es sei dringend.

»Ich fürchte, das Leben meines Mannes ist in Gefahr.« John Eysings Frau trat sehr bestimmt auf.

»Er hat gestern seine Papiere geordnet und ein Testament gemacht. Mich würde er gerne zu meiner Mutter nach Lübeck schicken. Was denken Sie darüber?«

»Wir behalten ihn im Auge, so gut wir können«, versuchte Bär, Zuversicht zu verbreiten.

»Aber es ist Hafengeburtstag, und John fährt den Eisbrecher Stettin bei der Einlaufparade.«

»Dort ist er von Menschen umgeben. Wir haben keinen Hinweis, dass ein Anschlag auf Ihren Mann geplant ist.«

»Und was ist mit dem verschwundenen Junglotsen?«

»Es ist noch viel zu früh, um sich Sorgen zu machen.« Bär spürte, dass Frau Eysing nicht so einfach mit Phrasen abzuspeisen war.

»Was genau wünschen Sie von mir?«, fragte er ruhig.

»Geben Sie auf ihn Acht. Bitte. Und vielleicht hilft auch das weiter.« Sie gab ihm das Foto, auf dem ihr Mann die besagte Harpune in den Händen hielt.

»Es ist nur eine Ahnung, aber ich spüre, dass es mit diesem Bild etwas auf sich hat.«

Bär steckte das Bild schweigend ein.

Die Adresse des Lokals, in dem Sunjang Liu arbeitete, hatte er sich schon vor Tagen von Ellen besorgt.

»Wann haben Sie Pause?«, fragte er über einer Haifischflossensuppe. »Keine Sorge, es ist nichts passiert.«

»Kommen Sie wegen meiner Schwester?« Sunjang band sich sofort seine Schürze ab, sprach kurz mit dem Geschäftsführer und forderte Bär auf, ihn auf den Hof zu begleiten. »Meilin neigt zum Leichtsinn, aber ich achte sehr auf sie.«

»Es geht weniger um ihre Schwester als um das Geschehen von heute morgen.« Bär lehnte sich an einen Müllcontainer und wehrte eine struppige, liebebedürftige Katze ab, die schnurrend um seine Beine strich.

»Mom Ellen kann sehr ärgerlich sein, wenn sie glaubt, dass man Recht mit Füßen tritt«, äußerte Sunjang sich vorsichtig und nahm die Katze auf.

»Vergessen Sie mal meinen Beruf.« Bär hatte sich die nächsten Worte sorgfältig zurechtgelegt. »Ich möchte nicht, dass unsere gemeinsame Bekannte aus dem Blauen Hering in den nächsten Tagen etwas tut, was folgenschwer wäre. Denn dann könnte ich ihr nicht helfen, verstehen Sie mich?«

Sunjang lächelte höflich. Von der Polizei hatte er noch nie Hilfe erwartet. Aber in diesem besonderen Fall war es nicht verkehrt, zusammenzuarbeiten. »Wenn Sie wollen, halte ich Sie auf dem Laufenden«, schlug er vor.

»Danke.« Bär wartete ab, denn Sunjang wies Zeichen von nervöser Unruhe auf. »Gibt es noch etwas?«

»Meine kleine Schwester. Sie hat sich bei mir beklagt.« Er ließ behutsam die Katze zu Boden. »Über Rattenhans und Herrn Eysing. Sie treten ihr zu nahe.«

Bär hatte Meilin als nicht besonders schutzbedürftig in Erinnerung, und da gab es auch noch die Schmierbriefe, aber das hatte Zeit bis nach dem Hafengeburtstag.

»Ich werde sie alle im Auge behalten. Ihre Schwester, Eysing, die anderen Lotsen und auch den Kammerjäger«, versprach er. »Achten Sie dafür auf Ellen.«

Nach ihrer Rückkehr von Seemannshöft gönnte sich Sylvia eine Verschnaufpause an den Landungsbrücken. Ausgerüstet mit Matjesbrötchen und alkoholfreiem Bier, nahm sie direkt am Anleger Platz, gleich neben der Rickmer Rickmers.

Auf eben diesem Museumsschiff würde morgen das traditionelle Captain's Dinner stattfinden. Zweihundert geladene Gäste und gleich mehrere Senatoren, da ließ die Stadt sich nicht lumpen.

Falls das Wetter so blieb, konnte sich keiner beklagen. Wenngleich die Hamburger auch bei Schietwetter zu feiern verstanden, wie der Besuch der Queen Mary 2 im letzten Jahr gezeigt hatte.

Ob Fressmeile, Live-Musik oder eine der zahlreichen Bühnen – im Mittelpunkt stehen immer die Schiffe. Touristen brachen dann lawinenartig über den Hafen herein. Schon jetzt flanierten mehr Sehleute als sonst am Wasser entlang.

»Fährt ein weißes Schiff nach Hongkong«, klang es bereits aus den Lautsprechern. Freddy zur Einstimmung, Hans Albers würde bald folgen.

Wie mochte es Ellen in dem Trubel ergehen? Sylvia fürchtete, im Blauen Hering erneut Hans zu begegnen. Und Ellens scharfen Augen entging nichts, das hatte sie schon gestern gemerkt.

Aber es gab Zeiten zum Reden und Zeiten, in denen man etwas mit sich selber abmachen musste. Reden hatte Sylvia heute ohnehin noch auf dem Programm. Die Traumtänzer-gruppe, und John wollte ebenfalls kommen …

Sie wählte die Nummer vom Revier, Schröder ging ran.

»Muss mal wieder alleine Stallwache halten. Nein, der Chef hat sich nicht blicken lassen. Nichts Neues von Herrn Gratz, das hätten wir gehört. Zu früh für eine Vermisstenmeldung, richtig. Dann war da ein Anruf von den Rat-Scouts. Ein Herr Schilling. Ging um deren Einsatz in Ahrensburg bei den Schrebergärten.«

»Ist mir bereits bekannt«, unterbrach Sylvia schnell.

Schröder ließ sich nicht gerne unterbrechen. »Ich hab eine Aktennotiz gemacht, für alle Fälle.«

»Danke. Ich melde mich von unterwegs.«

Schröders Antwort ging in einer vollen Dröhnung von »Beim ersten Mal, da tut's noch weh …« unter.

Große Freiheit Nr. 7. Hans Albers. Es gab kein Entrinnen. Wer jetzt nicht auf La Paloma stand, sollte besser die Stadt verlassen.

Die Firma Peter Putz bestand aus einem dynamischen, ju-gendlich wirkenden Chef und mehreren Aushilfskräften. »Wir haben Ihnen bereits eine Liste der Angestellten gefaxt. Was kann ich sonst noch für Sie tun?«

»Wir überprüfen illegale Beschäftigungsverhältnisse«, be-hauptete Sylvia. »Kann ich mal in Ihren Aufenthaltsraum schauen?«

»Was hoffen Sie, dort zu finden? Sind Sie überhaupt zu solchen Aktionen befugt?«

»Wie Sie wollen, ich kann Ihnen auch das Gesundheitsamt und die Ausländerbehörde auf den Hals schicken.« Das war die erstbeste Drohung, die ihr einfiel, aber sie verfehlte nicht ihre Wirkung.

»Wir haben nichts zu verheimlichen.« In dem Raum saßen zwei Polinnen und rauchten.

Vor ihnen abgestandener Kaffee und ein Teller mit krümeligen Butterkeksen. In der Ecke ein schmuddeliges Handwaschbecken. Sylvia grüßte freundlich. Eigentlich wollte sie sich nur ein Bild von Meilins Arbeitsbedingungen machen, aber dann fiel ihr Blick auf einen großen, unordentlichen Stapel alter Schallplatten, wie sie heute nur noch von Sammlern gehortet wurden. »Oh, haben Sie dazu noch einen passenden Plattenspieler?«

»Bis vor kurzem ja«, antwortete Herr Putz. »Älteres Modell. Hat mal eine Mitarbeiterin gestiftet. Ist kürzlich erst geklaut worden, die Leute schrecken vor nichts zurück.«

Sylvia zeigte ein Bild des Plattenspielers von der Lotsenstation und war wenig überrascht, als Herr Putz und die Frauen bestätigend nickten.

»Danke«, sagte Sylvia. »Das hilft mir weiter.«

»Und was wird mit dem Plattenspieler, bekommen wir ihn zurück?«

»Es handelt sich um Diebesgut. Ist noch nicht freigegeben.«

Meilin und der Plattenspieler. Meilin auf der Lotsenstation. Und: Meilin und Rattenhans? Die Sache wurde immer verzwickter. Aber ein Beweis war das noch lange nicht. Wofür auch?

Sylvia beschloss, nach Hause zu gehen. Noch zwei Stunden bis zu ihrer Gruppe. Sie meldete sich kurz auf dem Revier ab und versuchte, lang ausgestreckt auf dem Bett, klare Gedanken zu fassen.

Aber alles, was sich in ihrem Kopf breit machte, war die Fortsetzung des Liedes, das sie vorhin gehört hatte:

… da glaubt man noch, dass man es nie verwinden kann, doch mit der Zeit, so peu à peu …

Sylvia konnte es nicht verhindern, sie nickte ein. In diesem Zustand, den man gerne als Vorhof zur Traumwelt bezeichnete, formten sich ihre Gedanken zu Bildern und entwickelten ein Eigenleben:

Der Keller. Ein Ausgang zum Wasser. Die Ratten verlassen das sinkende Schiff. Ich muss sehen, wie ich mich rette. Hans, der Späher und Vorkoster, bewaffnet mit einer Harpune. Ich soll ihm nicht folgen, bedeutet er mir. Walter, der Junglotse, umgeben von Ratten, den Mund zu einem stummen Schrei verzogen. Meilin, die immer wieder dasselbe Lied singt. Und Ellen in ihrem grünen Glitzershirt, die langsam ins Wasser steigt, die Arme ausbreitet und dann versinkt. Warum hält sie keiner zurück? John im Kampf gegen die Piraten. Das höhnische Gelächter von Käpt'n Blackbeard aus dem Fernsehen.

Kapitel 25

Fran und Carlo von den »Traumtänzern« hatten sich ineinander verliebt und wollten künftig zusammenleben. Ein Grund, um in der Pause anzustoßen, auf Schultern zu klopfen und Glückwünsche auszusprechen.

John Eysing war stiller als sonst, hatte sich an diesem Abend noch nicht am Gespräch beteiligt und schaute jetzt, als der zweite Teil der Sitzung begann, immer wieder auf die Uhr.

»John, fühlen Sie sich zeitlich unter Druck?«, wollte der Therapeut wissen.

Eysing straffte sich und schaute einmal in die Runde. Langsam, als wollte er sich die Gesichter einzeln einprägen. Er beugte sich nach vorne und umfasste seine Hände, als ob er einen Halt brauchte.

»Ich möchte mich bei allen Gruppenmitgliedern bedanken. Es war mir eine große Hilfe, über das, was in meiner Vergangenheit passiert ist, hier sprechen zu können.«

»Nun, John, betrachten Sie das als einen Anfang«, betonte der Therapeut. »Im Laufe der weiteren Sitzungen …«

»Für mich ist es heute das letzte Mal.« John schaute noch einmal in die Runde. »Ich gehöre nicht hierher.«

Ein Raunen machte sich breit.

»Sie müssen Geduld haben«, forderte die dicke Frau, die immer noch sporadisch im Traum von Kampfhunden angefallen wurde. »So schnell geht das nicht.«

»Wir haben alle mal einen schlechten Tag«, griff auch Sylvia ein. »Gefolgt von einer schlechten Nacht. Aber die Abstände werden größer, ganz bestimmt.«

»Ich weiß nicht, wie ich mich verständlich machen soll«, John war um Beherrschung bemüht. »Sie alle kennen Ihren Auslöser, können zwischen Traum und Wirklichkeit unterscheiden. Das kann ich nicht.«

»Sie haben uns an Ihren Erinnerungen teilhaben lassen«, erinnerte Fran. »Es klang sehr real.«

»Es war nur ein abgespaltener Teil meines Lebens. Da gab es noch mehr, und ich spüre, dass ich es nicht hervorholen will.«

»John, Sie brauchen keine Angst vor den Folgen zu haben. Die menschliche Seele verfügt über Selbstheilungskräfte, die Sie selber mobilisieren können«, dozierte der Therapeut.

»Quatsch«, reagierte Sylvia freimütig. »Warum soll man nicht auch was unter den Teppich kehren dürfen? John wird schon wissen, warum er sich nicht erinnern will.«

Wenn es bloß nicht mit den Morden zusammenhing, hoffte sie inständig. Nicht, dass John Gelegenheit zu den beiden Verbrechen gehabt hätte, aber Bär hielt ihn trotzdem zu solch einer Tat fähig. Und wenn sie selber an die Harpune und den eigenartigen Umgang mit dem Lied La Paloma dachte, hatte sie ebenfalls ein ungutes Gefühl.

»Bruchstücke, Puzzlesteine. Das ist alles, was ich kenne«, fuhr John fort. »Und jetzt möchte ich zur Tagesordnung zurückkehren.«

Er lügt, dachte Sylvia. Aber ob er es auch weiß?

»Wann und was haben Sie das letzte Mal geträumt, John?«, wagte sie sich vor.

»Nicht, Sylvia, es ist vorbei.«

»Kein Wort mehr«, sagte er kühl, als Sylvia ihn nach der Sitzung noch einmal ansprechen wollte. »Wir sind quitt.«

Ehe sie ihn noch nach der Bedeutung dieser Worte fragen konnte, sah sie am Ausgang eine vertraute Gestalt warten.

»Guten Abend, Sylvia. Ich wollte Sie abholen. Guten Abend, Herr Eysing.«

Bär stellte sich ihnen breitbeinig in den Weg. »Na, dann wollen wir mal zum Endspurt ansetzen. Wie ich gehört habe, fahren Sie morgen den Eisbrecher?«

»Ja, als historisches Dampfschiff gehört die Stettin mit in die Parade.«

»Meine junge Kollegin hier liebt Dampfschiffe. Könnte sie wohl mit an Bord gehen?«

»Das lässt sich einrichten. Treffpunkt um zwölf an der Gangway.« Ein kurzes Kopfnicken, und John Eysing entfernte sich.

»Chef, wie kommen Sie dazu, mich abzuholen?«

»Spricht doch wohl nichts dagegen«, knurrte Bär. »Was ist, gehen wir irgendwo hin?«

»Von mir aus.« Sylvia war nur mäßig begeistert. »Muss es der Blaue Hering sein?«

»Wenn Sie den Hai- oder Schellfisch vorziehen, ist es mir recht.«

»Wir gehen zu mir«, schlug Sylvia spontan vor. »Ich bin müde. Mein Kühlschrank ist leer, und auch sonst habe ich Ihnen nichts zu bieten. Brauchen Sie noch Bedenkzeit, oder trennen sich hier und jetzt unsere Wege bis morgen früh?«

»Ich komme gerne mit.«

Wenn er meint, bei mir landen zu können, ist er schief gewickelt, dachte Sylvia, als sie ihre Wohnung betraten. Die Zeiten sind endgültig vorbei, Herr Hauptkommissar, in denen ich Sie kritiklos angeschwärmt habe.

»Kräutertee oder mein letztes Bier?«, rief sie aus der Küche.

»Bier. Wir können es uns teilen«, bot der Chef an und traf Anstalten, sich häuslich in ihrem Lieblingssessel niederzulassen.

»Hübsch hier.« Bär starrte auf das Frühstücksgeschirr und den Band »Trauma mit Traumarbeit lösen«. »Ich habe Ihnen ein Foto mitgebracht.«

»Wir können vergleichen.« Sylvia zog ihre Bilder unter dem Buch hervor. »Warten Sie, ich hole meine Lupe.«

»Meilins Bild ist ein Abzug von diesem hier. Stammt von Frau Eysing.« Bär ordnete die Bilder nebeneinander.

»Dazu passt eines von Walter. Herrn Gratz. Er hat mir eine Auswahl dagelassen. John Eysing bei einer Feier. In den Händen die Harpunen. Wer sind wohl die anderen Männer?« Sie benutzten abwechselnd die Lupe.

»Schwer zu sagen. Muss Jahre her sein, John sieht jung aus«, stellte Bär fest. »Wenn Semmler und Meibohm doch dabei waren, kann was mit der Musterrolle nicht stimmen.«

»Wer sagt denn, dass es sich um die bewusste Fahrt mit der Mary Lunhardt handelt?«, wandte Sylvia ein. »Ich hab hier noch andere Bilder.« Sie legte zwei Gruppenaufnahmen nach vorne. »Da trägt John einen Bart, hier nicht. Das ist die Mannschaft an einem Strand. Mir kommt der Mann abseits am Bildrand bekannt vor, was meinen Sie?«

»Zu dunkel.« Bär nahm das Foto an sich. »Wir geben es ins Labor. Und was ist das hier?« Er griff nach dem gerahmten Bild der »Seaworld Pride«.

»Sie werden es nicht glauben, aber das hat unser Junglotse auf Seemannshöft entwendet. Ich weiß nicht, was er damit vorhat. Oder hatte.«

»Fragen wir ihn, wenn er wieder auftaucht.« Keiner sprach seine weiteren Gedanken aus.

»Es muss eine Bewandtnis mit der Seaworld Pride haben«, erklärte Sylvia bestimmt. »Ich schlage vor, wir wenden uns noch einmal ans Seemannsamt und lassen uns Fahrtziele und Mannschaftslisten besorgen. Am besten ab der Zeit vor fünfzehn Jahren. Eilanfrage per Fax.«

»Und wer, liebe Kollegin, soll sich am Morgen des Hafengeburtstags um das alles kümmern?«

»Schröder. Der kann auch die Bilder überprüfen. Wir tun ihm einen Gefallen, dann muss er nicht raus.« Sie lächelten sich in stillem Einvernehmen zu.

»Chef, ich glaube, ich hab unseren Plattenspieler entdeckt.« Sylvia berichtete von ihrem Verdacht gegen Meilin. »Aber es ergibt keinen Sinn«, schloss sie hilflos.

»Haben Sie schon darüber mit Herrn Bielfeldt gesprochen?« Er vermied es, Rattenhans zu sagen, um die Kollegin nicht unnötig zu provozieren. Ihr Schweigen war auch eine Art Antwort.

»Ich übernehme das«, sagte er sanft. »Wie wäre es jetzt mit einem Kräutertee? Wissen Sie was, ich fange an, mich bei Ihnen wohl zu fühlen. Vielleicht bleibe ich noch ein Weilchen.«

»Sie sollten besser gehen. Uns erwartet ein langer Tag.«

Bär stand sofort auf und versuchte, sich nicht verletzt zu fühlen.

Sie hat mich gar nicht nach dem Senatsfrühstück gefragt, fiel ihm auf der Treppe ein.

Usman war wieder gesund. Warum er trotzdem noch auf der Krankenstation sein durfte, wusste er nicht. Aber vielleicht hing es damit zusammen, dass sie zu wenig Personal hatten. Oder, dass die Zellen alle belegt waren. Usman half inzwischen beim Putzen, Abwaschen des Nachtgeschirrs und allem, was anfiel.

Die Kügelchen aus der Gardinenschnur hatte er nicht geschluckt, auch sonst nichts mehr.

Usman ging es gut, seine Arbeit war wichtig, sie hatten keine anderen Leute dafür. Bestimmt war es der beste Weg, sich unentbehrlich zu machen, dann würde man ihn nicht zurückschicken. Ob Mom Ellen dahinter steckte? Er wusste es nicht.

Am Anfang hatten sie ihn misstrauisch beobachtet. »Keinen Scheiß mehr bauen, hast du verstanden?« Usman hatte eifrig genickt und seinen Mund breit verzogen, das galt in diesem Land als Geste der Vertrauenswürdigkeit.

Vergangene Nacht hatte er wieder von der Überfahrt mit dem Schiff geträumt. Von der Enge seines Notquartiers und dem Gestank, der sich ausbreitete, als er die Rollbewegungen des Schiffes nicht mehr vertragen hatte. Von der schwarzen Galle, die über den Inhalt seiner letzten Tunfischdose geflossen war. Und von der Frau im Blauen Hering, unten in der Toilette, die nach Angst gerochen hatte, so wie er.

Als Usman aus seinem Traum hoch geschreckt war, hatte er wieder den Vogel Nachtigall gehört. Süß, so süß, das Lied von Freiheit und Verheißung.

Kapitel 26

Die Erinnerung war zurückgekehrt. Im Grunde genommen hatte Eysing sie nur verdrängt. Ein simpler, psychologisch zu erklärender Vorgang, aber das war für ihn keine Entschuldigung. Er hatte große Schuld auf sich geladen und würde erst wieder schlafen können, wenn diese Schuld gesühnt war.

Wie die anderen damit umgingen, war ihm egal. Heute Nacht hatte er ihn wieder gehabt, den zweiten Traum.

Von Menschen, die im Wasser trieben, schon bald nur noch als schwarze Pünktchen auszumachen waren. Schreie, die von Musik übertönt wurden. Ein leeres Schlauchboot. Finsternis. ·

Es war eine andere Zeit gewesen, ein anderes Schiff und eine andere Route.

Nichts mehr hatte ihn an den Piratenüberfall erinnert, nur das Lied, das er auf dieser Reise immer wieder verbissen spielte, wenn er alleine war.

So wie Menschen, die trotz ihrer Platzangst Fahrstuhl fuhren, ein ums andere Mal, bis die Angst endgültig besiegt war.

Am Ende war es dieses Lied, das ihn zum Handeln zwang. La Paloma, verbunden mit Schrecken und Gewalt. Warum sollte nur er das Opfer sein …

Zu dem Zeitpunkt hatte er die Macht, über Leben und Tod zu entscheiden. Gegen die blinden Passagiere entschied er sich zunächst aus Vernunftgründen. Die Verzögerung im nächsten Hafen, Ärger mit dem Reeder, der ganze bürokratische Aufwand für nichts und wieder nichts. Wirtschaftsflüchtlinge, das waren sie doch alle.

Er kannte Präzedenzfälle, wie den der Rumänen auf dem taiwanesischen Schiff in den 90er Jahren. Die Mannschaft hatte später Anzeige erstattet, aber der Kapitän war nie zur Rechenschaft gezogen worden.

Eysings eigene Mannschaft bestand aus Einzelgängern, die meisten dachten nur bis zum nächsten Landgang. Bei den Offizieren war keine längere Diskussion nötig, alle wollten sie pünktlich zurück in Deutschland sein.

Man wartete bis zur Nacht, ließ der Form halber zwei Schlauchboote aufs Wasser und die ungebetenen Gäste an die Reling führen. Wenn er sich recht erinnerte, trug die Pistole für Leuchtmunition zu einem schnelleren Ablauf bei.

Dann sprangen sie, bis auf den einen, bei dem traten im Licht des Scheinwerfers die Knöchel der braunen Hände an der Reling weiß hervor, und in seinen Augen lag ein Ausdruck von Unglauben, oder war es Stolz und Verachtung?

Falschen Stolz hielt Eysing nicht für angebracht, das hatte er am eigenen Leib erfahren.

Mit einer Kopfbewegung wies er den Bootsmann an, die Sache zum Abschluss zu bringen. Einer der Matrosen zeigte

Skrupel, aber es gab genügend andere, die schnell wieder in die Koje wollten.

Sie hatten nie wieder darüber gesprochen, es gab keinen Vermerk im Logbuch. Wie erwartet, zeigte keiner Interesse, die Angelegenheit aufzubauschen. Bis auf einen Arbeitsunfall an Deck verlief die Fahrt ohne weitere Zwischenfälle.

Als später, viel später, bei ihm die Albträume einsetzten, hielt er es für einen Zufall, dann für eine Charakterschwäche. Schließlich für Regines Schuld, die ihn mit ihren bohrenden Fragen nicht zur Ruhe kommen ließ.

An Land änderte sich nichts.

In all diesen Jahren gab es zwar Pausen, in denen er gar nicht träumte, aber immer kehrte danach der nächtliche Druck verstärkt zurück.

Irgendwann war Eysing auf die Tabletten gekommen und von da an träumte er nur noch den ersten Traum, während der zweite zu verblassen schien. Bis auf die Nächte, die auf Tage folgten, an denen er mit La Paloma konfrontiert worden war.

Es gab jemanden, der ihm kein Vergessen gönnte. Ein Jäger, der die Kreise immer enger zog, auf den richtigen Moment wartete. Die Gnadenfrist war abgelaufen.

Bombenanschlag auf Kreuzfahrer vereitelt. Polizei stellt ein mit 400 Kilogramm Sprengstoff beladenes Boot sicher.

Ellen gähnte und schnitt den alten Artikel aus. Das Ganze

hatte sich zwar in der Türkei abgespielt, aber es war hilfreich, eine ungefähre Mengenangabe zu haben.

Die Morgendämmerung stand kurz bevor, die Lichter des Hafens tauchten die Küche in ein fahles Licht, und die vertrauten Geräusche von der Werft bestärkten Ellen darin, das zu tun, was andere auch taten: ihre Arbeit zu verrichten. So, wie sie es ihr Leben lang getan hatte. Jeder Mensch hatte seine Aufgabe. Menschlichkeit kam vor Politik, warum konnten die da oben das nicht begreifen?

Ob jung oder alt, arm oder reich, im Blauen Hering sind sie alle gleich. Für Ellen war das mehr als ein Thekenspruch.

Der Blaue Hering hatte als Gäste Politiker gesehen, Schauspieler, Hafenarbeiter, ehrliche Huren, Ganoven, Seeleute und Beamte. Obdachlose und Millionäre. Normale und verrückte Menschen. Sie alle gingen ihren Weg, strauchelten, kamen wieder auf die Füße oder ließen den Blauen Hering auf dem Weg zur Karriere links liegen. Meist nur vorübergehend.

Einmal Hering, immer Hering. Sie lachte vor sich hin. Der Kommissar und Sylvie waren das jüngste Beispiel.

Sie würden wiederkommen, auch wenn in den nächsten Tagen Dinge passierten, die sie nicht auf Anhieb verstehen konnten.

Fünf Uhr morgens. Ellen trank entschlossen ihren Kaffee aus und machte sich mit ihrem abgewetzten, aber geräumigen Beutel aus schwarzem Kunstleder auf den Weg. Nur zwei Ecken weiter, zu einer der letzten öffentlichen Telefonzellen im Viertel. Das Häuschen war frei, würde im Zeitalter der Handys bestimmt bald abgerissen werden. Ellen brauchte es nur für einen einzigen Anruf.

Sie nahm ihren Spickzettel aus dem Beutel, ferner Handschuhe und ein Stofftaschentuch, das ihr einmal ein prominenter Gast verehrt hatte. Zusammen mit dem Angebot, für ihn die Geschäftsleitung eines Luxusrestaurants an der Elbchaussee zu übernehmen. Ellen hatte das Angebot freundlich aber bestimmt abgelehnt und nur das Taschentuch behalten.

Sie zog die Handschuhe an, legte das Tuch über den Hörer und wählte 110.

»Meinen Namen werde ich Ihnen nicht nennen«, sagte sie dem Beamten des Polizeinotrufs. »Und jetzt hören Sie einfach nur zu. Heute Vormittag geht im Gefahrgutlager auf Steinwerder eine Bombe hoch. Sie wissen, was das bedeutet. Erfüllen Sie besser meine Forderungen.«

Sie legte auf. Zuerst würde man die Ernsthaftigkeit des Anrufs überprüfen, gleichzeitig einen Streifenwagen zum Logistik Terminal nach Steinwerder schicken und, wenn sie sorgfältig arbeiteten, versuchen, den Standort des Anrufers zu orten. Parallel dazu die Gegend um das Gefahrgutlager hermetisch abriegeln, vielleicht sogar die Menschen evakuieren. Es sei denn, sie zweifelten an ihrer Glaubwürdigkeit.

Ellen ging weiter in Richtung Davidswache auf dem Kiez, hier wollte sie ihren Katalog an Forderungen einwerfen, man würde schon alles entsprechend weiterleiten.

Unterwegs rief sie ihren alten Chef und Freund Rolf an. »Du kannst jetzt loslegen.«

»Glaub nicht, dass ich die paar Wochen, die ich noch habe, wegen dir ins Gefängnis gehe, Ellen.« Er hustete.

»Mach es so, wie ich dir erklärt habe. Nimm das Handy, das ich dir gebracht habe, lies vom Zettel ab und vergiss dann das Ganze. Ich komm dich in Spanien mal besuchen, versprochen.«

Dazu wird es wohl nicht mehr kommen, dachte Ellen, aber in wenigen Minuten hätte sich die Polizei mit einer weiteren Drohung auseinanderzusetzen: Versteckte Sprengstoffladung auf einem der Museumsschiffe in Oevelgönne.

Noch eine Stunde später, und man musste einen Sabotageakt auf der Rickmer Rickmers verhindern. Rechtzeitig vor dem Captain's Dinner.

»Ich hab nur wenig Zeit wegen der Einlaufparade. Aber Sie wollten ja gerne etwas über den Bilderdiebstahl wissen.« Frau Schult von der Lotsenstation. Kurz nach sechs, Sylvia wurde durch den Anruf unsanft in den Tag hineinkatapultiert.

»Unser Ältermann vermutet, dass Herr Eysing die anderen Bilder abgenommen hat. Denn er ist in der Tat einmal auf der Seaworld Pride gefahren. Möchten Sie der Sache nachgehen? Ich habe zu keinem ein Wort gesagt, noch nicht mal zu Herrn Eysing.«

»Danke, Frau Schult. Ich werde mich darum kümmern. Hat sich Herr Gratz inzwischen gemeldet?«

»Leider nicht. Man hat ihn schon das dritte Mal wieder nach unten auf die Bereitschaftsliste gesetzt, das wird ihn einiges kosten. Es sei denn …« Sie sprach den Satz nicht zu Ende.

»Na, Frau Schult, nicht so pessimistisch«, sagte Sylvia aufmunternd und sehnte sich nach ihrem Morgenkaffee.

»Dass wir bereits zwei Abgänge hatten, macht unsere Situation nicht leichter.«

Abgänge, offenbar meinte sie damit keine Schiffe.

»Wir bleiben in Verbindung«, versprach Sylvia.

Kapitel 27

Halb acht. »Krisensitzung angesagt«, bellte Schröder in den Hörer. »Geplantes Attentat aufs Gefahrgutlager, parallel Bombenalarm gleich für mehrere Schiffe. Nun auch noch Blockade der Hafeneinfahrt angedroht und angeblich vierhundert Kilogramm Sprengstoff in der Nähe eines Säuretankers deponiert. Die üblichen Wichtigtuer, wenn man mich fragt.«

Sylvia versuchte, nicht kopflos zu reagieren. Denn alle angekündigten Taten hatte sie bereits theoretisch mit Walter Gratz erörtert. Walter, der sich aus dem Staub gemacht hatte, um mal eben eine Million zu erpressen? So dumm konnte der Mann nicht sein. Oder beabsichtigte er, auf spektakuläre Art Stoff für seinen Krimi zu sammeln?

Nein, sie wollte den Teufel nicht an die Wand malen. Das alles konnte auch Zufall sein. Sie selber hatte mit Hans und Ellen im Scherz dumme Pläne geschmiedet und die Ideen des fantasiereichen Lotsen auf die Schippe genommen.

»Wurden konkrete Forderungen gestellt, und ist schon ein Bekennerschreiben eingegangen?«

»Bisher noch nicht. Der Führungsstab tagt gerade im Polizeipräsidium. Man nimmt das alles sehr ernst.«

»Das will ich doch hoffen. Wie kamen die Drohungen rein?«

»Per Telefon. Aus verschiedenen Ecken der Stadt, wie wir geortet haben. Schwerpunkt Hafenviertel. Unser Polizeipsychologe untersucht gerade die Ernsthaftigkeit der Anrufer. Wir haben natürlich Sprachaufzeichnungen. Es ist auch eine Frau dabei.«

»Dann handelt es sich um eine Gruppe?«

»Schwer zu sagen. Ich erfahre ja immer nur Bruchstücke.« Er zog geräuschvoll die Nase hoch. »Außerdem braucht man hier einen Polizei-Kuli für die normale, anfallende Arbeit auf dem Revier, oder wollen Sie die übernehmen?«

»Was wären wir ohne Sie, Herr Schröder«, beeilte sich Sylvia zu versichern. »Wo steckt denn der Chef?«

»Er spricht gerade mit dem Polizeieinsatzführer. Man hat Taucher von der Landesbereitschaftspolizei angefordert.«

»Ich habe noch was zu erledigen, kann aber auf Abruf schnell da sein. Richten Sie das bitte dem Chef aus. Ach, Herr Schröder, Sie denken doch an die Seaworld Pride?«

»Längst in Angriff genommen. Auch die Bildbearbeitung. Sie kennen mich doch. Stopp, da war schon wieder ein Anruf von den Rat-Scouts. Eine organisatorische Sache, es wäre aber nicht so dringend.«

»Kann warten. Und für alles rund um die Schädlingsbekämpfung ist ab sofort der Chef selber zuständig.«

Acht Uhr. Sylvia ging am Blauen Hering vorbei, schaute

zum Küchenfenster hoch, aber die Gardinen waren zuge-
zogen.

Vielleicht später, sie wollte Ellen vor dem großen Ansturm
noch einmal sprechen. Nicht nur auf eine Plauderei.

»Es ist ziemlich früh, ich weiß.«

Sunjang trug einen langen, weißen Bademantel und machte
keine Anstalten, sie hereinzubitten.

»Ich möchte gerne mit Ihrer Schwester sprechen. Jetzt
gleich. Es ist in ihrem Interesse.« Sylvia sprach sehr bestimmt,
und der Ton verfehlte nicht seine Wirkung.

»Meilin ist noch nicht aufgestanden.« Sunjang trat zögernd
einen Schritt in die Wohnung zurück, und Sylvia folgte ihm
auf dem Fuße.

»Das macht nichts. Ich warte. Sagen Sie ihr, es geht um ihre
Arbeit bei Peter Putz.«

Er verschwand in einen Nebenraum, während Sylvia es sich
auf einem kirschroten Sofa bequem machte. Das Wohnzimmer war peinlich sauber und aufgeräumt, nur auf einem
Tischchen neben dem Fernseher stapelten sich kunterbunt
Hochglanzmagazine aus der Welt der Reichen und Schönen.

Meilin kam schon bald fertig angezogen und geschminkt,
ging zunächst grußlos an ihr vorbei und machte den Fernseher an.

»Ich brauch das zum Wachwerden«, erklärte sie gähnend.
»Hallo, Frau Prüss. Sylvia. Was kann ich für dich tun?«

Sylvia ließ sich nicht provozieren.

»Ich möchte von dir wissen, warum du den Plattenspieler aus der Putzfirma entwendet hast, und wie er zur Lotsenstation gekommen ist.« Das saß. Meilin riss weit die Augen auf und warf ihrem Bruder einen ängstlichen Blick zu.

»Das ist eine Privatangelegenheit«, nuschelte sie.

»Nein. Das ist es nicht. Die Firma will Anzeige erstatten, und der Plattenspieler spielt eine wichtige Rolle bei dem Kapitalverbrechen auf Seemannshöft. Hast du etwas zur Aufklärung beizutragen?«

Meilin wog ihre Chancen ab. Womit hätte sie weniger Scherereien, mit der Wahrheit oder einem Strauß von Lügen?

In jedem Fall war es eine günstige Gelegenheit, Hans anzuschwärzen. Hans, der sie verschmäht hatte, und der ruhig mal an Muffensausen leiden sollte.

»Herr Bielfeldt …, ich darf es eigentlich nicht sagen«, sie schielte zu Sunjang, der ein grimmiges Gesicht machte, aber Meilin wusste, dass der Ärger nun nicht mehr ihr allein galt. »Er hat mich dazu überredet. Ich musste ihm den Plattenspieler besorgen und am Tag vorher in den Keller schaffen.«

»Wozu?«, fragte Sylvia scharf und beobachtete dabei genau das Gesicht des Mädchens, das jetzt intensiv ihre Gefühle widerspiegelte: Verwirrung und Angst.

»Das weiß ich doch nicht. Er liebt eben Musik.«

Nun kam auch noch Trotz hinzu.

»Meilin, warum keinen einfachen CD-Player?«

Immer diese Fangfragen. Meilin hatte etwas Besonderes für Hans tun wollen, die alte Fünfundvierziger-Platte auf dem Flohmarkt gekauft, na ja, mitgenommen, eben weil sie ihn damit überraschen wollte. Denn für sie war La Paloma ein ganz besonderes Liebeslied, unter dessen Klängen Hans sie das erste Mal geküsst hatte. Es war bei dem einen Mal geblieben, leider, und nach ihrer letzten Begegnung hatte sie alle Hoffnungen auf eine engere Beziehung begraben. Es sei denn …

»Keine Ahnung, er sammelt eben alte Sachen. Harpunen hat er auch. In seinem Schlafzimmer. Aber das wissen Sie ja schon.« Es schien Meilin ratsam, lieber wieder zum Sie überzugehen. »Wenn Hans etwas mit den Morden zu tun hat, dann muss er doch ins Gefängnis?«

In »Kein Tag ohne Liebe und Leid« saß der aktuelle Liebhaber der Heldin gerade im Knast, wegen Unterschlagung oder so, also nichts Schlimmes, und die Heldin besuchte ihn dort täglich, was seine Gefühle für sie neu entflammte.

Eine Perspektive, die Meilin ausgesprochen gut gefiel.

»Wenn ich der Polizei helfen kann, bin ich gerne dazu bereit«, sie strahlte Frau Prüss an. »Hat man eigentlich schon eine Belohnung ausgesetzt?«

John Eysing machte sich fertig. Bis spät in die Nacht hatte er in seinem Arbeitszimmer gesessen, noch einmal die Vergangenheit Revue passieren lassen, die guten wie die weniger guten Tage. Einen Blick auf die Fotos geworfen, und sie dann zuhinterst in den Schreibtisch gepackt, einige sogar durch den Schredder gejagt. Wie das letzte Gruppenbild von der »Seaworld Pride«. Spuren – jeder Mensch hinterließ Spuren in seinem Leben.

Was würde Regine über ihn denken, wenn sie die Wahrheit erführe? Bisher kannte sie nur die halbe Wahrheit, seine Rolle als Opfer. Könnte sie sich damit abfinden, ihren Mann auch als Täter zu sehen?

Eysing wusste, dass er so nicht weitermachen konnte. Das kann doch einen Seemann nicht erschüttern, von wegen!

An Bord, in überwiegend männlicher Gesellschaft, dachte man über vieles nicht weiter nach. Das Leben auf See war eine Welt für sich, ein Mikrokosmos. Manchmal monoton, und dann wieder hektisch, wenn es um schnelle Entscheidungen ging. Dazu diese verdammte Verantwortung.

Es war Zeit, sich für seinen Einsatz auf der Stettin bereit zu machen. »Willst du nicht doch lieber zu deiner Mutter fahren?«, fragte er Regine ein letztes Mal. In der Hoffnung, sie hätte es sich anders überlegt.

»Im Gegenteil«, antwortete sie heiter. »Ich möchte gerne bei der Einlaufparade dabei sein und dich heute begleiten.«

»Das geht auf keinen Fall«, wehrte er unwirsch ab.

»Aber John, was spricht dagegen? Du weißt, dass ich mich im Hintergrund halte und dich nicht bei der Arbeit störe. Auf dem Schiff werden zahlreiche Gäste sein, auf einen mehr kommt es nicht an.«

»Ich möchte nicht, dass du dich einer Gefahr aussetzt.«

»Dann gibst du es also zu, dass Gefahr besteht?«

»Nicht, wenn ich es verhindern kann.« Impulsiv schloss er seine Frau in die Arme und küsste sie.

Freudig überrascht erwiderte sie seine Umarmung. »John, es wird alles gut. Wenn wir nur zusammenhalten.«

Zu spät, dachte er auf dem Weg zum Anleger. Der Jäger war ihm auf der Spur. Es gab nur eine einzige Chance. Er musste ihn unschädlich machen, bevor er zuschlagen konnte. Schluss mit dem Versteckspiel, Schluss mit Verdrängen und Lebenslügen. Es war an der Zeit, sich zu stellen. Vielleicht konnte er sich sogar der Polizei als Köder zur Verfügung stellen, damit das Morden endlich aufhörte.

»Ein Herr Eysing wollte Sie am Telefon sprechen.«

»Soll später noch mal anrufen. Oder sich an Frau Prüss wenden.« Bär hielt ein Schreiben in der Hand, das eben über die Kollegen von der Davidswache rein gekommen war.

Gespräch mit dem Innensenator oder Bürgermeister. Typische Forderungen. Spätestens bis zur Einlaufparade. Es folgten als Beweis für die Ernsthaftigkeit der Drohung detaillierte Sachkenntnisse über das Gefahrgutlager. Da war von synthetischem Kampfer die Rede, Desinfektionsmitteln, indischen Insektiziden, Pflanzenschutzmitteln und Sekundenkleber. Giftig, ätzend, brennbar, hochexplosiv.

Vor Ort hatte man nichts Verdächtiges feststellen können.

Die Drohung, die Hafeneinfahrt mittels eines zu versenkenden Säuretankers zu blockieren, war dagegen unrealistisch. Bär hatte sich inzwischen vom Wachleiter der Lotsenstation aufklären lassen, dass für heute kein größerer Tanker gemeldet war.

»Was hat die Stimmanalyse ergeben?«

»Wir können da nur vage Vermutungen äußern«, sagte der Polizeipsychologe. »Die Frauenstimme klang verzerrt, vermutlich wurde durch ein Tuch oder Folie gesprochen. Trotzdem gelassen, keine Anwandlung von Hysterie oder Triumph. Ich tippe auf eine sorgfältige Vorbereitungsphase, also unter Umständen ernst zu nehmen.«

»Gilt das auch für die anderen Anrufer?«

»Schwer zu sagen. Im einen Fall, der Rickmer Rickmers, handelt es sich um einen vermutlich älteren Mann mit Husten. Sprach eher gleichgültig, als ob er ablesen würde.

War zu keinen weiteren Ausführungen bereit. Die anderen Drohungen, bei denen es jeweils darum ging, ein bestimmtes Schiff in die Luft zu sprengen, könnten von Jugendlichen stammen. Aber da möchte ich mich nicht festlegen.«

»Könnten! Würde! Geht es ein bisschen konkreter?« Bär mochte diesen Psychofritzen nicht, der seine Hypothesen am Schreibtisch entwickelte und dann mit sanfter, leiser Stimme vortrug.

»Brüchige, aufgeregte Stimmen. Übereifer. Die Erpressung als Abenteuer. Gruppenzwang. Falsch verstandene Solidarität.«

»Danke«, knurrte Bär. »Ich war früher selber mal bei den Pfadfindern.«

»Womöglich haben Sie mich jetzt missverstanden. Ich wollte nichts gegen …«

»Es war nur ein Scherz«, klärte Bär den Psychologen auf. »Sehen Sie einen Zusammenhang zwischen den einzelnen Anrufern?«

»Kann sein, kann nicht sein.«

Das Gespräch wurde von einem Beamten unterbrochen. »Hier, neue Forderungen, am Rossdamm eingesteckt.« Bei dem Schreiben handelte es sich um einen Computerausdruck. Die Forderungen waren konkret formuliert: Dauerduldung oder Bleiberecht für mehrere Menschen. Es folgten namentliche Aufzählungen.

»Entschuldigen Sie mich bitte.« Bär wich in einen Nebenraum aus und ließ sich eine freie Leitung geben.

Ellen ging sofort ran.

Kapitel 28

Sylvia spürte, dass Meilin gelogen hatte. Sie schwankte noch, ob sie die Sache mit Hans und dem Plattenspieler lieber dem Chef überlassen sollte. Aber als sie ihn endlich im Präsidium erreichte, stand die aktuelle Entwicklung der geplanten Attentate im Vordergrund. Bär berichtete von dem eingegangenen Erpresserschreiben.

»Ich hab natürlich sofort Ellen auf den Zahn gefühlt. Angeblich hat sie nichts mit der Sache zu tun.«

Sylvia schwieg. Seit wann war der Chef dermaßen leichtgläubig und naiv?

»Alles andere wäre ja zu offensichtlich.«

Was meinte er bloß damit?

»Reden Sie noch mal mit ihr. Am besten sofort.« Und damit war die Verbindung schon abgebrochen.

Sylvia rettete sich gerade noch vor einem plötzlich einsetzenden Maischauer in den Blauen Hering.

»Wer am Wasser feiert, der kann auch nass werden. Die Hamburger lassen sich nicht unterkriegen.« Ellen war in ihrem Element. Sie trug das grüne Glitzershirt, eine schwarze, eng anliegende Hose und in den Haaren eine goldene Spange mit Strasssteinchen.

267

Theke und Tische waren bereits gut besetzt, die Aushilfen flitzten von drinnen nach draußen, und Ellen selber zapfte, hatte für jeden ein launiges Wort übrig und strahlte gute Laune aus.

»Komm mit hinter die Theke«, rief sie Sylvia zu. »Ihr habt Stress, hab ich gehört. Ich glaube, dein Chef hätte mich am liebsten gleich mit hops genommen. Wegen dieser Bekennungsschreiben. Aber was kann ich dafür, wenn die Leute endlich mal Initiative zeigen und dabei ein bisschen durchdrehen? Sind wahrscheinlich nur harmlose Spinner. Oder Jugendliche, die übers Ziel hinausschießen.« Sie stellte Sylvia ein Alsterwasser hin. »Aus meinem Komitee ist es bestimmt keiner, das hab ich auch dem Kommissar gesagt.«

»Hat er dir geglaubt?«

Ellen breitete die Arme in einer hilflos fragenden Geste aus. »Wer weiß. Aber immerhin habe ich ihn von meiner persönlichen Unschuld überzeugen können.« Sie rückte dicht an Sylvias Ohr. »Sie haben eine Namensliste der Asylanten und blinden Passagiere bekommen, die durch die Erpressung auf freien Fuß gesetzt werden sollen. Usmans Name war nicht darunter. Wenn das nicht für meine Unschuld spricht!«

»Alles nur Tarnung«, spottete Sylvia, war aber doch erleichtert. »Weißt du, wo ich Hans heute finden kann?«, fuhr sie ernster fort. »Rein dienstlich«, versicherte sie, obwohl das gar nicht nötig gewesen wäre, aber Ellen hatte so einen besorgt forschenden Blick, wie er sonst nur ihren diversen Schützlingen galt.

268

»Tut mir Leid, Sylvie, er war seit gestern nicht mehr hier.«
Sie begrüßte zwischendurch schnell ein paar Stammgäste mit
Küsschen rechts und links auf die Wange. »Aber John hat sich
endlich mal wieder blicken lassen. Du musst ihn gerade ver-
passt haben. Stell dir vor, was passiert ist.« Sie wies zur Musikbox. »Als er La Paloma nicht fand, hat er reklamiert, und ich
hab natürlich sofort wieder die Nummer eingesetzt, und dann
hat John sich das Lied ohne mit der Wimper zu zucken angehört. Wenn du mich fragst, äußerst merkwürdig.«

»Finde ich auch«, gab Sylvia zu und fragte sich gleichzeitig,
was das wohl zu bedeuten hatte.

Beim ersten Klingeln ihres Handys zog sie sich in die Küche
zurück, denn der Lärmpegel in der Kneipe schwoll stetig an.

Blass sah die Deern plötzlich aus, wie sie da am Eingang zur
Küche lehnte, fand Ellen und machte sich Sorgen. Aber es war
nicht der Tag für kleine Sorgen, sie hatte sich um Größeres zu
kümmern.

»Sie haben gerade einen Toten aus dem Fleet gezogen«,
sagte Sylvia mit gedämpfter Stimme, fast schon im Flüsterton.
»Es könnte sich um Walter Gratz handeln. Aber das ist jetzt
streng vertraulich.«

»Ich werde mich hüten, das publik werden zu lassen«, gab
Ellen leise zurück. »Soll ich etwa meinen Gästen die Stimmung verderben?«

»… schwarze Gedanken, sie wanken und flieh'n, geschwind
uns wie Sturm und Wind.« La Paloma war zurück.

Eysing spürte die dunkle Wolke aufziehen, bereit, sich schwer auf sein Gemüt zu legen. Die Vorstellung, mit dem Kommissar ganz offen zu reden, war bereits wieder einem Gefühl der Resignation gewichen.

Sicher, er hatte sich noch einmal das Lied angehört, versucht, den Zusammenhang zwischen den beiden Ereignissen damals noch einmal bewusst wahrzunehmen. Aber dann hatte er gar nichts empfunden, sich nur wie eine mechanische Aufziehpuppe gefühlt, die man in jede beliebige Richtung schicken konnte, und die erst stoppte, wenn vor ihr ein Hindernis auftauchte. Den Dingen ihren Lauf lassen, vielleicht war das doch die bessere Lösung.

An der Pier vor der Stettin herrschte Hektik. Die Polizei hatte Durchgangssperren errichtet und ließ die Leute nur einzeln durch. »Routinekontrolle«, hieß es.

»Bombendrohung. Sie haben alles auf den Kopf gestellt. Ein Trupp Sprengstoffexperten ist noch im Maschinenraum«, sagte der Kapitän des Schiffes, der wie alle anderen der Besatzung ehrenamtlich auf dem historischen Dampfeisbrecher fuhr.

»Nicht das erste Mal«, meinte Eysing. »Scheint einigen Leuten Spaß zu machen, das Blaulicht zu sehen. Sind noch andere Schiffe betroffen?«

»Die Fregatte als Flaggschiff, ein Oldtimer von Finkenwerder und die MS Meerkatze. Aber angeblich gehen ständig neue Drohungen ein.«

»Dürfen wir trotzdem auslaufen?«

»Ja, aber mit Verspätung. Die zahlenden Gäste haben zum Glück nichts mitbekommen. Die offizielle Version lautet Probleme mit der Feuerung. Wir stehen noch nicht voll unter Dampf.«

Eysing sah auf den Einsatzplan, den er mitgebracht hatte. »Wir müssen spätestens um zwei ablegen, um uns dann pünktlich hinter Blankenese in die Parade einreihen zu können.«

Auf dem Wasser herrschte reger Verkehr. Motorboote und Segler waren unterwegs, um den Schiffen entgegenzufahren und sie dann in gebührendem Abstand zu begleiten.

Die meisten Karten für die Fahrt auf der Stettin waren schon im Voraus verkauft worden, aber im letzten Moment drängelten sich vor der Gangway noch zahlreiche Menschen, die einen der letzten freien Plätze ergattern wollten.

Ellen stand unter Strom. Es war nicht leicht gewesen, bei Sylvia die Unschuldige zu spielen, ganz in ihrer Rolle als gemütlicher Kneipenwirtin aufzugehen. Aber es war besser, die Deern da rauszuhalten. Wenn etwas schief ging, sollte keiner außer ihr den Kopf hinhalten müssen.

Ellen hatte die nächsten Schritte immer wieder durchdacht, den genauen Ablauf geplant und sogar überlegt, was im Falle eines Scheiterns zu tun wäre.

Sunjang besaß eine Kontovollmacht. Alles über den Betrieb des Blauen Herings mit Pachtverträgen, Versicherungen und

Lieferantenadressen war fein ordentlich in einem Ordner abgeheftet, der oben in ihrer Wohnung auf dem Tisch lag.

Wenn Rolf sich wider Erwarten noch einmal berappeln sollte, statt auf Malle seine Nikotin geschwärzte Seele auszuhauchen, konnte er noch einmal in der Kneipenszene mitmischen oder einen neuen Nachfolger einarbeiten.

Aber was malte sie sich da bloß aus? Natürlich ging alles gut, und schon heute Abend würde es einen ganz besonderen Grund zum Feiern geben.

»So, Leute, ich schmeiß mich ins Getümmel. Ihr packt das auch ohne mich. Abrechnung machen wir später.« Sie verabschiedete sich mit gewollter Fröhlichkeit.

Ärgerlich war nur, dass sie Rattenhans zu spät und nur noch telefonisch erreicht hatte. Der war inzwischen auf der Hafenmeile unterwegs, hatte ihr aber so halb und halb versprochen, am Abend in der Kneipe mit nach dem Rechten zu sehen.

»Komm einfach vorbei und pack mit an. Nur für den Fall, dass ich irgendwie verhindert bin. Wäre mir eine echte Beruhigung.«

»Mach ich, Ellen. Wenn nichts dazwischenkommt«, er zögerte unmerklich.

»Was ist los? Du musst doch nicht etwa arbeiten?«

»Bin immer im Dienst. Du weißt doch, sie schlafen nicht.«

Sie hatte noch sein Lachen im Ohr. Er war schon ein komischer Typ, der Rattenhans, aber Ellen kannte im Grunde genommen keinen Menschen, der nicht ein kleines bisschen komisch war. Bis auf die gegelten Langweiler, und die konnten ihr gestohlen bleiben.

An ihrem Ziel angekommen, entschied Ellen sich für ein Handy, das im Blauen Hering gestrandet war, und auf dem sogar der Pin-Code aufgedruckt war. Es gab Leute, die hatten es nicht nötig, ihre Wertgegenstände abzuholen.

»Nein, ich bin keine Trittbrettfahrerin«, sagte sie dem Beamten. »Glauben Sie, was Sie wollen. Wir hatten heute früh schon mal das Vergnügen. Das Gefahrgutlager. Ich weiß, dass Sie dort noch nichts gefunden haben, Ihr Problem. Sie kennen meine Forderungen, aber diesmal mache ich es Ihnen leichter. Verstehen Sie das als Generalprobe.«

Sie legte auf. Die Polizei sollte eine faire Chance haben, alle verfügbaren Kräfte auf Steinwerder und im Hafen zusammenzuziehen. Denn wenn dort etwas versäumt wurde – das konnte sich die Polizei nicht erlauben. Schon gar nicht an einem solchen Tag.

Zehn Minuten später rief Ellen erneut an. »Ich erwarte, dass Sie innerhalb der nächsten Stunde die Krankenstation des Untersuchungsgefängnisses an der Glacischaussee evakuieren. Die Leute sollen einzeln herauskommen. Keine Absperrungen, kein MEK, keine Scharfschützen. Sollten Sie dieser Forderung nicht nachkommen, geht eine Autobombe hoch. Ich selber trage Dynamit am Körper und garantiere nicht für die Sicherheit unbeteiligter Personen. Eine Stunde. Die Uhr läuft.«

Ellen wischte sich den Schweiß ab. Nach ihren Überlegungen hatte die Polizei nicht mehr genügend Leute für einen weiteren Großeinsatz zur Verfügung. Etwas später stellte sie fest, dass ihre Rechnung aufging. Keine Peterwagen, noch nicht mal Feuerwehr, nur vereinzelt Menschen, die scheinbar zufällig vor dem Gefängnis flanierten. Privatautos in gedeckten Farben parkten unbekümmert im Halteverbot. An der Straßenecke ein Kleinbus, den sie für die Einsatzzentrale hielt. Wo blieb die Presse? Ellen entschied sich für einen Anruf bei der Bild-Zeitung.

Und dann kam er tatsächlich vorgefahren, ihr Schieter. Kommissar Bär persönlich, sie hatte ihn richtig eingeschätzt.

Kapitel 29

Sylvia warf nur einen kurzen Blick auf den Toten. Walter Gratz, Hafenlotse, es bestand kein Zweifel. Spaziergänger hatten ihn treibend im Fleet hinter dem Sandtorkai zwischen Kehrwiedersteg und Brandstwiete entdeckt.

Gesicht und Hals wiesen eine schmutzig bis bläuliche Farbe auf, die für Wasserleichen typische Waschhaut war durchweicht und faltig mit gequollener Hornschicht. Kein schöner Anblick, aber Sylvia versuchte, hart zu sein, so elend ihr auch zumute war.

Warum ausgerechnet Walter? Wo war das Bindeglied, hatte er etwas über die Morde herausgefunden? Sie dachte an die vier Kerben an der Harpune. Wer war als viertes Opfer vorgesehen? Der Täter ging unbeirrt seinen Weg und – was besonders schlimm war – blieb dabei unbehelligt.

Sylvia hielt sich nicht länger als unbedingt erforderlich am Fundort auf, die Kollegen würden das Nötige veranlassen und alles weitere der Rechtsmedizin überlassen. Das Auffinden einer Wasserleiche war nicht gleichbedeutend mit dem Vorliegen eines Todes durch Ertrinken, das hatte sie schon im ersten Ausbildungsjahr gelernt.

Ihr Auftrag lautete jetzt, nach John Eysing zu sehen, und

wenn sie nicht alles täuschte, tutete da bereits die markante Dampfsirene der Stettin.

Es war nicht leicht, zwischen all den feiernden Besuchern durchzukommen. Ein historisches Flugboot schickte sich gerade an, auf der Elbe zu wassern, während andere Maschinen gleichzeitig waghalsige Kunststücke in der Luft vorführten, beides führte zum Stocken des Menschenstroms. Auf der Pier bahnte sich Sylvia rücksichtslos ihren Weg und registrierte dabei unwillkürlich ihre gute, körperliche Verfassung. Schon wurden die ersten Leinen gelöst. Sie erreichte im Laufschritt die Gangway, die gerade eingezogen werden sollte.

»Frau Prüss, können Sie mir irgendwie helfen, an Bord zu kommen?« Sylvia wandte sich nur kurz um. Regine Eysing war viel zu weit entfernt, um es noch rechtzeitig zu schaffen, da war nichts mehr zu machen. Es wäre wohl an John gewesen, seine Frau mit an Bord zu nehmen.

Auf dem Weg zur Brücke musste sie sich gleich mehrfach ausweisen, verschärfte Sicherheitsvorkehrungen. Sylvia erklärte genervt, warum sie eine P 6, ihre Dienstwaffe, trug und legte den Ausweis vor.

»Heute sind sie alle auf der Jagd«, sagte plötzlich eine bekannte Stimme hinter ihr. Hans. Auf Sicherheitsabstand bedacht, den Blick an ihr vorbei in die Ferne gerichtet. »Was machst du hier?«, fragte sie, um überhaupt etwas zu sagen. Die Versuchung war groß, ihm von Walters Tod zu erzählen.

»Ich gehöre inzwischen quasi zur Mannschaft. Wenn auch in größeren Abständen und im Untergrund. Deshalb bin ich heute ganz offiziell geladener Gast.« Dann gab er ihre Frage zurück. »Und du? Was machst du hier?«

»Arbeiten.« Mehr war nicht zu sagen.

Er trat ein wenig näher. »Wie läuft es mit den Nächten?«

»Normal«, erklärte sie knapp, um jede Intimität zu vermeiden.

»Das ist gut«, erwiderte er schreiend, denn auf dem Oberdeck stimmte gerade ein Shantychor What shall we do with the drunken sailor an.

»Man sieht sich«, sagte Sylvia. Sie fühlte nichts. Weil sie, verdammt noch mal, nichts mehr fühlen wollte.

Die Antwort von Hans verlor sich im erneuten Einsatz der Dampfsirene. »Besser nicht«, glaubte Sylvia dennoch zu verstehen.

Die alte Lady war nicht leicht zu manövrieren. Sie war zum Eisbrechen gebaut, und nicht, um schnittige Wendemanöver zu fahren. Eysing war der Ansicht, man sollte so ein Schiff erhalten und stellte sich, wann immer es ging, als Lotse zur Verfügung. Heute war die Elbe für kurze Zeit das meist befahrene Gewässer der Welt.

Nach dem Ablegen fuhr die Stettin mit sechs Knoten elbabwärts. Der guten Stimmung an Bord tat es keinen Abbruch, dass die Gäste so manches Mal von den Bugwellen der Schlepper bespritzt wurden.

Auf der Brücke drängten sich die Schaulustigen, und Eysing konzentrierte sich auf seine Anweisungen für den Rudergänger. »Hart Backbord«, dabei bediente er gleichzeitig den Maschinentelegrafen, damit die Männer unten Bescheid wussten.

»Hab dich lange nicht mehr bei der Arbeit beobachtet«, klang es hinter ihm.

»Mittschiffs«, befahl Eysing dem Mann am Ruder. »Wir fahren gleich an der Fregatte mit dem Bürgermeister vorbei. Dreimal Signal geben.«

»Bist ganz in deinem Element, was?«

»Was willst du, Hans?«, fragte Eysing, ohne sich umzudrehen.

Hans antwortete nicht.

Eysing wartete, bis das Schiff auf Kurs war und stellte sich dann nach Steuerbord, um von dort aus den Verkehr zu beobachten. Hans folgte ihm gemächlich.

»Lange war ich mir nicht sicher. Aber nun weiß ich, dass du mich in der Tat vergessen hast.« Schwer ruhte seine Hand auf Johns Schulter.

Eysing überlegte sich seine nächsten Worte genau. »Es stimmt. Bis vor kurzem habe ich es nicht gewusst. Aber dann ist die Erinnerung zurückgekehrt. Warum hast du so lange gewartet?«

»Weil es mir am Anfang scheißegal war. Ich hatte genug mit mir selber zu tun. Als ich dann zufällig Meibohm traf, hat er die Fahrt von sich aus angesprochen.«

Hans lachte zynisch auf. »Meibohm war der einzige von euch, der sich noch an mich erinnerte. Aber du, John, oder sollte ich lieber Kapitän Eysing sagen, du kannst es nicht vergessen haben, wie die armen Schweine springen mussten. Auch wenn es dreizehn Jahre her ist.«

John räusperte sich. »Ich ging davon aus, dass sie die Küste erreichen würden.« Das war eine Lüge, wusste er.

»Träum schön weiter«, sagte Hans.

»Was hast du vor, willst du uns alle umbringen?«

»Hältst du mich wirklich für einen Mörder? Du mich? Hast du vergessen, dass ich nichts als ein Krüppel bin? Einer, der jeden Tag aufs Neue durch sein Bein mit der Vergangenheit konfrontiert wird? Aber mein Gewissen ist intakt geblieben. Was du von deinem sicher nicht behaupten kannst.«

Hans Bielfeldt war damals als Matrose mitgefahren, erinnerte sich Eysing. Einer von der Sorte, die ihre Arbeit taten und ansonsten maulfaul waren. In den Häfen regelmäßig betrunken und dann bei den Mädels, aber nie am nächsten Tag eine Wache versäumt.

An dem bewussten Abend hatte er Theater gemacht und Streit mit den anderen gehabt, war es nicht so gewesen? Und er, John, hatte La Paloma gehört und alles nur wie durch einen Filter wahrgenommen. Paralysiert durch seine Erinnerungen. Das mit dem Streit hatte die Mannschaft dann unter sich geregelt, später, glaubte er. Ja, so oder ähnlich musste es gewesen sein.

»Was willst du?«, fragte er mit belegter Stimme.

»Nichts Neues. Schädlinge vernichten. Das ist alles. Hab lang genug darauf gewartet. Einer muss es ja tun.«

Der Chef war nur über eine Extraleitung zu erreichen, da er in einem Sondereinsatz unterwegs war. Mehr konnte Sylvia telefonisch nicht in Erfahrung bringen. Schröder auf dem Revier war verschollen.

Sie fand John Eysing umlagert von einem Schwarm Touristen, die ihn mit Fragen nach der Elbtiefe, Leuchtfeuern und Containerumschlag löcherten. Sie wartete, bis er trotzdem ruhig und konzentriert das Wendemanöver vollzogen hatte, um dann an dem vorgesehenen Platz innerhalb der Einlaufparade die Stettin wieder in Richtung Hafen zu lotsen.

»John, Sie machen das toll«, sagte sie mit ehrlicher Bewunderung. »Leider habe ich schlechte Nachrichten.«

»Dann her damit, ich höre zu. Drei Grad Backbord.« Eysing gab dem Kapitän Anweisungen und führte dann Sylvia in eine Ecke, von der aus man Rundumsicht hatte. »Viel Zeit habe ich aber nicht.«

»Einen Ihrer Kollegen hat es erwischt, John. Den Junglotsen, Walter Gratz. Er ist … ertrunken«, sagte sie behutsam. »Kein Unfall, oder?« John konnte man nichts vormachen.

»Ich weiß es selber noch nicht. Im ganzen Hafen ist der Teufel los. John, sind Sie okay?«

Er nickte. »Sylvia, es gibt da etwas, das Sie beruflich interessieren dürfte. Ich glaube, mir werden allmählich die Zusammenhänge klar. Der Schlüssel liegt …, aber wir sprechen später darüber. Sobald wir wieder an der Kaimauer liegen.«

»John, nur noch eine Frage. Hat es etwas mit der Seaworld Pride zu tun?«

»Später.«

Usman spürte die Spannung, die sich in Wellen von Raum zu Raum ausbreitete. Es war etwas im Gange. Er hatte mitgeholfen, die bettlägerigen Patienten in Richtung Ausgang zu rollen.

Alle anderen mussten sich versammeln, und zu seiner Überraschung sah er einen Mann wieder, den Mom Ellen ihm einmal hinter der Gardine gezeigt hatte: »Ein guter Polizist. Aber geh ihm trotzdem aus dem Weg.«

In Deutschland war es sehr schwer, die guten und die bösen Menschen auseinander zu halten. Der Mann, den sie Kommissar Bär nannten, hatte ihn beiseite genommen und auf englisch in einfachen Sätzen gesprochen. Anweisungen, Befehle. Aber er hatte es freundlich gesagt: Rausgehen. Schauen, ob Usman jemanden erkannte. Vielleicht eine Frau? Zu ihr hingehen, ganz langsam. Auf keinen Fall laufen. Sie beruhigen. Dann mit ihr zusammen zum Kommissar zurückkommen. Das war ganz besonders wichtig. Nicht weglaufen, sonst …

Zuerst hatte Usman sie nicht entdeckt, weil Mom Ellen einen Mantel und ein Kopftuch trug. Hinter und neben ihr standen Menschen mit Fahnen und Transparenten. Sie riefen etwas im Chor und klangen unfreundlich, aber Mom Ellen lächelte und winkte ihn heran und breitete dann die Arme aus.

In der Menschengruppe öffnete sich eine Gasse, die sie beide verschluckte und sich dann schnell wieder hinter ihnen schloss.

Usman kam nicht dazu, etwas von den Anweisungen des Kommissars zu erzählen, denn Mom Ellen hatte es ganz eilig.

Kapitel 30

Die Stettin wurde stetig mit Kohle, dem »schwarzen Gold«, gefüttert, passierte zügig die Großsegler Mir und Sedov und näherte sich bereits wieder ihrem Liegeplatz, als Hans erneut bei ihm auftauchte.

»Ich möchte, dass du mich begleitest. An einen Ort, an dem wir in Ruhe über alte Zeiten reden können.«

»Geh doch zur Polizei, wenn du willst«, erwiderte Eysing. Er hatte in der letzten Stunde versucht, sich in Hans hineinzuversetzen, aber vergeblich. Außerdem plagten ihn hämmernde Kopfschmerzen, ähnlich wie nach seinen Albtraumnächten.

»Keine Polizei. Komm einfach mit, dann ziehen wir gemeinsam einen Schlussstrich.«

»Warum sollte ich dich begleiten?«

»Weil du sicher nicht willst, dass deiner Frau etwas passiert. Ich habe sie vorübergehend, nennen wir es mal, in Gewahrsam genommen.«

»Du drohst mir? Hier wimmelt es von Polizei.«

»Na und? Das ändert nichts daran, dass nur ich weiß, wo deine Frau steckt. Ein Gespräch, eine Art Meinungsaustausch, mehr will ich nicht. Wenn du mir diese Bitte abschlägst, wird nie jemand erfahren, wo deine Frau sich aufhält. Also?«

»Schwein«, zischte Eysing. »Wenn Regine etwas zustößt …«

»Dann hättest du auch sie auf dem Gewissen.«

In seiner Stimme klang kein Vorwurf, sondern ruhige Gewissheit.

»Sonderkommandos auf Steinwerder, am Kleinen Grasbrook und im City-Sporthafen. Frühstück auf der Rickmer Rickmers abgesagt. Drachenbootrennen gestoppt. Aber wollen Sie das Tollste hören?«

Sylvia hielt sich ein Ohr zu, um Schröder besser verstehen zu können.

»Evakuierung der Untersuchungshaftanstalt am Holstenglacis, inklusive Zentralkrankenhaus. Unser Bär mitten drin, hat zu spät den Zugriff angeordnet. Die Täter und ein Einschleicher entkommen. Na, karrieregeil war der Chef ja noch nie, aber da hat er sich einen dicken Patzer geleistet, heißt es.«

»Das reicht«, stöhnte Sylvia. »Was ich wissen wollte …«

»Ja, ich hab inzwischen die Auskünfte, also die Mannschaftsliste der Seaworld Pride. Letzte Fahrt unter Kapitän John Eysing war August 1992.«

»Nur die Namen der Offiziere«, bat sie.

»Semmler, Meibohm, Schmahl. Jetzt zu den bearbeiteten Fotos. Der Mann im Hintergrund, der Sie besonders interessiert hat. Mir kam er übrigens auch bekannt vor. Sein Hemd steht offen. Man kann eine Verfärbung über den ganzen Brustkorb erkennen. Wahrscheinlich eine Tätowierung.«

Die Ratten verlassen das sinkende Schiff. Springen zurück, wenn die Muskeln entsprechend bewegt werden. Auf und ab, rauf und runter.

»Schröder, noch mal die Mannschaftsliste. Diesmal die niederen Dienstgrade.«

»Vollmatrose Hans Bielfeldt.«

Kaum lag die Stettin wieder an der Kaimauer, stimmte sie durchdringend ins Dampfpfeifenkonzert der Museumsschiffe mit ein. Die Menschen drängten an Land. Als Sylvia endlich die Brücke erreichte, war der Lotse längst nicht mehr an Bord. Auch von Hans fehlte jede Spur.

Wie sollte sie im Gedränge des Hafengeburtstags jemals die beiden wieder finden, wenn einer von ihnen – oder auch beide – nicht gefunden werden wollten?

Meilin war ihrem Bruder entwischt, endlich. Sollte er doch alleine im Blauen Hering auf Ellen warten, sie hatte Besseres vor. Das prickelnde Leben an der Seite eines Gangsters, warum war sie nicht schon früher darauf gekommen? Die Erklärung war verblüffend einfach:

Hans konnte ihr seine Liebe nicht gestehen, weil er sie nicht mit in seine Verbrechen reinziehen wollte. So war es, und nicht anders!

Sie spürte, dass Hans und John Eysing ein Problem miteinander hatten, und als sie die beiden zusammen von der Stettin kommen sah, wusste sie, dass heute ihr Glückstag war.

Meilin machte sich an die Verfolgung. Das war nicht leicht in der Menschenmenge, trotzdem gelang es ihr, die zwei bis zur neuen Hafencity nicht aus den Augen zu verlieren. Hier wurde es allmählich leerer, die meisten zog es zu den Showfahrten auf dem Wasser, aber Hans und John bogen ab in die Speicherstadt und standen dann vor einem der alten, mehrgeschossigen Lagerhäuser.

Hans drehte sich ein paar Mal um und zog dann John Eysing mit sich, der aussah, als hätte er die Fäuste geballt.

Meilin wartete eine ganze Weile, bis sie ebenfalls den Speicher betrat. Eine ausgetretene Holztreppe führte nach oben, aber alle Türen zu den Lagern waren verschlossen. Es roch nach Kaffee, Gewürzen und Tabak.

Sie versuchte es mit der Treppe abwärts und fand die Kellertür nicht abgeschlossen. Dahinter ein schmaler Gang, Wände und Boden waren feucht. Ein schmaler Lichtstreifen hinter einer angelehnten Tür wies ihr den Weg.

»Ach, du bist es, Meilin. Komm rein.«

Er musste direkt hinter der Tür gestanden haben, aber sie hatte er allem Anschein nach nicht erwartet. Auf einem Schemel flackerte eine Kerze.

»Bist du alleine?« Hans klang freundlicher als bei ihrer letzten Begegnung. Meilin probierte ein zaghaftes Lächeln, aber da zog er sie mit festem Griff ganz in den muffigen Raum. Sie kniff die Augen zusammen, um sich in dem nur von Kerzen erleuchteten Raum zurechtzufinden.

286

»Setz dich da hinten auf die Kisten. Weiß Sunjang, wo du steckst?«

Meilin verneinte und spürte im selben Moment, dass sie einen Fehler gemacht hatte. Denn in der Ecke bei den Kisten lag John Eysing auf dem Boden. Wie eine umgekippte Schaufensterpuppe. Leblos.

»Was ist mit ihm passiert?«

Hans hielt eine Pistole in der Hand, steckte sie aber jetzt in seinen Hosenbund.

»Er ruht sich nur aus. Sing ihm ein Schlaflied, Meilin. Sing für uns La Paloma.«

Eine der Grundregeln bei Einsätzen lautete: Stets im Doppelpack auftreten. Mindestens. Aber dies war eine Ausnahmesituation, wusste Sylvia. Alles, was Beine hatte und zur Polizei gehörte, war im Hafengelände unterwegs, die Kripo hatte Kontakt zur Innenbehörde aufgenommen, und die Attentatsdrohungen rissen noch immer nicht ab.

Kein Mensch schien mehr an sein Handy zu gehen, noch nicht einmal Ellen, die vielleicht etwas über den Verbleib von John oder Hans hätte sagen können, und bei Regine Eysing lief nur der Anrufbeantworter.

Der Chef hatte sich aktuell für seinen verpatzten Zugriff auf höherer Ebene zu verantworten, war am Telefon knapp und zugeknöpft gewesen. Eysing entwischt, wie konnte das passieren?

Die schicksalsträchtige Fahrt der »Season Pride« damals, warum nur war sie nicht eher darauf gekommen, statt sich an dem Piratenüberfall und Johns erstem Trauma festzubeißen.

Sylvia rief sich auch noch einmal die Schilderung von Hans ins Gedächtnis, bei der er seine eigene, als bitter erlebte Rolle bei der Aussetzung der blinden Passagiere hervorgehoben hatte. Und so war auch für ihn die Vergangenheit von einem Lied untermalt, das kein Vergessen duldete …

Hans, der Rattenjäger, der auf Schädlinge aus der Vergangenheit stieß und ihnen die Fluchtwege abschnitt. Der dann kaltblütig mordete und damit eine falsch verstandene Mission durchzog. Vier Kerben. Drei Opfer.

Dagegen stand John, der vielleicht Angst hatte, zur Rechenschaft gezogen zu werden und vielleicht aus diesem Grund mordete. Aber das konnte Sylvia sich nur schwer vorstellen.

Und sie, war sie selber vielleicht nur ein Köder gewesen?

Sie ließ sich, in Gedanken versunken, treiben, stoppte dann, kämpfte sich bis zum Fischmarkt durch und bog zu Hans' Wohnung ab. Auf ihr Klingeln hin machte keiner auf. Da Hans die Schlösser doch nicht hatte austauschen lassen, genügte Sylvias Scheckkarte, um sich Einlass zu verschaffen.

Die Wohnung war leer geräumt – bis auf zwei Bilder an der Wand, die »Season Pride« und ein Mannschaftsbild. Wem galt dieser Köder? Ihr? Sylvia hockte sich im Schneidersitz auf den Fußboden und dachte konzentriert nach. Diese Zeit musste sein.

Wenn Hans hätte fliehen wollen, wäre der Tag heute günstig gewesen. Aber stattdessen hatte er sich in Johns Nähe aufgehalten. Und John hatte nicht wie verabredet auf sie gewartet. Es war also zu befürchten, dass Hans John in eine Falle gelockt hatte.

Wer ist besser, die Ratte oder ich? Sein Lieblingsspiel. Der letzte Akt eines Dramas, bei dem der Höhepunkt auf besondere Art zelebriert werden sollte.

Sylvia dachte unwillkürlich an ihren Albtraum. Der Keller, in dem der gesichtslose Vorkoster lauerte. Der erbitterte Kampf um den Fluchtweg. Das Gewehr in ihren Händen, das Echo, die Stimme. Instinktiv ahnte sie, Rattenhans musste an einem seiner Arbeitsplätze sein. Der Keller von Seemannshöft als Kulisse für einen makabren Abschluss?

Zu offensichtlich und gefährlich. Wo dann?

Noch in Gedanken streckte sie einem Marienkäfer den Finger hin, der auf sie zukrabbelte. Ein Frühlingsbote, nützlich, kein Schädling.

Im Gegensatz zum – Tabakskäfer! Hans hatte einmal den Tabakskäfer erwähnt, sie dabei nachdrücklich aufgefordert, ihn, Hans, bei dem Einsatz in dieses Speicherhaus zu begleiten …

Kapitel 31

»Keiner hat mich erkannt. Ich hab im Blauen Hering an der Theke gelehnt und euch am Stammtisch beobachtet.« Rattenhans hielt Eysing mit der Waffe in Schach. Zwischen ihnen befand sich eine umgedrehte Kiste als Tisch, auf dem ein Glas stand.

»Einmal hab ich das Lied gedrückt und dabei deinen Gesichtsausdruck studiert. Er war einfach nur leer. Meibohm und Semmler haben mich sogar auf der Station getroffen, aber wer erinnert sich schon noch an einen rebellischen Matrosen? Der Bootsmann damals, der mir zu meinem Bein verholfen hat, der wusste sofort, wer ich war. Aber da hatte ihn die Malaria schon fest im Griff. Überflüssig, etwas zu beschleunigen, er hat seine gerechte Strafe durchs Schicksal bekommen.«

»Warum hast du so lange mit allem gewartet?« John hielt sich den Kopf, an dem ihn der gezielte, harte Fausthieb überraschend getroffen hatte. Er war nur langsam wieder zu sich gekommen, wusste, dass die Falle zugeschnappt war. Allein die Sorge um Regine hielt ihn von einer Kurzschlusshandlung ab.

Hans dachte länger nach, bevor er sprach. »Ich bin kein Psychopath. Das wäre zu einfach. Hab auch nie einen Seelenklempner gebraucht. Jeder muss sehen, wie er durchs Leben kommt. Leben und leben lassen. Aber das gilt nicht für Schädlinge. Ich wollte wissen, was aus solchen Menschen wie euch wird. Ob es eine ausgleichende Gerechtigkeit gibt, die euch einholt. Aber nein, alle habt ihr im Hafen Karriere gemacht, steckt immer noch zusammen, ergötzt euch vermutlich an den alten Erinnerungen. Wie die blinden Passagiere geschrien haben ...«

»Ich hab nur einmal mit Schmahl über die Sache gesprochen«, erklärte Eysing. »Der hielt es für krankhaft, sich mit dem Thema erneut abzugeben.«

»Komm mir bloß nicht mit ›das waren andere Zeiten damals‹. An Schmahl bin ich nicht rangekommen, noch nicht, er hat sich gut abgeschirmt, war immer von Leuten umgeben, und sein Haus ist eine kleine Festung. Ich glaube, er hat als einziger in den letzten Wochen etwas geahnt. Obwohl er an dem Tag damals unter Deck war. Aber Semmler war schon immer naiv, der hat sich noch nicht mal umgedreht, deshalb hat er die Harpune auch in den Rücken bekommen.«

»Wolltest du mit der Harpune und dem Plattenspieler den Verdacht auf mich lenken, Hans?«

»Nein, das Ganze sollte nur ein wenig spektakulärer werden, euer Gedächtnis anregen. Meibohm hat schleichendes Gift bekommen, weil er es damals für überflüssig hielt, den blinden Passagieren Wasser mitzugeben. ›Wozu denn‹, hatte er gemeint. Verdursten braucht seine Zeit, nicht wahr, John?

Und Semmler hatte etwas von Raubfischfutter gesagt, und dabei gelacht.«

»Ich kann mich an nichts davon erinnern, tut mir Leid.«

»Du, John, hast La Paloma gehört«, Hans wurde vorübergehend schärfer, bevor er wieder zum alten Plauderton zurückfand.

»Die Inszenierung auf Seemannshöft mit dem Lied war übrigens nicht geplant, wir haben sie dieser jungen Dame zu verdanken.« Er wies auf Meilin, die wie ein Haufen Lumpen zusammengesunken an eine Kiste lehnte.

»Sie wollte mir eine Freude bereiten, und als ich die Platte im Keller entdeckte, konnte ich nicht widerstehen, während Sylvia …, aber sparen wir uns diese Details. Komm zu mir, Meilin, es ist Zeit für einen letzten Gesang.«

Als John Anstalten machte, sich zu bewegen, richtete Hans erneut seine Waffe auf ihn. »Geduld, John, du bist gleich dran. Hab dich mir bis zum Schluss aufbewahrt.«

»Das ist mir egal. Aber was hast du mit meiner Frau gemacht?«

»Oh, sie hat nicht lange leiden müssen.«

»Er lügt. Ich habe Ihre Frau noch vor Abfahrt der Stettin gesehen.«

Sylvia stieß die Tür auf. Hans schien nicht überrascht.

»Ich sehe, du bist aufgewacht. Es hat sich ausgeträumt. Wie ist es, Sylvie, an den Ort des Schreckens zurückzukehren?«

»Lass uns reden, bitte.« Sie hatte ihre Waffe bewusst nicht gezogen, denn Hans hielt Meilin vor sich und gleichzeitig John in Schach.

»Gib auf, Hans. Es ist genug.«

»Die Ratten verlassen das sinkende Schiff. Aber erst später. Wenn du dich raushältst, wird dir und Meilin nichts passieren.«

Hinhalten, sie musste ihn hinhalten, bis Verstärkung kam. Wenn Bär sie hier jemals fand.

»Was ist mit Walter Gratz geschehen?«

»Ein bedauerliches Fehlgriff. Er hat eine Menge herausgefunden. Über die alten Bilder, auf denen ich ebenfalls zu sehen war. Außerdem hatte Meibohm ihm eine Andeutung über die Vergangenheit gemacht. Und dass er mich in der Nähe seiner Wohnung gesehen hatte. Ich hab ihn mit dem Versprechen hergelockt, dich, Sylvie, hier zu treffen und etwas über den Einsatz von Giften zu erzählen, für euren Krimi. Während wir angeblich auf dich warteten, haben wir was getrunken. Plötzlich sagte mir Gratz auf den Kopf zu, er glaube an eine gemeinsame Sache zwischen John und mir. Oder John und Schmahl. Damit wollte er zur Polizei, das konnte ich nicht riskieren, denn ich war ja noch nicht fertig. Er hat einen schnellen Tod gehabt. E 605. Ich konnte den Burschen ganz gut leiden.« Aus seiner Stimme klang echtes Bedauern.

»Und dann hast du ihn, als es dunkel war, von hier aus ins Fleet gekippt. Entsorgt wie Abfall.« Sie gestattete sich, ihren Zorn zu zeigen.

»Sylvie, er war bereits tot.«

»Du bist ein Schädling, schlimmer als die anderen.«

In dem Moment fing Meilin an zu singen. Mit hoher, aber klarer Stimme: »La Paloma ohé einmal müssen wir ge-hen, einmal schlägt uns die Stunde der Trennung, einmal bringt er uns um …«

Hans lockerte überrascht seinen Griff um Meilin, was diese nutzte, um sich blitzschnell aus seinem Arm zu winden und in Sylvias Richtung zu laufen. Gleichzeitig sprang John auf, Hans richtete die entsicherte Waffe auf ihn und war für einen kurzen Moment abgelenkt, in dem Sylvia ebenfalls ihre Waffe zog.

»Lass die Pistole fallen«, befahl sie ruhig.

»Sylvie, mach dich nicht lächerlich, das schaffst du nie. Deine Hand zittert. Denk an damals, es wird dir den Rest geben. Nimm Meilin und haut ab. Ich erledige das hier und verschwinde dann aus euer aller Leben. Die Jagd ist vorbei.«

Er wandte sich an Eysing. »Wenn du Haltung hast, trink das, John. Ein Cocktail. Das Strychnin wird deine Atemmuskeln lähmen. Ich finde, du hast es verdient.«

»John, denken Sie an Ihre Frau«, rief Sylvia.

»Ich werde das nicht trinken«, erklärte John ruhig. »Schieß doch, Hans, dann ist es vorbei.«

Sylvia zielte sorgfältig. Es gab Vorschriften für den finalen Rettungsschuss, sie wollte zunächst versuchen, Hans an Arm oder Bein zu treffen. Nicht leicht bei dieser Schummerbeleuchtung.

Hans beachtete sie für einen Augenblick nicht mehr, verließ sich auf ihre Unfähigkeit und war einzig auf die Hinrichtung von John konzentriert.

»Vor mir die Welt, so treibt mich der Wind des Le-bens, wein nicht mein Kind, die Tränen, sie sind verge-bens.«

Meilins Gesang war eher ein Wimmern.

Die Schüsse fielen gleichzeitig. John warf sich in einer Reflexbewegung zur Seite und bekam nur einen Streifschuss ab. Hans, der im letzten Moment noch eine unerwartete Drehbewegung gemacht hatte, sackte zusammen. Aus seinem Brustkorb quoll Blut.

»Du warst die bessere Ratte, Sylvie.« Es waren seine letzten Worte.

Ihre Hände zitterten nicht, als sie die unbenutzte Waffe sinken ließ.

»Es ist endgültig vorbei«, sagte Kommissar Bär und trat hinter ihr hervor.

»Nein, das ist es nicht.« Sylvia wies auf John, der in eben diesem Moment den Giftcocktail herunterstürzte.

Kapitel 32

»Warum nur hat Eysing sich aufgegeben?«

»Später, Chef. Ich erklär's Ihnen.« Es gab eine Menge zu erklären. Sylvia fühlte sich seltsam stark. Vielleicht setzten Schockerlebnisse körpereigene Endorphine frei, ähnlich wie beim Langstreckenlauf.

»Was ist mit Usman passiert? Er war es doch, der …«

»Da ist nichts zu erklären.«

Sie warteten auf den Abtransport der beiden Toten. Der Arzt hatte nichts mehr für sie tun können.

Meilin war vorsorglich ins Krankenhaus gebracht worden. »Wie haben Sie es bloß geschafft, mich in diesem gottverdammten Keller zu finden?«, wollte Sylvia gespannt von ihm wissen.

»Letztlich über Schröder und die Rat-Scouts. Sie haben eine Karte über alle Häuser mit Schädlingsbefall. Einen von ihnen hat das Gewissen geplagt. Er hatte als Angestellter der Firma einen Auftrag in Meibohms Häuserblock übernommen und dann kurzfristig unter der Hand an Rattenhans, den er von der Ausbildung kannte, abgegeben. Weil er sich heimlich mit seiner Geliebten treffen wollte. Als der Mann den Generalschlüssel am nächsten Tag wieder im Briefkasten fand, war für ihn die Sache erledigt. Bis etwas über einen Giftmord durchsickerte, da hat er Schiss bekommen.«

»Hans hat auch alles andere zugegeben.«

»Walter Gratz? Semmler?«

Sylvia nickte. »Es gibt zwei Sorten von Ratten, die hungrigen und die satten. Das hat er öfter gesagt. Und dass wir uns eines Tages in unseren Albträumen begegnen würden. Aber dann war es doch kein Traum.«

»Nichts bleibt, wie es ist«, sagte Bär und wusste selber nicht genau, was er damit ausdrücken wollte.

Im Blauen Hering gab es am Sonntagabend noch Platz. Viele Gäste waren unterwegs zum großen Feuerwerk, einem der Höhepunkte am Ende des Hafengeburtstags.

Bär und Sylvia hatten es sich an der Theke bequem gemacht.

Sie reflektierten noch einmal die letzten Tage.

»John hätte mit der Schuld nicht weiterleben können. Es gab aus seiner Sicht keinen anderen Ausweg. Er war sehr konsequent«, meinte Sylvia nachdenklich.

»Konsequenz, was heißt das schon«, spekulierte Bär. »Trifft das auch auf Bielfeldt zu? Gibt es wieder nur Opfer statt Täter?«

»Nein, Hans hat mit Vorsatz gehandelt, nicht im Affekt. Er hat sich zum Richter aufgeschwungen, weil er nicht an unsere Rechtsprechung geglaubt hat. Körperlich und seelisch verletzt, dazu gedemütigt, das muss ein beschissenes Gefühl sein. Schon mal erlebt?«

Sylvia spülte den bitteren Geschmack in ihrem Mund mit einem großen Schluck Zombie herunter. Im Grunde war es bei Hans um eine Mischung aus Trauma, Rache und Selbstjustiz gegangen. Ein einsamer Weg, und am Ende eine Sackgasse. Vielleicht, wenn sie sich eher begegnet wären …

»Sie hätten ihn von seinen Taten nicht abbringen können«, unterbrach Bär ihre Gedankengänge. »Machen Sie sich bloß keine Vorwürfe.«

Sylvia zuckte mit den Achseln. Wie sollte sie dem Kollegen begreiflich machen, dass ihre Gefühle für Hans sie trotz allem nicht davon abgehalten hätten, ihn zu erschießen? Und – reine Spekulation – dass er vielleicht genau das von ihr erwartet hatte?

»Was ist mit Herrn Schmahl?«, wechselte sie entschlossen das Thema.

»Angeblich hat er seinen Jahresurlaub angetreten. Aber ich vermute, er hat die Zelte ganz abgebrochen, denn sein Haus steht leer und zum Verkauf.«

»Er muss es geahnt haben, dass er in Gefahr war. Können wir ihn belangen?«

»Für welche Straftat? Für sein Schweigen damals? Oder dass er John gedeckt hat? Es gibt weder Ankläger noch Zeugen.«

»Saubere Brüder. Sie halten bis zum Schluss zusammen.« Sylvia bestellte sich einen neuen Zombie. »Aber Lotsen sind auch nur Menschen«, fuhr sie fort. »Und Kammerjäger sind Kammerjäger. Und Kriminalbeamte sind …«

»Danke, es reicht«, stöhnte Bär. Er orderte einen Pott Kaffee bei Sunjang, der vorübergehend den Blauen Hering übernommen hatte.

»Gibt es etwas Neues?«, fragte er ihn leise.

Sunjang verneinte höflich. Ellen war verschwunden, hatte aber vorher sorgfältig ihre Angelegenheiten geregelt.

»Eines Tages wird sie uns eine bunte Postkarte aus Afrika schicken«, vermutete Sylvia. »Oder sie heiratet Usman, dann kann er hier bleiben. Chef, mir können Sie es ja sagen. Ihr Einsatz, bei dem der blinde Passagier samt …«, sie zögerte, »samt mutmaßlicher Täterin entkommen ist, das ging doch nicht mit rechten Dingen zu.«

Sie schwiegen sich für eine Weile an, jeder in seine eigenen Gedanken versunken.

Kaskaden von grünen und roten Sternen zerbarsten plötzlich vor den Fenstern. Das Feuerwerk hatte begonnen. Gleich würde sich der Blaue Hering bis auf den letzten Platz füllen. Aber es ist nicht mehr so wie früher hier. Ohne die Wirtin, dachte Bär und blies Trübsal.

»Mom Ellen hat etwas für Sie dagelassen.« Sunjang händigte ihm ein in rotes Seidenpapier eingeschlagenes Päckchen aus. »Schieter« stand in Goldschrift auf einem Geschenkanhänger.

Neugierig schaute Sylvia zu, wie ihr Chef eine zerkratzte Schallplatte auswickelte, der ein Textblatt beigefügt war.

»Si a tu ventana llega una paloma, tratala con carino, que es mi persona.«

»Wenn eine Taube an dein Fenster kommt, sei liebevoll zu ihr, denn es handelt sich dabei um mich«, übersetzte Bär und wischte sich eine Wimper aus dem Auge.

Wortlos tauschte Sylvia Bärs Kaffee gegen ihren Zombie, ging zur Musikbox und drückte La Paloma. Weil es eben doch ein Lied der Liebe war.

Danksagung

Ich möchte mich bei allen Menschen bedanken, ohne dessen Rat und Tat dieses Buch nicht entstanden wäre: Allen voran bei den Mitgliedern der Hamburger Hafenlotsen mit ihrem Ältermann, Herrn Lindner, und der hilfsbereiten Sekretärin Frau Schade. Man möge mir verzeihen, dass die fiktiven, maritimen Personen dieses Romans einige Charakterzüge aufweisen, die ich selbstredend nicht real in diesem Berufsstand angetroffen habe, ganz im Gegenteil.

Dank auch an Herrn Röper, emeritierter Professor für Seerecht, für seine hilfreichen, fachlichen Schilderungen. Vom Schädlingsbekämpfer, Herrn Neuke, habe ich Details zur Rattenjagd erfahren. Herr Sievers gab mir Antworten auf Versicherungsfragen. Frank Glenewinkel von der Uni Köln prüfte als Giftexperte die entsprechenden Passagen des Romans. Der Beste zum Schluss: Absolute Bezugsperson war für mich während des Schreibens der Kapitän und Lotse Uwe Müller, der mich nicht nur in die besondere Arbeitswelt der Seeleute einführte und die meisten Kontakte vermittelte, sondern meine ungezählten Fragen sogar aus dem Indischen Ozean und dem Südatlantik beantwortete.

Übrigens, sollten die werten Leser im Hamburger Hafen vergeblich den Blauen Hering suchen, als Vorbild fungierte der Schellfischposten.

Anke Cibach, April 2006